"여긴 네가 있어도 될
세계가 아니야!
그러니까 돌아가!"

"……그래요. 여긴……
제가 있어도 될 세계가 아니에요……."

하지만 시스티나는 도망치지 않고
글렌을 똑바로 바라보았다.

Akashic records of bastard magic
instructor

세라 실바스

글렌이 제국 궁정 마도사단에
있었던 시절의 동료.
남을 잘 돌봐주는 선량한 성격.
바람에 관한 마술이 특기이며
글렌에게 「하얀 개」라고 불렸다.

CONTENTS

변변찮은 마술강사와 금기교전

Akashic records
of bastard magic instructor

5

히츠지 타로 지음

미시마 쿠로네 일러스트

최승원 옮김

교전은 만물의 예지를 관장하고, 창조하며, 장악한다.
그러하기에 그것은
인류를 파멸로 인도하게 되리라——.

『멜갈리우스의 천공성』 저자 : 롤랑 엘트리아

Akashic records of bastard magic instructor

Character

Main

시스티나 피벨

고지식한 우등생. 위대한 마술사였던 조부의 꿈을 자기 힘으로 이뤄내기 위해 흔들림 없는 정열을 바치는 소녀.

글렌 레이더스

마술을 싫어하는 마술강사. 만사에 무책임하고 의욕 제로. 마술사로서도 삼류라서 장점은 전혀 없는 셈. 그런 그의 진정한 모습은—?

루미아 틴젤

청초하고 마음씨 고운 소녀. 누구에게도 밝힐 수 없는 비밀을 가지고 있으며 친구인 시스티나와 함께 열히 마술 공부에 매진하고 있다.

리엘 레이포드

글렌의 전 동료. 연금술로 고속 연성한 대검을 다룬다. 근접 전투에서 비교할 자가 없는 이색적인 마도사.

알베르트 프레이저

글렌의 전 동료. 제국 궁정 마도 사단 특무 분실 소속. 신기에 가까운 마술 저격이 특기인 굉장한 실력의 마도사.

엘레노아 샤레트

알리시아의 직속 시녀장 겸 비서관. 하지만 그 정체는 하늘의 지혜 연구회가 제국 정부로 보낸 밀정.

세리카 아르포네이

제국 마술 학원 교수. 글렌의 스승인 동시에 길러준 부모이기도 한 수수께끼가 많은 여성.

Academy

웬디 나블레스

글렌이 담당하는 반의 여학생. 지방 유력 명문 귀족 출신. 자부심이 강하고 권위적인 성격의 세상 물정 모르는 아가씨.

린 티티스

글렌이 담당하는 반의 여학생. 약간 내성적이고 체격도 작아서 귀여운 동물처럼 보이는 소녀. 자신감이 없어서 고민이 많다.

기블 위즈덤

글렌이 담당하는 반의 남학생. 시스티나 다음가는 우등생이지만 결코 주변과 어울리려 하지 않는 냉소주의자.

카슈 윙거

글렌이 담당하는 반의 남학생. 덩치가 크고 튼실한 체격, 성격이 밝고 글렌에게 호의적이다.

세실 클레이튼

글렌이 담당하는 반의 남학생. 조용한 독서가. 집중력이 높아서 마술 저격에 재능이 있다.

할리 아스트레이

제국 마술 학원의 베테랑 강사. 마술 명문 아스트레이 가문 출신. 전통적인 마술사와는 거리가 먼 글렌에게 공격적이다.

마술

Magic

—

룬어라고 불리는 마술 언어로 구성한 마술식으로 수많은 초자연 현상을 일으키는
이 세계의 마술사에게 지극히 『당연한』 기술.
영창하는 주문의 구절과 마디 수,
템포, 술자의 정신상태에 따라 자유자재로 형태를 바꾸는 것이 특징.

교전

Bible

—

천공의 성을 주제로 삼은 지극히 아동 취향인 옛날이야기로 세계에 널리 퍼져있다.
그러나 그 소실된 원본(교전)에는
이 세계에 관한 중대한 진실이 적혀있다고 전해지며, 그 수수께끼를 좇는 자에게는
어째선지 불행이 닥친다고 한다―.

알자노 제국
마술학원

Arzano Imperial Magic Academy

—

약 4백 년 전, 당시의 여왕 알리시아 3세의 주도로 거액의 국비를 투입해서
설립한 국영 마술사 육성 전문학교.
오늘날 대륙에서 알자노 제국이 마도대국으로 명성을
떨치는 기반을 만든 학교이자, 늘 시대의 최첨단 마술을 배우는
최고봉의 교육 기관으로서 주변 국가에 널리 알려져 있다.
현재 제국의 고명한 마술사 대부분이 이 학원의 졸업생이다.

Keyword

서 장 인생의 무덤에 발을 들여놓은 변변찮은 인간

"이의 있소!"

갑자기 울려 퍼진 큰 목소리가 엄숙한 침묵을 인정사정없이 깨트렸다.

그 결혼식에 참석한 일동은 일제히 목소리의 주인을 주목했다.

식이 열리는 예배당의 출입문 건너편에는 문을 발로 차서 연 남자가 서 있었다.

평소에는 후줄근하게 대충 걸쳐 입는 마술학원의 강사용 로브를, 웬일인지 단정하게 차려입은 그 남자의 이름은―.

"글렌 레이더스?!"

"어째서 여기에……?"

양쪽으로 늘어선 긴 의자에 앉은 참석자들의 시선을 한 몸에 받으면서 그 남자― 글렌은 성당 안쪽을 향해 한가운데에 깔린 융단의 길, 버진 로드를 거침없이 성큼성큼 걸어갔다.

십자가가 우뚝 선 제단 앞에는 이 결혼식을 맡은 사제와, 주역인 신랑 신부의 모습이 있었다.

"서, 선생님?!"

질 좋은 실크로 짠 순백의 드레스와 베일과 부케로 치장한 신부— 시스티나가 놀란 표정으로 그를 돌아보았다. 한 사람의 여성을 인생에서 가장 아름답게 꾸미는 의상. 시스티나의 모습은 마치 꿈이나 환상처럼 아름다웠다.

"흠…… 이제 와서 뭘 하러 온 거죠? 글렌 선생님."

한편, 시스티나의 옆에 있는 신랑은 갑자기 나타난 글렌에게 여유 있는 미소를 보였다.

"어엉? 못 들었어? 이의 있다고 했잖아, 이의. 난 이 결혼에는 절, 대, 반, 대, 다. 너 같은 놈에게 하얀 고양이는 못 넘겨줘."

하지만 글렌은 마치 부모의 원수라도 되는 것처럼 신랑을 노려보았다.

동시에 글렌과 신랑 사이에 일촉즉발의 분위기가 고조되었다.

그런 두 사람을 앞에 두고 성당 안이 술렁거렸다.

참석자들은 다들 서로의 얼굴을 마주 보고는 마른 침을 삼키면서 상황을 지켜보는 수밖에 없었다.

"서, 선생님…… 진짜로?"

"아무리 그래도 그렇지…… 이건…….'

"설마…… 지, 진심이세요?"

시스티나의 결혼식에 참석한 같은 반 학생들도 이 예상치 못한 전개에 당혹스러움과 동요를 감추지 못했다.

"큭!"

한편, 글렌의 모습을 멍하니 바라보고 있던 시스티나는 제정신을 차렸다.

그리고 시선을 피하듯 고개를 숙이더니…… 어깨를 작게 들썩이기 시작했다.

"……우, 웃기지 말라구요! 당신이라는 인간은 대체 어디까지……!"

"휘익~~♪"

시스티나가 격노했지만 글렌은 태연자약했다. 뒤통수에 깍지를 끼고 딴청을 피우면서 휘파람까지 불어 댔다.

"저와 레오스의 신성한 결혼식을 방해하지 말아주세요! 애당초 선생님은 레오스와의 결투에서 도망쳤으면서! 이제 선생님께는—."

"타하하하하하! 시끄러어어어어!"

글렌은 칼날처럼 날카로운 시스티나의 질타를 바보 같은 웃음으로 봉쇄했다.

"모처럼 남자 신데렐라가 될 기회를 그렇게 간단히 포기할 수 있을까 보냐! 후하하하하하하하!"

천박하기 짝이 없는 목소리로 웃어 젖힌 글렌은 갑자기 품속에서 꺼낸 뭔가를 바닥에 내던졌다.

그러자 격렬한 섬광이 시야를 새하얗게 물들었고 압도적

인 폭음이 성당 안에 울려 퍼졌다.

비살상용 공격 마도구인 섬광석이었다.

"꺄아아아아아아아악?!"

"눈이!? 눈이이이이이이이이이이?!"

조금 전까지의 정숙하고 엄숙한 분위기는 어디로 갔는지 성당 안은 삽시간에 난장판으로 변해 버렸다.

그 틈을 노린 글렌은 재빨리 제단 앞으로 달려가 신랑을 밀쳐 냈다.

"하얀 고양이! 가자!"

"꺄악?!"

그리고 코앞조차 보이지 않는 시스티나에게 달려들어서 그녀의 몸을 겨드랑이에 끼고 잽싸게 도주했다.

"바이바이! 레오스 군! 신부는 내가 접수하마~!"

글렌은 마치 한 줄기 바람처럼 예배당과 중앙 교차로를 돌파했다. 왕래하는 신자들을 밀치며 중앙 통로를 빠져나와 성당 밖으로 탈출했다.

곁눈질도 하지 않고 오로지 다리만 맹렬하게 움직여서 페지테 거리로 도망쳤다.

"놔요! 이거 놓으라구요! 전 레오스랑 결혼할 거예요!"

신부 모습의 시스티나는 글렌에게 안긴 채 눈물을 글썽거리면서 팔다리를 마구 버둥거렸다.

"이 바보! 바보! 바보! 왕저질! 우리 집 재산이 그렇게 탐나

요?! 선생님은 제 마음을 대체 뭐라고 생각하시는 거냐구요! 진짜 미워! 그냥 죽어 버려욧!"

얼굴을 몇 번이나 얻어맞은 글렌은 짜증스럽게 표정을 찡그렸다.

하지만 곧 그 표정을 씁쓸하게 일그러트리더니 깊은 한숨을 내쉬었다.

"뜨아아아아아아아아! 젠자아아아아앙! 왜 이렇게 된 거냐고오오오오오오오오오!"

─신이시여, 제가 그렇게 밉습니까?

자신에게 찾아온 너무나도 불합리하기 짝이 없는 사태에 글렌은 마음속으로 하늘을 향해 절규했다.

……정말 왜 이렇게 되고 만 것일까.

지금 돌이켜 보면 사건의 발단은 역시 그 일이겠지.

글렌은 세찬 물줄기처럼 뒤로 흘러가는 풍경 속에서, 문득 열흘 전의 일을 떠올렸다.

제1장 하얀 고양이의 약혼자[피앙세]

"……무슨 일이 있어도 네 힘이 필요해."

알자노 제국 마술학원 앞마당의 한구석에서 글렌의 고뇌와 번뇌로 가득한 목소리가 울려 퍼졌다.

"용서받을 수 없는 일이라는 건 알아. ……널 말려들게 했다는 것도 잘 알고 있어. 하지만 이건 사람 목숨이 달린 일이야!"

앞마당의 중앙을 왕래하는 학생들의 떠들썩한 목소리가 멀리서 들려왔다.

그래선지 글렌의 담담한 목소리도 묘하게 박력 있게 들렸다.

"부탁이야! 리엘! 나에게 힘을…… 네 힘을 빌려다오!"

순순히 고개를 숙이는 글렌의 앞에는 키가 작은 파란 머리 소녀가 서 있었다.

리엘 레이포드. 지난달에 어떤 특수한 사정으로 마술학원에 편입한 학생이었다.

"……."

리엘은 평소와 다름없는 졸린 듯한 무표정으로 글렌을 지그시 바라보다가 살짝 입을 열었다.

"……괜찮아. 나는 글렌의 검. 글렌을 위해 이 힘을 쓰기로 정했으니까."

"리엘……! 괜찮겠어?!"

"응! 내 힘이 글렌에게 도움이 될 수 있다면……."

미세하게 고개를 끄덕인 리엘은 바닥에 있는 주먹만 한 크기의 돌을 주워 들고 작은 목소리로 주문을 영창하기 시작했다.

그 주문에 호응하듯 리엘의 손안에 있는 돌이 눈부신 황금색 빛으로 서서히 물들었다.

마술. 주문을 키워드로 삼은 자기 암시를 사용하여 심층 의식을 개변해서 인간과 세계가 등가 관계로 영향을 미친다는 마술이론에 따라, 세계의 법칙에 개입해 다양한 초상 현상을 일으키는 기적의 기술.

현재 리엘이 발동한 마술로 이 자리에 그 기적이 모습을 드러낸 순간―.

누군가가 두 사람을 향해 맹렬히 달려왔다.

"《뭐하는 거예요·이·바보》!"

그리고 등장한 은발의 소녀, 시스티나의 고함이 울려 퍼졌다.

그녀는 주문이 아닌 고함으로 즉흥 개변한 흑마(黑魔) 【게일 블로】를 사용해 국소적인 돌풍을 일으켜 글렌을 날려 버렸다.

"꺄아아아아아아아아아아아아아악?!"

글렌은 마치 소녀 같은 비명을 지르면서 저 멀리 하늘 위로 날아갔고—.

첨버어어엉!

앞뜰 구석에 있는 연못에 추락해서 성대한 물줄기를 만들었다.

"어푸푸! ……제, 제법인데? 하얀 고양이…….."

글렌은 푹 젖은 꼬락서니로 연못에서 비틀비틀 빠져나왔다.

"요즘 너의 주문 즉흥 개변력(改變力)은 진심으로 꽹장한 걸……. 이 선생님은 기쁘구나…… 콜록!"

"……예? 그, 그건…… 그야 선생님이 가르치는 방식이 워낙 훌륭……한 게 아니라!"

시스티나는 갑자기 칭찬을 듣는 바람에 달아오른 뺨을 식히려는 것처럼 머리를 붕붕 흔들고 글렌에게 삿대질을 했다.

"리엘에게 황금을 연성하게 해서 뭘 어쩌시려는 거죠?!"

자세히 보니 옆에서 전봇대처럼 멀뚱히 서 있는 리엘은 한 덩어리의 황금을 들고 있었다. 그녀의 특기인 연금술로 조금 전의 돌을 황금으로 바꾼 것이었다.

"팔 거다!"

하지만 글렌은 아무런 거리낌도 없이 최저최악의 말을 지껄였다.

"이건 범죄라구요! 리엘을 끌어들이지 마세요!"

"시끄러! 닥쳐! 이 녀석의 폭주 때문에 난 월급을 죄다 감봉당했다고! 이대로는 아사(餓死) 확정이야! 범죄니 뭐니 하는 쓸데없는 걸 따지고 있을 때가 아니라고오오오오!"

그리고 평소처럼 기탄없는 설교와 꼴사나운 변명이 노도처럼 쏟아졌다.

"여, 여전하네……. 저 두 사람은."

약간 뒤늦게 도착한 금발 소녀 루미아는 미묘한 쓴웃음을 지으면서 그 광경을 지켜보았다.

리엘은 「왜 싸우는 거야?」라고 묻듯 루미아를 힐끔 쳐다보았다.

그런 두 사람과는 관계없이 시스티나와 글렌의 어린애 같은 말싸움은 점점 더 격렬해졌다.

"애초에 선생님의 감봉 원인은 리엘에게만 있는 게 아니잖아요! 마술강사라는 자각이 없는 태만한 평소의 직무 태도가—"

"흥이다! 떽떽 시끄럽구만 진짜. 에잇!"

글렌은 쓸데없이 재빠른 움직임으로 리엘의 손바닥 위에 있는 금덩어리를 낚아채고 도망쳤다.

"앗?! 잠깐, 멈춰요! 《뇌정(雷精)의 자전이여》!"

시스티나는 그런 글렌을 쫓아가면서 그의 등을 노리고 _{어설트 스펠}공격 주문을 날렸다.

"후하하하! 맞지만 않으면 아무 문제 없지!"

시스티나의 손가락에서 날아간 몇 줄기의 전격을 글렌은

24 변변찮은 마술강사와 금기교전 5

쓸데없이 재빠른 동작으로 쫄래쫄래 피했다.

그런 대소동을 벌이는 두 사람의 모습에 학생들은 한순간 깜짝 놀랐지만─.

……아, 또 저 두 사람이야?

……여전하네.

……질리지도 않나.

곧 그런 감정이 짙게 드러나는 표정을 짓고 어이가 없다는 듯 소동을 지켜보았다.

이미 이 학원에서는 완전히 익숙해진, 명물이나 다를 바 없는 광경이었다.

하지만 그 순간─.

뒤에서 쫓아오는 시스티나를 떨쳐 내는 데 집중하느라 앞쪽에 신경 쓸 겨를이 없던 글렌이 앞을 돌아보자 정차된 마차가 눈에 들어왔다.

"뜨아아아아아아아아아?! 마아아아아아아알?!"

마차를 끄는 말과 정면으로 충돌할 뻔한 글렌은 그 자리에서 엉덩방아를 찧고 말았다.

두 마리의 말이 끄는 사륜마차였다. 객실이 호사스러운 사양으로 된, 학원에서는 본 적 없는 마차였다. 아무래도 학원에 초청된 손님의 마차인 듯했다.

"선생님도 참! 대체 뭐하시는 거예요! 하마터면 다른 사람에게 폐를 끼칠 뻔했잖아요!"

뒤에서 달려온 시스티나는 마차의 마부에게 고개를 꾸벅 숙여서 사과했다.

　"죄송해요! 이 인간은 나중에 따끔하게 혼내 둘 테니까……."

　마부는 정장 차림에 리본 타이를 매고 여행용 프록코트를 걸친 청년이었다. 챙이 넓은 중산모자를 깊게 눌러써서 표정은 어떤지 잘 보이지 않았다.

　"……."

　그는 시스티나의 사과에도 반응이 없었다. 그녀를 돌아보지도 않고 완전히 무시한 채 침묵으로 일관했다. 역시 화가 난 걸까?

　"저, 저기요……. 그게……."

　아무래도 분위기가 거북해진 시스티나가 다시 한 번 사과하려 한 순간—.

　"하하하……. 도착하자마자 당신을 만나게 될 줄이야……."

　마차의 객실 문이 열리며 제삼자의 목소리가 들렸다.

　"왠지 저도 운명이라는 걸 믿고 싶어졌어요."

　그리고 한 남자가 객실 안에서 우아하게 바닥으로 내려왔다.

　글렌보다 약간 연상, 나이는 이십 대 초반쯤일까.

　부드럽게 웨이브가 진 금발. 늘씬한 장신. 단안경을 낀 얼굴은 실로 귀족적이고 기품이 넘쳤다. 사춘기 소녀라면 얼굴을 마주하는 것만으로도 가슴이 뛰는 것을 억누를 수 없으리라.

　실제로 글렌 일행의 소동을 멀찍이서 지켜보던 학생 중, 여자 쪽은 눈이 확 뜨이는 미남의 갑작스러운 등장에 일제히 얼굴을 붉히고 어쩔 줄 몰라 했다.

　게다가 이 남자는 아무래도 상당한 부자인 듯했다. 입고 있는 여행용 정장과 인버네스 코트는 최고급 천으로 지은 옷이었고 행동거지도 귀족다웠다.

　오랜 여행을 거쳤는지 남자의 손에는 슈트 케이스가 들려 있었다.

　"오랜만이네요, 시스티나. 당신은 여전히 활기가 넘치는군요. ……하긴, 그런 점도 당신이라는 여성의 매력 중 하나긴 하지만요."

　"다, 당신은……."

　남자를 본 시스티나는 눈을 휘둥그레 떴다.

　남자도 부드러운 표정으로 시스티나를 바라보았다.

　마치 여태까지의 공백을 메우려는 듯 말없이 서로를 바라보는 두 사람.

　그런 두 사람 사이를 스쳐 지나간 부드러운 바람이 가로수의 나뭇가지와 시스티나의 은발을 살포시 흔들었다.

　"……엥? 뭐야? 대체 뭐냐고. 이 분위기는."

　시스티나와 남자가 둘만의 세계에 돌입하자 완전히 방해꾼이 되어 버린 불쌍한 글렌은 분위기 파악 못하는 엉뚱한 질문으로 침묵을 깨트렸다.

"그나저나…… 댁은 누구쇼?"

하지만 그 질문은 일련을 소동을 멀리서 지켜보던 모든 구경꾼의 마음을 대변하는 것이기도 했다.

"……저 말입니까?"

그러자 구경꾼들 앞에서 남자는 이렇게 대답했다.

"저는 레오스…… 레오스 크라이토스. 이번에 이 학원에 초청받은 특별 강사이자…… 흠, 있는 그대로 말씀드리자면…… 예, 거기 있는 소녀. 시스티나의 약혼자라고 할 수 있겠군요."

침묵.

""""""뭐어어어어어어어어어어어어어어어어어?!""""""

곧이어 학교 부지 안에 남녀 다수의 얼빠진 목소리가 울려 퍼졌다.

"……레오스 크라이토스인가."

알자노 제국 마술학원 학원장실에서 풍성한 금발의 미녀가 우울한 표정으로 한숨을 내쉬었다.

그리고 그 미녀— 마술학원의 교수 세리카 아르포네아는 이번에 특별 강사로 초청한 인물의 이력서를 눈으로 훑으면서 입술을 벌렸다.

"설마 이 녀석이 올 줄이야……."

"호오, 그를 알고 있는가? 세리카 군."

집무용 책상에 앉은 학원장 릭은 약간 뜻밖이라는 듯이 물었다.

"하하하! 그야 크라이토스 백작가의 레오스라고 하면 제국 종합 마술학회에서 최근 화제가 된 유명인이지 않나."

크라이토스 백작가.

이 가문에 관해 설명하려면 이야기를 40년 전으로 거슬러 올라갈 필요가 있다.

지금으로부터 약 40년 전. 화해라는 형태로 종결된 알자노 제국과 레자리아 왕국의 『봉신 전쟁』. 그 오랜 전쟁을 치르느라 제국의 경제는 크게 곤두박질쳤고 수많은 제국 귀족이 거액의 부채를 떠안은 채 파산하고 몰락했다.

그리고 그런 궁핍한 지경에 처한 귀족 중 다수는 정부의 중앙 집권화 정책에 편승해서 적극적으로 영지를 왕가에 반환하고 영지 귀족에서 궁정 귀족으로, 영주는 대관(代官)으로 모습을 바꾸었다.

하지만 탁월한 영지 경영 수완을 발휘해서 재정난을 극복하고 자신의 영지를 지켜 낸 귀족들 또한 존재했다. 예를 들자면 나블레스 공작가, 슈더 후작가, 누아르 백작가 등등…… 이들 가문 대부분은 제국이 세워졌을 때부터 왕실에 충성을 맹세한 선임 대귀족들이었다.

크라이토스 백작가도 현대까지 살아남은 그런 유력 영지

귀족 중 하나였다.

하지만 40년 전의 크라이토스 가문에는, 예를 들면 나블레스 공작령처럼 비옥한 토지에서 생산되는 양질의 포도가 뒷받침된 와인 제조업을 기간산업으로, 금융업을 유치해서 막대한 이익을 거둬들이는…… 등의 강력한 지지 기반이 존재하지 않았다.

그래서 전쟁의 영향으로 가세가 크게 기운 크라이토스 가문도 한때는 왕가에 영지를 반환하느냐 마느냐 하는 문제에 봉착한 시기가 있었다.

하지만 크라이토스 영지에는 막대한 수입 기반이 없어도 마술 의식의 실천과 마술연구에 적합한 뛰어난 영맥(靈脈)이 있었다. 그리고 선대 영주가 취미로 모은 귀중한 마술서, 마도서, 마술 관련 물품도 다수 존재했다.

게다가 영지에서 일시적으로 도망쳤던 당시의 삼남은 알자노 제국 마술학원에서 최신 마술을 배운 우수한 마술사였다.

그래서 경영난에 처한 당시의 크라이토스 가주는 그 삼남을 불러들여 가문의 흥망을 건 새로운 마술학원을 설립하고, 거기서 벌어들이는 수익과 학교 설립으로 인한 경제 효과로 영지의 재정을 회복하기로 결정했다.

그 삼남을 초대 학장으로 세워서 발족한 학교의 이름은 크라이토스 마술학원.

레이라인의 위치 관계상 알자노 제국 마술학원이 세워진 땅에서 시도하기엔 적합하지 않은 마술연구와 의식을 펼칠 수 있고, 알자노 제국 마술학원에는 없는 마도서와 마도기를 접할 수 있는…… 그런 크라이토스 마술학원의 독자적인 우위성을 인정받아 정부의 지원금을 받은 결과, 무모하게 여겨졌던 시도는 마침내 대성공을 거두었다. 이윽고 해마다 학생들도 늘어난 덕분에 흑자 경영도 손쉽게 달성. 그리하여 크라이토스 백작가는 훌륭하게 경영난을 극복하게 되었다.

현재 크라이토스 마술학원은 사립학교임에도 고작 40년 만에 알자노 제국 마술학원에 버금가는 제2의 마술학원으로서 온 제국에 널리 알려질 정도로 성장했다.

그리고 새로운 마술학원을 설립한 것을 기회 삼아 그때까지는 마술과 거의 관계가 없었던 크라이토스 가문도 본격적으로 마술학회에 참가해 신흥 마술사 가문으로서 유명세를 떨치게 되었다.

"레오스 크라이토스. 다들 알다시피 크라이토스 백작가 차기 당주 후보 중 한 명…… 요컨대 크라이토스의 후계자인 셈이지."

세리카는 자신이 아는 범위 안에서 크라이토스 백작가의 역사를 떠올리고는 말했다.

"자신의 가문에서 경영하는 크라이토스 마술학원에서도 강사직을 맡았고, 마술사로서도 일류. 마술연구에도 힘을 쏟고 있어서 최근에는 군용 마술에 관한 획기적인 연구 성과와 논문을 몇 개나 발표했으며 하나같이 높은 평가를 받았단 말이지……."

세리카는 레오스의 이력서를 가지런하게 정리하고 학원장의 책상 위에 올려놓았다.

"현재 제국 종합 마술학회에 학회원으로 소속된 마술사 중에서 그 이름을 모르는 인간은 아무도 없다더군."

"음. 그램드 선생이 급환으로 쓰러져 요양을 위해 일시적으로 휴직했을 때는 어쩌나 싶었네만…… 밑져야 본전으로 크라이토스 마술학원에 연락을 넣었더니 설마 기간 한정이라고 해도 이런 우수한 사람을 보내줄 줄이야!"

어째 떨떠름한 얼굴의 세리카와 달리 릭 학원장은 기뻐서 어쩔 줄 모르는 얼굴이었다.

"이건 굉장한 기회입니다, 학원장님."

할리도 릭 학원장의 말에 만족스러운 듯 고개를 끄덕였다.

"저도 레오스 님과는 학회에서 대화를 나눌 기회가 있었습니다만…… 마술사로서의 예절을 완벽하게 준수하는 훌륭한 분이시더군요. 게다가 그의 군용 마술에 관한 깊은 조예는 저 역시 절로 감탄이 나올 수준이었습니다."

"오오, 설마 할리 군이 그 정도로 높이 평가할 줄이야……."

"신흥 마술사 가문 출신이라 학회에서는 아직 입지가 좁은 모양입니다만, 그야말로 마술사의 귀감이라 불릴 만한 인물. 그와 같은 인물이 오는 건 굉장한 행운입니다. 분명이 마술학원에 새로운 바람을 불러오겠지요."

늘 미간을 찌푸리고 있는 할리도 오늘은 보기 드물게 환한 표정을 짓고 있었다.

"음······."

하지만 세리카는 왠지 납득이 가지 않는다는 표정을 짓고 있었다.

"흠, 왜 그러나. 세리카 군. 뭔가 신경 쓰이는 점이라도 있는 겐가?"

"아니, 조금······."

의아하다는 목소리로 묻는 학원장에게 세리카는 잠시 뜸을 들이고 대답했다.

"하필이면 왜 이 녀석이 오는 건가 싶어서."

"그게 무슨 뜻인가."

"아니······ 조금 전에도 말했지만 이 녀석은 크라이토스 가문의 후계자야."

세리카는 책상 위에 있는 이력서를 힐끔 흘겨보았다.

"확실히 알자노 제국 마술학원과 크라이토스 마술학원은 제휴 관계를 맺고 있어. 이쪽의 빈자리를 메우기 위해 일시적으로 크라이토스 마술학원에서 강사를 파견하는 건······ 이상한 일이 아니야. 하지만 왜 군이 레오스 크라이토스를 보낸 거지?"

그렇게 말하는 세리카의 얼굴에는 역시 당혹스러움과 의문이 떠올라 있었다.

"크라이토스 백작가의 차기 당주 후보, 학회에서 화제를 모으는 기대의 신성, 크라이토스 마술학원 굴지의 명강사…… 왜 그런 거물이 이쪽에서 발생한 빈자리를 메우려고 구태여 크라이토스령에서 먼 걸음을 옮긴 거지? 보통은 훨씬 더 수준이 떨어지는 상대를 보내기 마련이잖아?"

"……듣고 보니 확실히 좀 묘한 구석이 있기는 하군."

레오스의 초청으로 약간 들떠 있던 학원장도 조금이지만 냉정함을 되찾았다.

"게다가…… 크라이토스 가문은 요즘 여러모로 구린내가 나."

그리고 세리카는 담담하게 뒷말을 이었다.

"차기 당주 후보라는 건 말 그대로 다른 당주 후보도 있다는 뜻이야. 원래 크라이토스령을 다스리던 본가와 크라이토스 마술학원의 초대 학장을 맡아서 사실상 크라이토스를 재건한 삼남의 분가……. 어느 쪽이 진정한 당주에 어울리는지 현재 알력 다툼을 벌이는 중이라더군. 레오스는 분명 본가 출신…… 유력한 차기 당주 후보가 이런 중요한 시기에 크라이토스령을 벗어난다고? 뭔가 이상하지 않아? 대체 무슨 목적이 있어서……."

그런 세리카의 염려를 할리가 코웃음으로 흘려 넘겼다.

"흥, 노망이라도 난 건가? 늙은이. 집안 소동 같은 건 역사와 전통이 있는 명가라면 어디서나 흔히 볼 수 있는 일. 외부인이 참견할 문제가 아니야. 내 말이 틀렸나?"

"아니, 뭐…… 그건 그렇다만."

할리의 지당한 발언에 세리카는 쓸쓸한 표정을 지을 수밖에 없었다.

"사실 네놈은 바보 제자가 레오스 님 때문에 입지를 **빼앗기지나** 않을까 걱정하는 것뿐 아닌가? ……정말이지 비열한 여자로군."

"그렇다면 좋겠지만……."

세리카는 어쩔 수 없다는 듯 어깨를 으쓱거리며 한숨을 내쉬었다.

확실히 할리의 지적도 완전히 틀린 말은 아니었다.

글렌의 부모를 대신하는 존재로서, 스승으로서 그의 입지를 위협할지도 모르는 인물이 오는 건 역시 나름대로 마음에 걸렸다.

하지만…… 여자의 감이라고 해야 할까. 그런 부분을 떼어놓고 봐도 이번 레오스의 방문은 불길한 예감밖에 들지 않았다.

현재 페지테에서 빈번한 **그 흉흉한 사건**도 그렇고, 요즘들어 주위에 워낙 골치 아픈 일이 많다 보니 긴장을 풀 수가 없었다.

'나 원 참…… 하필이면 지하 미궁의 정기 탐사 시기에 올 줄은……'

세리카는 내일부터 마술학원 지하에 있는 미궁의 탐색을 떠날 예정이었다.

이 지하 미궁은 알자노 제국에 무수히 존재하는 고대 유적 중 하나였다. 사실 이 수수께끼의 미궁을 탐색하고 조사하는 것이야말로 그녀의 주요 업무이자 마술학원에 적을 둔 가장 큰 이유이기도 했다.

지금까지 몇 년에 걸쳐서 탐색을 반복한 덕분에 조금씩 지도와 텔레포터가 완성되었지만 아직도 최하층에 도달하지는 못했다.

'이제 와서 내 개인적인 사정으로 예정을 변경할 수도 없는 노릇이고…… 한번 지하 미궁에 들어가면 적어도 보름 동안은 돌아올 수 없어……. 유적의 특성 때문인지 심층부부터는 통신 마술을 쓰는 것도 불가능……. 지상과 연락을 취할 수도 없게 되는데……'

뭔가 여러모로 불온할 때 자신이 학교에 없다는 사실에 불안을 느낀 세리카는 미련을 완전히 떨쳐 내지 못했다.

'정말이지, 늙은이의 기우로 그쳤으면 좋겠건만……'

세리카는 부용화처럼 아름다운 얼굴을 우울하게 물들이면서 창밖을 바라보았다.

푸른 하늘. 하얀 구름. 찬란하게 쏟아지는 햇빛.

창밖에는 여느 때처럼 예각 지붕이 늘어선 페지테의 거리 풍경과— 멜갈리우스의 천공성이 위풍당당하게 하늘 위에 떠 있었다.

"자, 잠깐만 레오스! 당신, 그게 무슨 소리야!"

갑작스러운 레오스의 폭탄 발언에 시스티나는 얼굴을 새빨갛게 물들이고 소리쳤다.

학교 앞마당에 목소리가 쩌렁쩌렁 울려 퍼지자 지나가던 학생들도 그들을 향해 시선을 모았다.

"그렇게 쌀쌀맞게 굴 필요는 없잖아요, 시스티나. 실제로 우리는 양가 부모님들께서 정해주신 약혼자가 아닙니까."

레오스는 장난스럽게 쿡 하고 웃었다.

관중들은 쑥덕거리며 술렁였다.

"부, 부모님들이 정해줬다니…… 지, 진짜로?"

구석에서 듣고 있던 글렌도 꿀꺽 침을 삼켰다.

"그런데 너…… 아무리 부모님이 정해준 거라도 그렇지…… 그거 진심으로 하는 소리야? 너 바보지?"

그리고 글렌은 시스티나의 약혼자를 자칭한 남자— 레오스를 진심으로 불쌍해하는 듯한, 애도하는 듯한 눈으로 쳐다보았다.

"진짜 이 히스테리녀(女)랑 결혼하려고? ……아서라 아서. 이 녀석과 맺어진다니, 인생의 무덤은커녕 명계 제구원(第九

原)에 떨어지는 거나 다름없다고. 제정신으로 할 짓이 아니거든?"

"그 진심으로 불쌍해하는 표정은 뭐죠?! 대체 무슨 뜻이냐구요!"

곧바로 시스티나가 성난 고양이처럼 따지고 들었다.

"하하하, 농담으로 이런 말을 할 리가 없지요……."

하지만 레오스는 글렌의 엄청나게 실례되는 발언을 가볍게 흘려 넘겼다.

"그것보다 제 장래의 반려를 모욕하는 언사는 삼가주시지 않겠습니까? 그녀에 대한 모욕은 저에 대한 모욕이나 마찬가지입니다."

그리고 날카로운 눈으로 노려보자 글렌은 절로 몸이 위축되었다.

"윽…… 미, 미안……."

"누구신지 모르겠지만 당신도 제국의 신사가 아닙니까. 여성을 대하는 방법을 좀 더 공부하시는 편이 좋을 것 같군요."

"자, 잠깐 레오스! 너무 진심으로 받아들이지 마! 글렌 선생님은 그게…… 악의는 없다고 해야 할지, 농담이라고 해야 할지, 바보라고 해야 할지, 이게 보통이라고 해야 할지……."

다소 분위기가 험악해지자 시스티나가 황급히 끼어들었다.

"……글렌 선생님? 아아……. 그렇다면 당신이 그 글렌 레이더스 씨겠군요."

"어, 어떻게 내 이름을……?"

"제가 강사로 일하는 크라이토스 마술학원에도 당신에 대한 소문이 퍼졌거든요."

시스티나의 말에 약간 마음이 풀렸는지 레오스는 온화한 표정으로 다시 글렌을 돌아보았다.

"라이벌 학교에 갑자기 나타난 기대의 신인 강사. 마술이론의 근본적인 이해를 중시한 실전파 마술강사…… 습득한 주문의 개수를 겨루는 작금의 꽉 막힌 마술교육 현장에서는 좀처럼 보기 드문 분이니까요. 저도 당신의 강의는 꼭 한 번 듣고 싶었습니다."

"아니…… 그렇게까지 대단한 강의는 아닌데……."

레오스의 완벽한 신사다운 태도에 글렌은 자기 페이스를 잃었다.

"그것보다 댁은 대체 누구야? 이 하얀 고양이랑 무슨 관계지? 크라이토스라고 했…… 설마 진짜 그 크라이토스였어?"

하얀 고양이라는 단어에 레오스가 다시 살짝 눈썹을 찌푸렸지만 아무래도 이 정도의 무례는 그냥 흘려 넘길 생각인 듯했다.

"아마 당신이 상상하는 그 크라이토스일 겁니다. 크라이토스 백작가의 장자로서, 크라이토스 마술학원에서 알자노 제국 마술학원에 특별 강사로 파견된 게 바로 저, 레오스 크라이토스입니다. 아무쪼록 잊지 말아주시길."

레오스는 우아한 태도로 인사했다.

"서, 설마…… 크라이토스 백작가의 후계자님이 직접 납실 줄은……."

글렌은 갑자기 존댓말을 썼다. 그야말로 권위에 약한 소인배의 귀감이라 할 만했다.

"그리고 시스티나와 제 관계는…… 조금 전에 말씀드린 대로 저는 그녀의 약혼자입니다."

"그, 글쎄 그건……."

시스티나는 얼굴을 붉게 물들인 채 거리낌 없이 선언하는 레오스에게 뭔가 반론하려 했다.

"전 지금도 진심이에요, 시스티나. 당신을 진심으로 사랑합니다."

"으으……."

하지만 레오스가 진지한 눈으로 바라보자 입을 다물 수밖에 없었다.

"흐어……."

남들 앞에서 당당하게 사랑을 고백하는 정열적인 레오스의 모습에 글렌은 어안이 벙벙했다.

"아, 실례. 저와 시스티나는 소위 말하는 소꿉친구였습니다만……."

레오스는 그런 글렌에게 한 치의 부끄러움도 없다는 듯 신사적인 태도로 설명을 시작했다.

　"사실 우리 크라이토스 마술학원 초대 학장으로 계셨던 로이 크라이토스와 시스티나의 조부이신 레돌프 님은, 알자노 제국 마술학원에서 함께 배운 동기이자 친우셨습니다. 그리고 레돌프 님께서는 크라이토스 마술학원을 창립할 때 여러모로 힘이 되어주신 분이기도 하고요. 그런 인연으로 크라이토스 가문과 피벨 가문은 옛날부터 가족 단위의 교류를 맺고 있었습니다. 저도 옛날에는 아직 어렸던 그녀와 자주 놀아주기도 했고요."

　"흐응~ 그런 식으로 만났던 건가……. 흐음……."

　글렌은 묘하게 납득한 듯 고개를 끄덕였다.

　그러자 시스티나가 당황하면서 글렌에게 변명을 시작했다.

　"그, 그러니까 아니라구요! 오해예요! 약혼이라는 건, 그게……."

　"잘됐잖아, 하얀 고양이! 완벽한 신데렐라 스토리구만!"

　하지만 그런 시스티나의 말을 가로막은 글렌은 배려가 세포 단위로 사멸한 듯한 말을 지껄였다.

　게다가 찬란하게 빛나는 태양 같은 미소로 엄지까지 척 세우는 게 아닌가.

　"크라이토스 백작가라고 하면 유력 귀족인 데다 엄청난 부자! 너, 그런 곳에 시집을 간다니 진짜 행복한 녀석이잖아! 평생 놀고먹을 수 있을 테니 진심으로 부럽다!"

시스티나는 뺨을 실룩거렸다.

"아하하! 사실 난 널 무지무지 걱정했거든? 아무튼 『사귀고 싶지 않은 미소녀』, 『설교 여신』, 『미스릴의 요정』…… 루미아랑 리엘과 달리 넌 남학생들에게 평판이 완전 바닥이었잖아~?"

시스티나의 관자놀이에 시퍼런 힘줄이 솟았다.

"솔직히 장래에 색시로 받아 줄 녀석이 없을까 봐 걱정했는데…… 갑자기 이렇게 해결! 게다가 보통은 생각할 수 없는 최고의 조건! 이 선생님은 널 솔직하게 축하하마!"

시스티나의 어깨와 굳세게 쥔 주먹이 부들부들 떨리기 시작했다.

"이야~ 짚신도 제짝이 있다는 말이 사실이었구만! 잘됐구나, 하얀 고양이! 아, 맞아. 이대로 혼담이 잘 풀리면 내가 결혼식 피로연에서 축사를 맡아 줄 수도—."

《이·바보오오오오오오오오오오오오오》!"

"끄아아아아아아아아악?! 우째서?!"

그리고 시스티나가 영창한 【게일 블로】가 글렌의 몸을 인정사정없이 날려 버렸다.

바람에 날리는 나뭇잎처럼 드높이 하늘로 솟구친 글렌의 몸.

"……난 잘 모르겠는데."

그런 광경을 멀찍이서 지켜보던 리엘이 불쑥 입을 열었다.

"시스티나, 엄청 화났어. ……이유가 뭐지?"

"아 아하하…… 왜, 왠지 일이 엄청 커진 것 같네……."

루미아는 그저 모호하게 웃을 수밖에 없었다.

레오스 크라이토스. 크라이토스 백작가의 후계자이자 크라이토스 마술학원에서 소문이 자자한 명강사. 제국 종합 마술학회 기대의 신성.

아무튼 그런 인물이 방문하자 알자노 제국 마술학원의 관계자들은 엄청나게 흥분했다.

과연 어떤 수업을 할까. 어떤 마술을 가르칠까.

그 화려한 명성 때문인지 기대치는 끝없이 치솟았고…… 레오스는 그 기대에 완벽하게 부응했다.

알자노 제국 마술학원의 수업은 크게 두 종류로 나뉜다.

필수 수업과 전문 강좌다.

필수 수업은 말 그대로 학생 전원이 졸업하기 위해 반드시 학점을 취득해야 하는 수업이었다. 마술 기초 이론부터 시작해서 흑마술학과 백마술학, 연금술 실험, 수학과 생화학 같은 각종 자연과학과 룬어(語)학 등등…… 마술의 기초를 폭넓게 배우기 위한 수업이기에 각 반의 담당 강사가 가르친다. 출석은 필수가 아니고 학기말 시험에만 합격하면 학점을 취득할 수 있으므로 다른 반의 담당 강사가 하는 수업을 몰래 듣고 이수하는 것도 가능했지만, 자신이 속한 반의 담당 강사에게 수업을 받는 것이 일반적이었다.

한편, 전문 강좌는 학원의 강사들이 독자적으로 개설하는 강좌였다. 강사 본인의 전문 분야 마술이나 연구 성과를 가르치므로 기본적인 필수 수업보다 훨씬 더 심화된 내용을 다루고 있으며, 학생들도 학년이나 반을 불문하고 듣고 싶은 사람이 자유롭게 선택할 수 있는 수업이었다.

레오스는 알자노 제국 마술학원에 오자마자 병으로 자리를 비운 그램드 선생이 담당했던 반의 필수 수업을 맡는 동시에 이 전문 강좌를 개설했다.

그 전문 강좌의 내용은―.

"―지금까지 이 차이더의 마력 에너지 변환 효율식을 설명했습니다만…… 이것으로 왜 제국에 채용된 군용 어설트 스펠이 대부분 『염열』, 『냉기』, 『전격』의 삼속성으로 구성된 건지 여러분도 이해하셨을 거라 믿습니다."

마술학원 서관, 모여든 학생들로 만원인 대강의실 교단 앞에 선 레오스는 기대와 존경의 시선을 한 몸에 받으면서 교편을 휘두르고 있었다.

고요하게 가라앉은 이 넓은 공간에서 레오스의 목소리는 선명하고 낭랑하게 울려 퍼졌다. 때로는 명쾌하고 유창하며 어딘지 모르게 부드럽고 달콤한 찬송가 같은 목소리.

게다가 누가 봐도 귀족다운 레오스의 탁월한 용모까지 더

해져 강의를 듣는 여학생들은 마치 꿈을 꾸는 표정으로 그 목소리에 넋을 잃고 있었다.

늠름하게 등줄기를 꼿꼿하게 편 위풍당당한 자세와 늘 여유 있는 미소를 잃지 않는 레오스는, 사춘기 소녀들에게 그야말로 어릴 때 꿈꾼 이상적인 왕자님이 현실에 구현된 것이나 다름없는 존재였다.

"그렇습니다. 마력을 물리적인 작용 에너지…… 즉, 물리 작용력으로 변환했을 때『염열』,『냉기』,『전격』의 삼속성이 가장 변환 효율이 좋기 때문입니다. 바꿔 말하면, 가장 효율 좋게 대상에게 대미지를 줄 수 있는 마력의 사용법이라고도 할 수 있죠."

한편, 레오스의 용모와 목소리에 관심이 없는 남학생들도 강의에 푹 빠져 있었다.

그런 그들을 강렬하게 끌어들인 것은 역시 강의 내용이었다.

"그럼 여기서 실제로 여러분도 차이더 마력 에너지 변환 효율식을 이용하여 각 주문의 머테리얼 포스를 산출해보십시오. ……어떻습니까? 같은 구성 규격의 주문, 같은 소비 마력량으로 계산해도…… 『염열』,『냉기』,『전격』의 삼속성 주문이 다른 계통의 어설트 스펠에 비해 훨씬 더 머테리얼 포스 수치가 높지요?"

레오스가 개설한 이 전문 강좌의 이름은—『군용 마술 개론』.

그의 전문 분야가 군용 마술에 관한 연구이므로 당연히 레오스가 개설하는 전문 강좌도 같은 분야를 다루고 있었다.

"반대로…… 예를 들면 바람 속성 어설트 스펠을 같은 방식으로 계산해보세요. ……같은 조건이라도 삼속성에 비하면 상당히 머테리얼 포스 수치가 낮은 것을 확인할 수 있을 겁니다. 그야 당연하지요. 바람을 일으키려면 중력으로 변환한 마력을 사용해 기압 차를 일으켜서 기류의 흐름을 만든 후에 머테리얼 포스를 생성해야만 하니까요. 즉, 에너지 손실이 매우 큰 셈입니다. 이것이 바람의 어설트 스펠이 약하다고 야유를 받는 가장 큰 이유입니다."

군용 마술은 가장 알기 쉬운 『마술사의 힘』의 상징이다. 힘을 동경하는 사춘기 소년이 이런 부류의 이야기에 빠져드는 건 지극히 당연한 일이었다.

"가령 10의 마력을 쓴다고 해봅시다. 그때 머테리얼 포스의 삼속성 변환의 이론적인 최대 수치는 염열:냉기:전격 = 약 8.5:7.9:8.2. 차이더의 삼속 비율이라고 불리는 이 비율을 반드시 머릿속에 새겨 두시길 바랍니다."

물론 레오스도 군용 마술의 주문 그 자체를 학생들에게 가르치지는 않았다. 마술학원의 학생들— 즉, 제2계제 이하의 마술사는 군용 마술을 습득하는 게 금지되어 있기 때문이다.

그래서 레오스는 어째서 현 제국군의 전력을 지탱하는 군용 마술이 지금과 같은 형태로 진화했는지, 대체 어떤 목적을 위해 다양한 군용 마술이 태어나게 된 것인지, 그리고 각 군용 마술을 구성하는 논리와 개념 등을 주로 가르쳤다.

"여러분이 나중에 어설트 스펠을 쓰게 됐을 때, 이 변환 효율식과 삼속 비율에 대한 이해는 틀림없이 마력 효율의 최적화와 위력의 향상으로 이어질 겁니다. ……그것이 설령 【쇼크 볼트】 같은 초급 주문이라도 말입니다."

하지만 레오스의 강의는 내용을 이해하기만 하면 현재 습득한 주문으로도 자신의 전투 능력이 최대한 향상되도록 연결되어 있었다. 학생들은 그의 이야기를 듣기만 했는데도 확실히 한 단계 더 강해진 기분이 들었으리라.

"오오…… 그, 그렇구나!"

"레, 레오스 선생님…… 멋져……."

이미 학생들은 성별과 이유를 불문하고 레오스의 강의에 흠뻑 빠져 있었다.

"자, 그럼 지금까지의 강의로 현재의 군용 마술 중에서 『바람의 주문』이 약하다는 결론에 도달했습니다만…… 그래도 바람의 주문은 엄연히 존재하고 있으며, 상황과 작전에 따라 적절하게 운용되고 있습니다. 왜일까요. ……두말할 필요도 없이 바람의 주문에도 나름대로 장점이 있기 때문입니다만……."

그 순간 오늘의 강의 시간 종료를 알리는 종소리가 멀리서 들려왔다.

"……시간이 다 됐군요. 그럼 다음 강의에서는 바람 속성 마술의 장점과, 그것들이 군에서 어떤 식으로 운용되고 있는지를 이야기해볼까 합니다. ……그럼 수고하셨습니다."

레오스가 우아하게 인사하자 청강자들의 우레와 같은 박수 소리가 터져 나왔다.

자세히 보니 학생뿐만이 아니었다. 개중에는 열심히 공부하는 젊은 강사들의 모습도 드문드문 보였다.

"……완벽해."

대강의실 뒤쪽에서 조용히 흘러나온 감탄. 의자 등받이에 몸을 기대고 팔짱을 낀 채 보기 드물게 진지한 얼굴로 청강자들 사이에 껴 있는 글렌의 모습도 보였다.

"레오스 크라이토스…… 소문으로는 들었지만 확실히 대단한 녀석이군."

이 대강의실은 완만한 경사를 이루고 있어서 뒷자리일수록 높은 위치에 있었다. 글렌은 교단에 선 레오스의 모습을 멀리 내려다보면서 중얼거렸다.

"군의 일반 마도병 절반 이상이 제대로 이해하지 못한 머테리얼 포스 이론을 햇병아리 학생들도 완벽하게 이해하도록 설명하다니……. 이런 녀석이 있었을 줄은……."

"예, 정말 굉장한 수업이었어요."

글렌의 오른쪽 옆자리에 앉은 루미아도 감탄한 듯 글렌의 말을 긍정했다.

"어려운 이론이지만 저희도 이해할 수 있게 잘 풀어서 논리 정연하게 설명해주신 덕분에 굉장히 이해하기가 쉬웠어요. ……마치 선생님 수업처럼요."

"나도 굉장히 잘 알았어."

글렌의 왼쪽에 우두커니 앉아 있던 리엘도 가슴을 펴고 말했다.

"지, 진짜? 너도 이해할 수 있을 정도였어?"

글렌은 경악한 나머지 자기도 모르게 리엘의 옆얼굴을 응시했다.

그러자 리엘은 아주 살짝 고개를 끄덕였다.

"응. 저 녀석이 무슨 말을 하는지…… 난 하나도 모르겠다는 사실을 굉장히 잘 알았어."

"……넌 늘 변함이 없구나."

글렌은 못 말리겠다는 듯 어깨를 으쓱이고 다시 교단 쪽으로 시선을 돌렸다.

레오스의 주위에는 많은 학생이 몰려 있었고, 오늘 강의에 대한 질문이나 식사 권유 같은 별 의미 없는 잡담 등으로 시끌벅적했다.

레오스는 그런 학생들과 대화를 나누느라 바빠 보였다. 싫은 내색 한 번 하지 않고 신사다운 미소를 지은 채 한 사람 한 사람씩 정중하게 대응하는 중이었다.

"……레오스 크라이토스라."

그렇게 중얼거린 글렌의 얼굴은 왠지 떨떠름하고 씁쓸해 보였다.

'하지만…… 왠지 맘에 안 드는군.'

미남인 주제에 집안도 부유하고 성격이 신사다운 시점에서 이미 글렌의 마음속에서는 사형 확정인 대중죄인이었지만, 지금 그런 건 아무래도 상관없었다.

'저 녀석…… 확실히 굉장한 수업이었어. 하지만…… 아무리 그래도 애들에게 가르치기에는…… 너무 이른 내용이잖아.'

글렌은 오늘의 강의 내용을 되새겨보았다.

글렌이 마술사로서의 종합적인 역량 향상을 목표로 삼고 학생들에게 룬어 문법, 술식 구축 기술, 자연 과학의 마술적인 응용과 이해, 그 밖에도 마술사에게 필요한 폭넓은 지식을 심도 있게 가르치는 반면, 레오스는 마술사로서의 전투 능력과 전투 기술을 향상하는 것에만 목적을 둔 수업을 전개했다. 같은 이론, 실천 주의라도 근본이 전혀 달랐다.

어떻게 효율적으로 마력을 파괴력으로 변환할 수 있을까. 어떻게 효율적으로 인간을 죽일 수 있을까. 그런 살인에 특화한 기술을 어떤 식으로 운용할 수 있을까.

레오스는 그런 피비린내 나는 부분을 교묘하게 미화하면서 강대한 마술의 힘이 가진 화려한 일면만 강조하고 선전했다.

마술에 뜻을 둔 자는 대부분 자기 과시욕의 화신이다. 평범한 인간과는 격이 다른 자신, 다른 사람이 가질 수 없는 강대한 힘을 가진 자신이라는 존재를 동경하며 남몰래 혼자 열락에 잠기는…… 아무리 성인군자 같은 마술사라도 그런 일면을 가지고 있기 마련이었다.

　그러므로 오늘 레오스가 한 수업은 신출내기 마술사에 불과한 학생들에게는 마치 감미로운 마약처럼 마음속 깊이 새겨졌을 것이다.

　그리고 우수한 학생이라면 설령 【쇼크 볼트】 같은 초급 주문으로도, 방법에 따라서는 충분히 사람을 죽이는 게 가능하다는 사실을 눈치챘으리라.

　'……이 녀석들은 큰 힘을 가진다는 의미를, 그 힘을 행사했을 때 초래하는 결과를 그저 지식으로만 알고 있을 뿐이야……. 저 녀석 정도의 마술사가 그 사실을 모를 리 없을 텐데…….'

　글렌은 언짢은 듯 손에 턱을 괴고 혼자 고민에 잠겼다.

　"역시 선생님께선 이런 수업을 인정하고 싶지 않으신가요?"

　그러자 루미아가 그런 글렌을 배려하듯 모호한 미소를 지으며 속삭였다.

　"……저도 생각해봤어요. 아직 저희에게는…… 분수에 맞지 않는 힘이라고요."

"……."

"큰 힘에는…… 늘 주의를 기울여야겠죠. 선생님께서는 항상 힘의 의미와 쓸 곳을 잘 생각하라고, 힘에 휘둘리지 말라고 입술이 부르트도록 말씀하셨는데…… 지금은 그게 무슨 뜻으로 하신 말씀이었는지 이해할 수 있을 것 같아요."

글렌은 눈동자만 굴려서 루미아를 흘겨보았다.

"괜찮아요, 선생님. 적어도 선생님의 가르침을 받은 학생 중 잘못된 길을 선택할 사람은 아무도 없을 테니까요. 불안하신 건 알겠지만 좀 더 저희를 믿어주세요."

그렇게 말한 루미아는 꽃처럼 활짝 웃었다.

"……그게 뭔 소리냐?"

글렌은 턱을 괸 자세로 머리를 벅벅 긁고 시선을 피했다.

"왠지 저 소문의 미남이 내가 상상했던 것보다 더 잘나서 질투한 것뿐이거든? 젠장, 하늘은 두 가지 재능을 동시에 내려주지 않는다는 격언은 대체 어디로 간 거야……. 두 개는커녕 네다섯 개는 족히 되겠구만. 비겁해……!"

토라진 것처럼 투덜대는 글렌의 반응에 루미아는 마치 고집 센 동생을 다정하게 지켜보는 누나처럼 쿡쿡 웃었다.

그리고 글렌은 루미아의 시선을 피하려는 듯 크게 몸을 비틀어서 뒷자리를 돌아보았다.

"야, 하얀 고양이. 축하한다. 네 장래의 남편께선 실제로 대단한 녀석이었어. 넌 진짜 봉 잡은 거야."

"그, 그러니까 그런 게 아니라고 했는데……!"

글렌의 바로 뒷자리에 앉은 시스티나는 주먹을 부들부들 떨면서 불쾌한 얼굴로 그를 쏘아보았다.

"아니라니…… 뭐가? 저 녀석은 네 약혼자잖아?"

"확실히 형식상으로는 그럴지도 모르지만……!"

"형식상으로는 그럴지도 모른다니…… 형식이고 나발이고 부모님들이 정해준 약혼자라면 거의 확정된 거잖냐."

"그러니까 아니라구요! 그건ㅡ."

마침 그때ㅡ.

"거기 있었군요, 시스티나."

부드러운 목소리가 끼어들었다.

"아…… 레오스……."

"제 강의를 들으러 와줬군요?"

시선을 돌리자 마침내 학생들에게서 해방된 레오스가 부드러운 미소를 짓고 시스티나를 향해 걸어오고 있었다.

"제 강의는 어땠나요? 당신의 기탄없는 의견을 듣고 싶은데요."

"어? 그게…… 무척 훌륭한 수업이었어. 솔직히 지적할 부분이 없을 정도로……."

"그런가요. 그거 다행이네요."

레오스는 기쁜 듯이 웃었다.

"당신에게 그런 평가를 들으니 무척 기뻐요. 아무튼……

당신은 이 학교에서는『강사 킬러』로 유명한 모양이니까요."

"그……그건 그러니까…… 아으……."

레오스가 장난스럽게 웃자 시스티나는 얼굴을 붉히며 고개를 푹 숙여 버렸다.

그는 정말 보고만 있어도 반해버릴 듯한 미남이다. 그런 인간이 자신에게 호감을 보이면서 달콤하게 웃어주기까지 하니, 아직 연애의 연 자도 모르는 사춘기 소녀가 버틸 재간이 있을 리 없었다. 딱히 시스티나가 헤픈 여자인 건 아니었다. 연애 경험이 적은 순진한 소녀라면 이런 반응을 보이는 게 당연한 것뿐이다.

"일단 제1관문은 돌파……일까요? 장래의 반려조차 납득시킬 수 없는 수업을 하는 인간은 당신의 남편으로 어울리지 않을 테죠."

"그, 그러니까! 그, 그런 말을 남들 앞에서…… 아, 진짜! 왜 당신은 옛날부터 그렇게……."

"후후, 그야 당신을 사랑하니까요. 딱히 숨길 필요도 없지 않습니까."

그 시원스러운 용모와는 정반대로 한없이 정열적인 태도.

시스티나는 레오스에게 완전히 주도권을 잡힌 채 쩔쩔맬 수밖에 없었다.

완전히 안중에도 없는 루미아는 걱정스러운 얼굴로 두 사람의 동향을 지켜보았다.

참고로 리엘은 꾸벅꾸벅 졸고 있었고, 글렌에 이르러서는 지겹다는 듯이 고개를 돌리고 모른 척했다.

"시스티나. 잠시 저와 함께 밖으로 나가지 않겠어요? 당신과 하고 싶은 이야기가 있는데요."

레오스는 그렇게 말하면서 시스티나를 진지한 눈으로 바라보았다.

"으…… 꼭 지금 해야 하는 이야기야……?"

"딱히 그런 건 아니에요. 하지만 언젠가는 해야 할 중요한 이야기랍니다."

시스티나는 주저했다. 레오스의 진지한 표정을 보고 이제부터 밖에서 어떤 이야기가 화제로 나올지…… 대충 예상이 갔다.

"저기…… 루미아. 미안. 나…… 잠깐 다녀올게."

"으, 응……."

한동안 망설이듯 루미아와 레오스를 번갈아 쳐다본 시스티나는 이윽고 도망쳐 봤자 소용없다는 결론은 내린 모양이었다.

그렇게 레오스와 함께 강의실을 나갔다.

"하아~ 저 레오스라는 자식도 취향 참 특이하네……."

두 사람이 떠난 후 글렌은 관심 없다는 듯이 크게 하품을 했다.

"선생님……."

그러자 루미아가 약간 절박한 표정으로 말을 걸었다.

"하암…… 졸려…… 응? 왜 그래? 루미아."

"한 가지 부탁드리고 싶은 일이 있어요. 저기…… 굉장히 죄송한 부탁이지만요……."

루미아는 애원하는 눈으로 글렌을 바라보았다.

"……응? 뭔데?"

갑작스러운 이야기지만 알자노 제국 각지에는 수많은 고대 유적이 산재했다.

실제로 가도를 걷다 보면 고대의 비석과 비문을 높은 빈도로 찾아볼 수 있었고, 집을 짓기 위해 땅을 파면 새로운 유적이 발견되는 일도 흔했다.

전인미답의 변경으로 조사를 떠난 군 조사대가 새로운 고대 유적을 발견하는 것도 일상다반사.

마술학원의 지하에도 광대한 미궁 유적이 존재하며 페지테 하늘 위에 떠 있는 환상의 『멜갈리우스의 천공성』도 넓은 의미에서는 고대 유적에 해당했다.

알자노 제국이 있는 북 셸포드 대륙의 북서단에는 성력(聖曆) 전까지 거슬러 올라간 아득한 과거에 초마술 문명이라 불린 고대 문명이 존재했다. ―적어도 학설로는 그렇게 여겨지고 있었다.

그리고 마술학원 안에 있는 이 장소도 제국에 존재하는

그런 수많은 고대 유적 중 하나였다.

멜갈리우스의 도시 터.

마술학원의 광대한 부지 일각에 있는 이 유적은 과거 이 땅에 존재했다고 일컬어지는 고대 문명 도시인, 『멜갈리우스의 도시』의 극히 일부분이 지각 변동의 영향으로 지표면에 모습을 드러낸 것이라고 한다.

하지만 이 유적에는 과거의 초마술 문명에서 비롯된 마술적 가치가 전혀 없었다.

지금은 풍화해서 거의 무너진 바둑판 형태의 건물 터와 성벽의 흔적이 지표면에 약간 남아 있을 뿐. 규모도 약간 큰 공원 수준에 불과했다.

학교 측은 이런 인공적인 유적의 풍취를 살리는 동시에 나무와 화단으로 치장하고 길을 만들어서, 지금은 산책용 정원으로 학생들에게 개방하고 있었다.

눈부시게 쏟아지는 따스한 햇빛.

부드럽게 부는 바람에 흔들린 나뭇가지들이 기분 좋은 소리를 연주하고 작은 새들이 지저귀고 있었다.

시스티나와 레오스는 그런 정원을 나란히 걸었다.

옛날이야기를 꽃피우면서 느긋하게 발걸음을 옮겼다.

"……뭐? ……나랑 글렌 선생님의 관계?"

어느 정도 걷고 이야기를 나누다가 문득 그런 화제가 나왔다.

시스티나가 머리를 쓸어 올리자 그녀의 아름다운 은발이 부드러운 바람에 나부꼈다.

"딱히…… 그냥 교사와 제자, 그 이상도 이하도 아니야. 신세를 졌으니 나름대로 은혜를 느끼고는 있지만…… 적어도 당신이 상상하는 그런 관계는 아니라구."

"하하하, 그런가요. 제가 실례를 했군요."

레오스는 안심한 듯 미소 지었다.

"저도 남자입니다. 장래의 반려로 맞이하고 싶은 여성의 곁에 늘 다른 남자의 그림자가 있다면…… 불안해지기 마련이죠."

"……그래."

시스티나는 왠지 복잡한 표정이었다.

"그런데…… 이렇게 둘이서 걷고 있으니 옛날 일들이 생각나지 않습니까?"

"응…….."

물어볼 것까지도 없었다. 현재 시스티나의 머릿속에는 루미아와 만나기 전― 지금은 먼 어린 시절의 기억으로 가득했다.

일을 어느 정도 마무리 지은 부모님이 장기 휴가를 쓸 때마다 역마차를 타고 저 먼 크라이토스 백작령까지 놀러 갔던 그 시절.

거기서 만난 『연상의 멋있는 오빠』― 레오스.

남녀의 차이도 모르고 연애의 『연』 자도 모르면서, 그저 부모님 같은 신사 숙녀의 어른스러운 남녀 관계를 동경해 레오스에게도 그런 관계를 바라고 만 되바라진 어린 시절의 자신.

　자기도 잘 모르는 주제에 신사는 어떻고 숙녀는 어떻고 이러쿵저러쿵 한껏 거드름을 피우며 어른들처럼 화려하게 꾸미고, 레오스와 함께 사교장에 참석해서는 에스코트가 글러 먹었다느니, 자신도 만만치 않은 주제에 댄스가 서툴다느니…… 지금 돌이켜 보면 그를 실컷 휘두르고 다녔던 과거의 자신이 괴롭게 느껴졌다.

　하지만 레오스는 시스티나의 고집을 언제나 웃는 얼굴로 받아주었다.

　서로 어렸던 만큼…… 사이는 무척 좋았으리라. 마치 남매처럼.

　그래서 그런 자신들의 모습을 본 시스티나의 아버지 레너드와 레오스의 아버지 그라함은 술자리에서 거나하게 취한 김에 이런 말을 꺼내고 말았다.

　『레너드, 어때? 댁의 시스티나를 장래에 우리 레오스가 신부로 맞이하는 건.』

　『아하하! 그거 좋군! 레오스 군처럼 영리하고 장래가 유망한 소년이라면 환영이지!』

　그리고 시스티나와 그녀의 어머니 필리아나도 이렇게 말했다.

『……응? 내가 레오스의 신부? 좋아! 만약 레오스가 나한
테 어울리는 멋진 신사가 되면 신부가 돼줄게!』

『어머, 잘됐구나, 시스티. 그럼 너도 멋진 숙녀가 되기 위
해 노력해야겠지?』

물론 술김에 나온 농담이었다. 시스티나 본인이 결혼의 의
미조차 이해하지 못한 어린애였으니 레너드도, 그라함도, 필
리아나도 당연히 그렇게 받아들였다.

애당초 시스티나는 피벨 가문의 외동딸이자 중요한 후계
자였다. 데릴사위를 받는다면 모를까 신부로 출가시킬 수 있
을 리 없었다.

그래서 부모님들은 모두 내심 이렇게 생각했다.

이건 그저 농담일 뿐이라고.

하지만 그때부터였다.

레오스가 시스티나의 약혼자를 공언하게 된 것은…….

"그 시절에는 정말 즐거웠어요……. 당신이 크라이토스 영
지로 놀러 오는 날이…… 제 소년 시절의 즐거움이었답니다."

"응…… 나도 그랬어."

이윽고 즐거웠던 어린 시절은 끝을 고했다.

나이를 먹고 성장해서 남녀의 차이를 알게 된 후부터
는…… 아무런 거리낌 없이, 마치 강아지처럼 함께 뒹굴면서
놀 수는 없게 되었다.

루미아와 만나게 되고 그녀와 함께 학교에 다니게 된 시스

티나는 연애 같은 건 뒤로 젖혀 둔 채 마술 공부에만 전념 했고…… 그녀 안에서 레오스가 차지하는 비율도 차츰 줄어 들었다.

시스티나의 부모님도 일이 바빠지는 바람에 요 몇 년간 거 의 집을 비웠다. 게다가 크라이토스 백작가도 차기 당주의 자리를 둘러싼 계승자 문제로 시끄럽다 보니 쉽게 놀러 갈 수 있는 상황이 아니었다. 언제부턴가 시스티나와 레오스가 만날 기회는 급격히 줄어들게 되었고 오늘은 정말 오랜만에 재회한 셈이었다.

"세월의 흐름이라는 건 잔혹하군요. 그때는 이런 관계가 언제까지나 계속될 거라고 믿어 의심치 않았는데……."

"맞아. 이대로 세월의 흐름에 맡긴다면…… 분명 나와 당 신의 관계는 어린 시절의 즐거웠던 『추억』으로 언젠가 마음 속에만 담아 두게 됐을 거야……."

시스티나는 우울해진 표정을 하고 머리카락을 쓸어 올렸다.

은실 같은 아름다운 머리카락이 다시 바람에 흔들리며 나 부꼈다.

"……『추억』을 그저 『추억』으로만 남기지 않을 방법도 있어 요."

그 순간 시스티나의 심장이 한 번 크게 뛰었다.

아아, 왔구나.

그런 확신에 가까운 예감이 들었다.

"시스티나……."

레오스는 어느새 걸음을 멈추고 시스티나를 똑바로 바라보았다.

"저와…… 결혼해주세요."

온화한 표정으로 마침내 확실히 고백했다.

긴장한 시스티나는 가슴 언저리에서 손을 꼭 맞잡았고 두 사람 사이를 부드럽고 시원한 바람이 스쳐 지나갔다.

……한편, 시스티나의 십몇 미트라 뒤에 있는 수풀 속에는—.

"왜 내가 남의 연애질을 훔쳐봐야 하는 거지……?"

언짢은 표정으로 투덜대는 염탐꾼— 글렌이 있었다.

그는 머리에 나뭇가지를 빙 둘러 묶는 것에 그치지 않고 양손에도 하나씩 나눠서 들고 있는 무척 수상한 모습이었다. 덤으로 주위에 음성 차단 결계를 펼치는 용의주도함까지 보였다.

"죄, 죄송해요. 이런 이상한 부탁을 드려서……. 하지만 전 선생님도 함께 와주셨으면 싶었거든요."

그 옆에 있는 루미아가 미안하다는 목소리로 말했다.

"뭐, 친구에게 이상한 벌레가 들러붙었으니 걱정되는 건 이해하겠다만…… 안타깝게도 난 이런 일에는 전혀 흥미가 없는데……."

하지만 글렌은 입에 침이 마르기도 전에 흥분했다.

"오오~! 저 자식, 제법이네? 지금 느닷없이 결혼 신청을 했잖아?! 생긴 거랑 다르게 엄청 대담한 녀석이네? 자~ 분위기가 달아오르기 시작했습니다~!"

글렌은 현재 사역마로 소환한 쥐를 시스티나와 레오스 근처에 풀어놓은 상태였다. 그리고 사역마와의 청각 동조를 통해서 들려오는 대화에 온 힘을 다해 집중하기 시작했다.

"자, 그럼 넌 대체 어떻게 대답할 거지?! 하얀 고양이 씨~?!"

"글렌이 가장 흥미진진."

"아, 아하하……."

나무로 변장한 리엘이 졸린 목소리로 중얼거리자 루미아는 모호하게 웃었다.

"오오~ 하얀 고양이 녀석, 당황했네! 당황했어! 어울리지도 않게 얼굴이 빨개져서는…… 순진하구만. ……풋! 이걸로 또 하나 놀림거리가 늘어났군. ……그건 그렇고."

한차례 사악하게 웃은 글렌이 갑자기 루미아를 돌아보았다.

"루미아…… 넌 뭐가 그렇게 불안한 건데?"

그렇다. 이 염탐 행위는 딱히 글렌 본인이 원해서 하는 일이 아니었다. 루미아의 간절한 부탁 때문이었다.

"확실히 개인적으로는 맘에 안 드는 놈이지만…… 레오스는 그럭저럭 믿을 수 있는 부류잖아? 저 녀석이 뭔가 사고를 저질렀다간 가문의 명예에 흠집이 날 테니까."

루미아가 침묵하자 글렌은 어깨를 으쓱거리면서 말을 계속했다.

　"고참 귀족에게 명예라는 건 목숨이나 다를 바 없어. 그러니 저 자식이 하얀 고양이를 강제로 어떻게 할 리는⋯⋯."

　"불길한, 예감이 들었어요."

　루미아가 분명하게 말하자 이번에는 글렌이 침묵했다.

　"죄송해요, 선생님. 이런 모호한 이유로 선생님을 번거롭게 해서⋯⋯. 하지만 레오스 씨⋯⋯ 저분에게서는 왠지 모르게 불길한 느낌이 들었어요. 얼마 전의 원정수학에서⋯⋯ 처음으로 버크스 씨를 만났을 때처럼요."

　"⋯⋯."

　"이건 기분 탓일지도 몰라요. 단지 소중한 친구를 낯선 남자에게 빼앗길 것 같아서 불안해진 걸지도⋯⋯ 오히려 정말 그편이 더 나을 거라는 생각이 들 정도예요. 하지만⋯⋯."

　루미아는 글렌에게 애원하는 듯한 시선을 보냈다.

　"레오스 씨⋯⋯ 만난 지는 얼마 안 됐지만⋯⋯ 인격적으로 문제가 있는 분이 아니라는 건 충분히 알고 있지만⋯⋯ 그래도⋯⋯ 저분은 왠지⋯⋯."

　글렌은 불안한 듯 시선을 내리는 루미아의 옆얼굴을 진지한 표정으로 쳐다보았다.

　"⋯⋯나 원 참, 여자의 감이라는 건가. ⋯⋯뭐, 아무렴 어때."

　그리고 안심시켜주려는 듯 루미아의 머리를 거칠게 쓰다

듣어주었다.

"어차피 이제 와서 염탐을 그만둘 생각도 없어! 이런 재미있는 일을 놓칠 수는 없잖아~? 크헤헤! 자, 그럼 내일 하얀 고양이한테 뭐라고 해줄까……."

글렌은 천박한 웃음을 흘리면서 다시 시스티나와 레오스의 동향에 주의를 기울이기 시작했다.

"……고맙습니다."

루미아는 웃으며 감사를 표했다.

"……알았어, 루미아."

그러자 이번에는 가만히 두 사람의 대화를 듣고 있던 리엘이 표정 없는 얼굴로 일어났다.

그녀는 어느 틈에 연성한 건지 마치 쇳덩어리 같은 거대한 검을 손에 들고 있었다.

"베고 올게."

그리고 레오스를 향해 곧장 걸어가려 했다.

"너무 성급하잖아?!"

글렌은 순간적으로 손을 내밀어서 리엘의 꼬랑지 같은 뒷머리를 잡고 수풀 속으로 끌어당겼다.

"나, 나는……."

레오스의 구혼을 받은 시스티나는 긴장해서 날뛰는 심장을 억누르며 어떻게 대답해야 좋을지 필사적으로 고민했다.

레오스에게…… 어렸을 때 동경하던 남성에게 구혼을 받은 자신은 대체 어떻게 느꼈을까.

기뻤다. 틀림없이 기뻤다. 기쁘지 않을 리가 없었다.

어릴 때는 이날이 오기를 몇 번이나 꿈에 그렸던가.

하지만…… 동시에 시스티나의 마음 한구석은 차갑게 식어 있었다.

"미안해, 레오스……. 난 그 구혼을 받아들일 수 없어……."

시스티나가 조용히 머리를 숙이자 은실 같은 머리카락이 아래로 흘러내렸다.

그녀는 법적으로 결혼이 가능한 나이였고 제국 상류층은 후세에 피를 남기기 위해 비교적 일찍 결혼하는 전통을 가지고 있었다. 학생이지만 마술의 명가 출신인 시스티나가 크라이토스 가문에 시집을 가도 형식상으로는 전혀 부자연스러운 일이 아니었지만—.

"……당신을 싫어하진 않아. 오히려 호의를 품고 있어. 하지만…… 난 아직 그 누구와도 결혼할 생각은 없어."

시스티나는 그렇게 말하며 머리 위의 하늘을 우러렀다.

하늘에는 여느 때처럼 장엄하고 웅대한 환상의 천공성이 위용을 뽐내고 있었다.

"난 할아버님과 약속했어. 멜갈리우스의 천공성의 수수께끼를 밝혀내겠다고. 할아버님께서 동경하신 하늘의 성에 언젠가 도달하고야 말겠다고. 그러기 위해선 난 아직도 공부해야 할 게 많아……. 솔직히 아직 누군가와 가정을 꾸릴 생각은 없어……. 그러니까……."

그러자—.

"아하하, 시스티나는 여전하군요. 당신은 아직도 그런 꿈 같은 이야기를 하고 있나요?"

레오스는 그녀를 바보 취급하는 것도 아니고 모욕하는 것도 아닌, 지극히 자연스러운 태도로 이렇게 말했다.

"마도 고고학…… 고대 유적을 탐색하고, 마법 유물을 발굴해서, 궁극적으로는 고대 문명의 수수께끼를 해명하여 고대의 마술을 현대에 재현하는 것을 목적으로 삼은 마술 분야……. 하지만 그걸 이뤄 낸 사람은 지금까지 아무도 없어요. 무의미하고 불가능한 일이에요, 시스티나. 당신도 슬슬 현실을 직시하는 게 어떤가요? 물론 그건 무척…… 슬픈 일이겠지만요."

진심으로 시스티나를 걱정하는 말투였다.

"당신의 할아버님…… 레돌프 님도 마도 고고학 따위에 빠지지 않았다면 더 많은 공적을 마술사(史)에 남기실 수 있었을 텐데……. 저는 당신이 레돌프 님과 같은 실수를 되풀이하길 바라지 않습니다."

"……!"

시스티나는 반사적으로 주먹을 강하게 쥐었다.

그래. 이거였다. ……시스티나가 레오스를 완전히 받아들일 수 없는 이유.

"그런 것보다 지금은 군용 마술연구의 시대예요. 현재 이웃 나라 레자리아와 긴장이 고조되면서 차세대 군용 마술연구와 개발의 중요성이 크게 주목받고 있잖아요? 저는 이 분야에서 한 시대를 풍미하고 싶어요. 크라이토스의 이름을 온 제국, 아니, 전 세계에 떨치고 싶어요. 그러기 위해서는…… 절 곁에서 지탱해줄 좋은 반려가 필요하답니다."

언제부터였을까. 레오스가 조부의 연구를, 시스티나의 꿈을 무가치하다고 단정한 것은……. 군용 마술에 빠져들게 된 것은…….

만약 레오스가 시스티나의 목표를 조금이라도 긍정해줬다면 어쩌면 그에게 마음이 기우는 그런 미래가 존재했을지도 몰랐다.

"제게 힘을 빌려주세요, 시스티나. 마도 고고학에서 손을 떼고 제 군용 마술연구를 도와주세요. 당신이 곁에서 절 도와준다면…… 저는 분명 큰일을 해낼 수 있을 겁니다. …… 물론 당신도 무엇 하나 불편할 게 없을 겁니다. 다행히도 우리 가문은 제법 재산이 있는 편이지요. 당신의 행복은 제가 보장하겠습니다."

하지만…… 결국 시스티나와 레오스는 근본적인 부분에서 가치관이 달랐다.

"미안, 레오스. 당신에게 양보할 수 없는 꿈이 있는 것처럼…… 나에게도 양보할 수 없는 꿈이 있어. 난『멜갈리우스의 천공성』을 포기 못해."

"당신이라면…… 레돌프 님을 뛰어넘을 수 있다는 건가요?"

그 말에 시스티나는 퍼뜩 놀라서 고개를 들었다.

"당신의 할아버님, 레돌프 피벨 님은 진정한 천재이자 희대의 마술사셨습니다. 젊은 시절의 그분이 남긴 공적이 근대 마술에 끼친 영향은 헤아릴 수조차 없을 정도죠. 그런 그분조차……『멜갈리우스의 천공성』에는 손도 내밀지 못하셨습니다. 그런데도 당신이『멜갈리우스의 천공성』의 수수께끼를 해명하겠다고요? 레돌프 님을…… 정말로 뛰어넘을 수 있다는 겁니까?"

그건 시스티나도 늘 마음속 한구석에서 불안하게 여기던 사실이었다.

레돌프 피벨— 시스티나의 조부. 최종 마술 위계는 제6계제.[세대] 마도 고고학에 몰두하지 않았다면 제7계제[셉텐데]에 도달했으리라 일컬어진 천재 마술사. 시스티나가 평생 당해 낼 수 없을 거라고 느낀 숙련된 마술사이자, 친아버지인 레너드조차 자신은 마술사로서 아버지의 발끝에도 미치지 못한다고 말하게 한 인물.

그리고 시스티나는 최근 마술을 공부할수록 조부가 얼마나 구름 위에 있는 존재였는지 절실히 통감하고 있었다.

그래서 늘 불안했다.

자신이 정말로 조부를 뛰어넘을 수 있을지.

어쩌면 자신은 무엇 하나 이루지 못하고 인생을 쓸데없이 낭비하는 게 아닐지.

무섭고 불안해서 될 수 있으면 생각하지 않으려던 현실을…… 바로 지금 레오스가 눈앞에 들이밀고 만 것이다.

"전 그저 당신이 인생을 낭비하지 않기를 바라는 것뿐입니다. 여성으로서의 행복을 확실히 그 손으로 잡아주길 바라는 것뿐이에요."

레오스는 몸을 떠는 시스티나를 위로하듯 말했다.

그녀 자신도 어렴풋이 눈치채고 있었다.

아마도 그의 말은 옳을 것이다. 그녀 정도의 마술사가 이대로 마도 고고학을 파고들어 봤자…… 틀림없이 아무것도 이루지 못하고, 아무것도 낳지 못한 채 인생을 허비하게 되리라.

"……."

분명 마음속 한구석에서는 그 사실을 알고 있었기에…… 자신의 한심스러움이 너무나도 분해서…… 이토록 눈시울이 뜨거운 것이리라.

"그러니까 시스티나. 당신의 보람 있는 행복한 인생을 위해…… 저와……."

그 순간─

"궤변 늘어놓지 마라, 이 망할 자식아."

갑자기 시스티나의 앞을 가로막으며 나타난 글렌이 레오스를 노려보았다.

"서, 선생님?! 어떻게 여기에……."

시스티나는 황급히 눈가를 손등으로 닦았다.

"하나만 물어보자, 하얀 고양이. 죽은 네 할아버지란 사람은 『멜갈리우스의 천공성』에 도전한 걸 후회했어?"

"그, 그럴 리가요……. 수수께끼를 해명하지 못한 건 안타깝게 여기신 것 같지만…… 할아버님은 자신이 걸어온 길에 후회는 눈곱만큼도……."

"그럼 그게 답이다."

글렌은 뒤에 있는 시스티나를 슬쩍 흘겨보면서 힘차게 웃어 주었다.

"하얀 고양이. 이 녀석의 헛소리에는 귀를 기울이지 마. 넌 네가 믿는 길을 나아가. 네 인생의 주인공은 너 자신이다. 인생의 성공과 실패는 남이 함부로 재단할 수 있는 게 아니야. 스스로 정하는 거지. 그 사실을 잊지 마라(……훗, 내가 한 말이지만 끝내주는군)."

글렌은 완전히 의기양양한 얼굴이었다. 본인은 한껏 폼을 잡아보려 한 거겠지만…… 머리에 위장용 나뭇가지를 꽂은 몰골로는 영 설득력이 없었다.

그리고 이번에는 적의가 담긴 눈으로 레오스를 쳐다보았다.

"애당초 하얀 고양이가 꿈을 포기하느냐 마느냐랑 너와 맺어지는 건 다른 차원의 문제잖아? 아니면 뭐야, 동요하게 해서 정상적인 판단력을 뺏은 다음에 포용력을 보여줌으로써 함락시키는 게 네 수법이냐?"

"또 당신입니까……."

레오스는 한숨을 내쉬고 어깨를 으쓱거렸다.

"당신은 대체 뭡니까. 이건 저와 시스티나의…… 크라이토스 가문과 피벨 가문의 문제예요. 관계없는 외부인은 참견하지 말아주시겠습니까?"

아무래도 슬슬 방해가 된다고 느꼈는지 레오스는 글렌에게 창을 돌렸다.

"칫……."

글렌은 혀를 찼다. 확실히 그 부분에 관해서는 레오스의 주장이 옳았다.

자세한 사정을 모르는 글렌이 보기에 레오스와 시스티나는 양가 부모님이 인정한 정식 약혼자였다. 이런 관계는 그들 같은 상류계급의 귀족 사회에서 강력한 법적 구속력을 가지고 있었다. 그러므로 집안 문제로 끌고 간다면 외부인에 불과한 글렌은 함부로 참견할 수 없는 게 사실이었다.

시스티나가 이 약혼을 내켜 하지 않는 건 누가 봐도 명백했다. 아니, 그 점을 제외해도 지금 글렌은 이 레오스라는 남자를 도저히 용서할 수 없었다. 완전히 머리에 피가 몰린 상태였다.

그렇다면 이제 어떻게 반격해야 좋을까. ……열이 뻗쳐서 부글부글 끓는 머리로 어떻게 해야 이 레오스라는 아니꼬운 남자에게 한 방 먹여줄 수 있을지 필사적으로 고민했다.

"……관계있어."

그러자 마침 시선을 피하고 있던 시스티나가 표정 없는 얼굴로 중얼거렸다.

"……하얀 고양이?"

"글렌 선생님은 관계있어."

"그게 무슨 뜻이죠? 시스티나."

시스티나는 뭔가 결심한 듯 레오스를 똑바로 바라보고 당당하게 선언했다.

"왜냐하면…… 나랑 선생님은 장래를 약속한 연인 사이니까."

"뭐라고요?!"

지금까지 줄곧 여유 있는 태도를 관철하던 레오스가 처음으로 동요했다.

"거짓말해서 미안해, 레오스. 하지만…… 사실이야. 난 이제 선생님이 아닌 다른 사람과 하나가 될 생각은 없어……."

"야, 야 인마…… 하얀 고양이, 너……."

시스티나의 갑작스러운 폭탄선언에 글렌도 한순간 깜짝 놀라서 동요했다.

'부탁이에요. 말을 맞춰주세요.'

하지만 그렇게 말하는 시스티나의 눈을 보고 뭔가를 눈치 챘는지…… 사악하게 웃었다.

"그러니까 이제 포기해, 레오스. 난 당신과 결혼할 수 없 어……."

"그러~엏게 됐다, 레오스 구~운?! 꺄하하하하! 그러니까 포기해. 이 처절하게 차인 패배자 자식아! 후하하하하하! 꼴좋다! 네가 오랫동안 마음에 뒀던 여자는 이미 딴 남자의 여자가 됐거든? 카하하하하하하핫! 푸햐하하하하하하하!"

하지만 글렌은 분위기를 너무나도 잘 읽고 있었다. ……아 니, 어떻게든 레오스의 울먹이는 낯짝을 보고 말겠다는 집 요함을 보였다.

레오스에게 삿대질을 하며 배를 잡고 바보처럼 웃어대는 글렌.

사람을 도발해서 화나게 하는 재주에 위계가 있다면 즉시 셉텐데를 받을 수 있을 법한 노골적인 말투와 표정에, 레오 스는 분노와 굴욕으로 얼굴을 일그러뜨렸다.

"자, 잠깐만요! 바보! 너, 너무 지나치잖아요?!"

시스티나가 작은 목소리로 비난했지만 흥분한 글렌과 레 오스의 귀에는 닿지 않았다.

"거짓말이야! 나의 시스티나가 당신 같은 천박한 남자와—."

"거짓말 아니거든? 실제로 우리는 연애의 ABC 같은 건 옛날에 졸업했다고. 어젯밤에도 이 하얀 고양이는 아주 귀여운 목소리로 울어줬거든? 내 방 침대 위에서—."

"이 바보가아아아아아아아아아아아아아아아아아아!"

"으갸아아아아아아아아아아아아아아아아아아아?!"

다음 순간, 글렌은 시스티나가 날린 상단 돌려 차기를 맞고 쓰러졌다.

"무, 무무무무슨 바보 같은 소리예요?! 아직 A까지밖에 안 했는데!"

얼굴을 새빨갛게 물들이고 동요하는 시스티나는 자신이 지금 무슨 소리를 했는지 자각하지 못했다.

'아, 아차차…… 시스티…… 그 발언은 좀 위험한데…….'

쓰러진 글렌의 상태를 걱정스럽게 지켜보던 루미아가 갑자기 주위를 살폈다.

조금 전까지는 한산했지만, 지금은 세 사람 사이에 감도는 범상치 않은 분위기 때문에 어느새 구경꾼들이 하나둘씩 모여들기 시작했다.

'이, 이러다가 소문이 날지도…….'

글렌의 헛소리뿐이었다면 평소처럼 다들 무시하고 흘려 넘겼을 터—.

하지만 시스티나의 이상할 정도로 동요한 태도가 두 사람이 연인 사이라는 거짓말에 묘한 신빙성을 부여하고 있었다.

"설마…… 사, 사실……입니까?!"

그리고 실제로 레오스는 두 사람의 즉흥적인 거짓말을 완전히 믿어 버렸다.

"아, 아하하…… 그, 그래. 정말이야……."

한편, 글렌은 시스티나가 대체 무슨 소리를 하는 건지 모르겠다는 표정으로 일어났다.

"그런고로 포기해. ……딱히 문제 될 건 없잖아? 너라면 여자는 얼마든지―."

"웃기지 마십시오!"

그러자 레오스는 갑자기 격노해서 글렌을 물고 늘어졌다.

"전 시스티나의 약혼자입니다! 늘 그녀만을 바라보고 있었는데…… 이제 와서 포기하라고요?!"

"흐음~, 요컨대 넌 하얀 고양이에게서 손을 뗄 생각이 없으시다? 앞으로도 계속 찝쩍대시겠다고?"

"당연하죠! 그녀가 당신과 사귀는 건 한때의 착각인 게 틀림없습니다! 그녀는 나와 맺어져야 할 인간이에요! 저와 맺어지는 것이야말로…… 그녀가 행복해질 수 있는 유일한 길입니다!"

"하아……."

글렌은 기가 막힌다는 듯, 지겹다는 듯 한숨을 내쉬었다.

"보아하니…… 하얀 고양이도 내심 기쁜 모양이던데. 확실히 네 말에도 일리는 있고…… 실제로 저 녀석을 행복하게 해줄 수 있는 건 내가 아니라 너일지도 몰라. 나는 이대로 물러나는 편이 나을지도 모르지……."

그리고 갑자기 표정을 진지하게 바꾼 뒤 말하기 시작했다.

"하지만 말이다. 확실히 무모한 꿈일지도 모르지만, 적어도 하얀 고양이가 납득할 때까지 그냥 내버려 두면 안 되겠냐? 도와주라는 말까지는 안 하겠다만…… 고작 그 정도도 못 기다려주겠어?"

"안 됩니다. 그녀를 위해서라도 빨리 현실을 돌아보게 하는 편이 나아요."

하지만 레오스는 글렌의 진지한 조언을 아무렇지 않게 흘려 넘겼다.

"여자의 행복은 가정 속에서만 존재합니다. 마도 고고학 따위에 얽매여 있는 한 시스티나는 행복해질 수 없어요. 그러니 저와 결혼한 후에는 마도 고고학에서 완전히 손을 떼게 할 겁니다. 당연하잖아요? 그것이 바로 시스티나를 위한 일이니까요."

레오스의 발언에 시스티나는 슬픈 듯 고개를 숙이고 입을 다물었다.

아마 실감하고 있는 것이리라. 어릴 때 동경했던 사람이…… 이제는 자신과 완전히 등을 돌린, 양립할 수 없는 존재가 됐음을…….

"그리고 지금 확신했습니다. 시스티나의 어리광을 받아주기만 할 뿐인 당신은 역시 그녀에게 어울리는 남자가 아니에요."

그렇게 말하는 레오스는 이제 온화한 신사의 얼굴이 아니었다.

"각오하십시오, 글렌 레이더스. 무슨 수를 써서라도……반드시 전 당신에게서 시스티나를 되찾고 말겠습니다. 크라이토스를 적으로 돌린 사실을 후회하게 해드리지요……."

공격적이고 냉혹한 표정으로 돌변한 레오스는 마치 딴사람 같았다.

시스티나는 그 변화에 놀라 숨을 삼켰다.

"자, 잠깐만, 레오스! 그…… 크라이토스를 적으로 돌리려는 게 아니야! 으, 응, 역시 사실대로 말할게! 나랑 선생님은—."

상황이 예기치 못한 방향으로 흘러가자 시스티나는 황급히 변명하려 했다.

"흐응~, 그게…… 네 본성이냐."

하지만 묘하게 차분한 글렌은 시스티나를 손으로 제지하며 왼손의 장갑에 오른손을 가져다 댔고—.

"나도 아주 자~알 알았다. 역시 너한테 하얀 고양이는 못 넘겨줘."

그 장갑을 벗은 후—.

"……어? 선생님……?"

"난 하얀 고양이의 연인. 너는 부모가 정해준 약혼자……조건상으로는 호각이네? 그렇다면 누가 더 하얀 고양이의 결혼 상대에 어울릴지 결판을 내는 편이 좋겠지?"

그리고 손목에 스냅을 줘서…… 레오스에게 그 장갑을 던졌다.

"아……."

"네가 그걸 받을 수 있을까?"

그 자리에서 상황을 지켜보던 구경꾼들도 긴장했다.

"결투다. 하얀 고양이를 걸고 한번 붙어보자고, 레오스씨. 내가 이기면 하얀 고양이는 내 여자다. 넌 하얀 고양이를 완전히 포기해. 두 번 다시 이 녀석 앞에 나타나지 마."

"자, 잠깐만요, 선생님! 결투라니……. 게다가 멋대로 절 상품으로 걸기까지……?!"

시스티나는 그런 글렌을 말리려고 했지만 이미 늦었다.

"홋…… 이건 바라 마지않던 기회로군요."

레오스는 여유 있게 글렌의 장갑을 주워 들었다.

"이 결투는 오히려 제가 원하던 바……. 정말로 괜찮겠습니까? 제가 이기면 시스티나는 이제 제 여자…… 당신이야말로 완전히 그녀를 포기해야 할 텐데요?"

"상관없어. 어차피 내가 이길 테니까."

"흥…… 당신이 져서 우는 낯짝이 보고 싶어졌습니다."

서로 자신 있게, 서로를 물어뜯으려는 듯이 사납게 웃은 후 레오스는 등을 돌렸다.

"그러면 전 오늘은 이만. 결투 방식과 날짜에 관해서는 나중에 천천히 이야기를 나눠봅시다."

그리고 그 말을 마지막으로 남기고 떠났다.

마른침을 삼키며 그 모습을 지켜보던 일동— 구경꾼들이 어느새 꽤 늘어나 있었다.

그들은 저마다 얼굴을 마주 보고 쑥덕거리느라 여념이 없어 보였다.

그리고—.

"이, 바보 멍청이! 이게 대체 무슨 짓이에요!"

레오스의 모습이 사라지자마자 시스티나는 새빨갛게 변한 얼굴로 글렌의 멱살을 잡고 마구 흔들어 대면서 성을 냈다.

"홋, 사고 쳤네☆"

하지만 글렌은 밉살스러울 정도로 시원스러운 표정을 하고 엄지를 척 세워 보였다.

"사고 쳤네☆ 같은 소리 할 때예요?! 그야 선생님을 제멋대로 끌어들인 제 잘못도 있지만! 그래도 좀 더 나은 방법은 없었냐구요! 하필이면 왜 이런 상황이 된 거냔 말예요!"

글렌은 잠시 공허한 표정으로 입을 다물었다.

"큭큭큭……."

그리고 곧 어깨를 떨면서 낮은 웃음소리를 흘리기 시작했다.

"뭐……뭐예요, 그 웃음소리는……."

"아니, 뭐…… 사실 나도 눈치채고 말았거든."

"……예? 눈치챘다니…… 뭐를요?"

"아니, 너희 집은…… 사실 꽤 부자잖아? 전통 있는 마술의 명문이니까. 다시 말해…… 만약 내가 이기면…… 완전히 봉 잡은 거 아냐?"

아무런 전조도 없이 튀어나온, 전례 없는 사상 최악의 발언을 들은 시스티나는 그만 턱을 떡 벌리고 굳어버릴 수밖에 없었다.

"이야~, 그냥 분위기를 타다 보니 나도 모르게 터무니없는 일을 저질렀다는 자각은 있었는데, 잘 생각해 보니까 이건 엄청난 빅 찬스잖아?! 이 혼란스러운 틈을 타서 너랑 맺어지면 난 이제 일하지 않아도 돼!"

시스티나는 부들부들 떨기 시작했다.

"어라~? 뭐야 그 불만스러운 얼굴은. **우리는 장래를 약속한 연인 사이**잖아? 이건 네 입으로 한 말이거든~? 대중 앞에서 확실히 그렇게 선언했잖아? 설마 벌써 까먹었어~?"

"이, 이……."

"그런고로 이 빅 웨이브를 놓칠 수는 없지! 내가 일하지 않아도 되는, 밝고 즐거운 희망으로 가득한 찬란한 미래를 위해—."

"《바보오오오오오오오오오오오오오오오오오오오》!"

그리고 시스티나가 발동한 【게일 블로】가 글렌을 저 멀리 날려 버렸다.

"왜……왠지 엄청난 상황이…… 이걸 어쩌면 좋지……."

상황을 지켜보던 루미아의 쓴웃음에서도 왠지 모를 불안감이 묻어났다.

"저기, 루미아. ……ABC라는 게 뭐야? 맛있어?"

"음~, 리엘에게는 아직 좀 이르지 않으려나~."

"……?"

아직 상황을 제대로 이해하지 못한 리엘은 의아한 듯 고개를 살짝 갸웃거렸다.

제2장 결투, 마도전술 연습

―페지테 시내에 있는 어떤 상류 계층용 고급 호텔의 한 방.

"어땠지? 레오스."

"이거 참…… 당신이 말한 대로였습니다."

레오스는 누군가와 대화를 나누고 있었다.

"당신의 계획대로 글렌이라는 남자가 훼방을 놓더군요. ……굉장해요. 상당히 높은 확률로 결투를 걸어올 거라는 당신의 예측은…… 당신 혹시 예언자입니까?"

"아니, 내가 한 건 단순한 행동 예측이야. 뭐, 내가 남들보다 상당히 높은 확률로 예측을 성공시킬 수 있는 비결이 있다는 건…… 부정하지 않겠지만."

흐릿하게 웃는 누군가― 챙이 달린 모자를 깊게 눌러쓰고 프록코트에 리본 타이를 맨 그 남자는 레오스의 마차를 몰던 청년이었다.

"그 남자는 아직도 완고하게 그 소녀를 『하얀 고양이』라고 부르고 있어. 그래서 상당히 높은 확률로 이런 전개가 벌어질 거라는 계산이 나온 거지. 하하하…… 참으로 얄궂고도 눈물겹군. 그 남자에게 그녀는 『하얀 고양이』이자 **그 여자**와는 다른 존재……. 무의식적으로 자신을 그렇게 타이르고 있는 모양이야."

"그 여자……?"

"이런, 쓸데없는 말을 했군. **잊어줘**, 레오스."

"……예, **잊었습니다.**"

레오스는 딱히 관심이 없는지 부자연스러울 정도로 선선히 물러났다.

"뭐, 그건 그렇고…… 아주 쉽게 낚여줬군. 글렌이『진심』으로 임하게 하는 시나리오는 이것 말고도 수십 패턴을 더 준비했는데…… 뭐, 빠르면 빠를수록 좋겠지. 다소 김이 새기는 하지만."

마부 청년이 그렇게 중얼거리자 레오스는 어깨를 으쓱거렸다.

"예, 그렇군요. 이번 기회에 저는 반드시 시스티나를 함락시키고 말 겁니다. 그녀를 제 것으로 만들면 피벨 가문이 제 손에……. 그 마술의 명문 피벨 가문이 제 산하로 들어온다면 크라이토스 직계의 권위는 절대적이 되겠지요. 그 지겨운 분가 놈들을 완벽하게 입 다물게 하면 크라이토스 백작가는 완전히 제 것이 될 겁니다."

"……."

미묘하게 대화의 아귀가 맞지 않았지만 마부 청년은 딱히 신경 쓰는 기색도 없었다.

"그렇습니다…… 크라이토스 가문은, 이 세상의 영광은 모두 제 것입니다……!"

야망에 불타며 도취된 레오스에게서 등을 돌린 마부는 모자를 한층 더 깊이 눌러썼다.

"그래. 그걸로 됐어…… 레오스. 글렌을 상대로 열심히 춤이나 춰……. 넌 내 『정의』의 초석이 될 테니까……."

그렇게 중얼거린 마부 청년의 입가는 한없이 차가운 미소를 머금고 있었다.

글렌이 레오스에게 싸움을 건 다음 날.

두 사람이 한 여학생의 반려 자리를 두고 결투를 벌인다는 소문은 눈 깜짝할 사이에 학교 전체로 퍼져 나갔다.

"야, 정말이야……? 그 문제 강사가 또 뭔가 저질렀다며?"

"사실 레오스 선생님과 시스티나는 양가의 부모님이 정한 정식 약혼자라더라고……."

"그, 그래……? 둘 다 명문가 출신이니까…… 있을 법한 이야기네……."

"요컨대, 글렌 선생님은 훼방꾼이라는 건가……. 꼬, 꼴사나워……."

"남자 신데렐라를 노린다더라구. 정말 그 사람다워……."

"약혼자인 레오스 선생님은 그렇다 쳐도, 일개 교사가 여학생에게 손을 대다니……."

"글렌 선생님, 힘내세요……. 레오스 님을 그런 여자에게 넘겨주지 마세요……."

"그보다 한 여자를 두고 두 남자가 싸우다니! 꺄~! 꺄~! 로맨틱해~!"

학교 안의 화제는 온통 두 사람의 결투에 관한 것뿐이었다.

글렌과 레오스. 둘 중 누가 이길 것인가. 어떤 방식의 결투로 결판을 낼 것인가. 두 사람의 동향은 모두의 주목을 모았다.

그리고―.

"……마도전술 연습?"

수업과 수업 사이의 쉬는 시간.

글렌을 찾아온 레오스가 제시한 결투 방식에 글렌은 눈살을 찌푸렸다.

"예. 지금 제가 임시로 필수 수업을 담당하는 반과 당신이 담당하는 반에 마도전술 연습 합동 수업이 있지 않습니까? 그걸로 판가름을 내봅시다."

"즉, 마술강사…… 지도자로서의 수완으로 승부를 내자는 거냐?"

"……뭐, 알기 쉽게 말하면 그렇게 되겠군요."

알자노 제국 마술학원의 커리큘럼에는 마술 그 자체를 배우는 게 아니라 마술사 간의 전투를 위한 기초적인 전투 이론과, 마술을 사용한 전술이나 전투 기술을 배우는 마도전술론이라는 수업이 있었다. 마도전술 연습이란 글자 그대로 마도전술론의 연습 수업이었다.

학생끼리 일대일 모의 마술 전투를 하거나 골렘을 상대로 마술로 싸우는 등, 전투 능력이라는 측면에서 마술사의 실력 향상을 목표로 삼은 수업이었다.

"저와 당신, 누가 더 시스티나에게 어울리는 남자인지 정하기에 가장 알맞은 방법이지 않습니까?"

"자, 잠깐만 레오스!"

그 대화를 듣고 있던 시스티나가 황급히 끼어들었다.

"그건 불공평해! 이번 마도전술 연습은…… 마도병단전이잖아!"

마도병단전. 마술사 간의 집단전을 학생들에게 경험하게 하는 연습 수업이다. 즉, 마술사가 실전에서 지녀야 할 전술적인 마음가짐을 가르치기 위한 모의 마술 전투— 마도병의 군사 실습 훈련과 거의 동일한 수업이었다.

이 모의전에서 학생들은 각 반이 하나의 마도병 부대가 되어, 담당 강사의 지휘하에 다른 반의 강사가 지휘하는 부대와 집단전을 치르게 된다.

제국 정부는 마술사를 외국에 대한 잠재적인 전력이라 인식하고 있으며, 만약 국가적인 위기 상황에 봉착했을 경우에는 학교의 풋내기 마술사들을 동원하는 것까지 시야에 넣어 두고 있었다. 물론 그렇게 된 예는 적지만, 40년 전의『봉신 전쟁』 말기에 마술학원에서 출진한 학생 부대 덕분에 가까스로 승리를 거머쥘 수 있었다는 평가까지 있을 정도였다.

그런 이유로 알자노 제국 마술학원의 수업에는 좋건 나쁘건 간에 마도병단전 수업이 포함되어 있었으며 특히 남학생의 경우에는 필수 수업에 해당됐다.

그리고 시스티나가 이 마도병단전이 불공평하다고 말한 가장 큰 이유는─.

"마도병단전은…… 당신의 전문 분야잖아! 레오스!"

그녀의 지적에 레오스는 희미하게 웃었다.

군용 마술연구는 높은 살상 능력을 지닌 전쟁용 주문을 개발하고 개량하는 것으로 끝이 아니다. 주문의 운용법과 마도병의 전술, 전략에 관한 연구도 포함됐다.

즉, 그 분야를 전문적으로 연구하는 레오스가 압도적으로 유리한 조건인 것이 당연했다.

"무슨 문제라도 있나요? 결투 규칙을 정하는 우선권은 결투를 받아들이는 쪽에게 있습니다. 그러니 결투를 제시한 상대에게 불리한 분야일지라도 조건 그 자체는 서로에게 평등한 셈이죠. 제 말이 틀렸나요?"

"그, 그건 그렇지만……."

시스티나는 입을 다문 글렌과 여유 있는 표정의 레오스를 번갈아 쳐다보았다.

레오스는 대놓고 완벽한 승리를 노렸다.

결투 신청을 받은 쪽이라는 사실을 방편 삼아 자신에게 유리한 규칙을 제시했다.

"좋아. 그 조건을 받아들여 주마."

"서, 선생님……."

하지만 글렌은 흔쾌히 받아들였고 시스티나는 당혹스러움을 감출 수 없었다.

"후후, 꽤 호기가 있는 분이셨군요. 전 틀림없이 억지를 쓸 줄 알았습니다만."

"하! 네가 자신 있어 하는 분야에서 널 박살 내지 않으면, 어차피 내가 이겨도 넌 하얀 고양이를 포기하지 않을 거잖아?"

"……그 결정을 후회하지 마시길."

표정이 약간 불쾌하게 변한 레오스는 그대로 등을 돌렸다.

멀리서 그 모습을 지켜보던 학생들은 조마조마한 심정으로 떠나가는 그의 뒷모습을 지켜보았다.

그렇게 해서 글렌이 담당하는 2반에서는—.

"내가 멋지게 하얀 고양이와 맺어지는 신데렐라 스토리, 꿈 같은 방구석 백수 생활을 영위하기 위해서…… 지금부터 너희에게 마도병단전 특별 수업을 실시하겠다!"

"""""웃기지 마아아아아아아아아아아아아아아아아아!"""""

교단에 서자마자 느닷없이 수업 내용을 변경한 글렌에게 학생들은 비난을 퍼부었다.

"우리를 끌어들이지 말라구요!"

"옳소! 옳소! 정상적으로 수업을 진행하라!"

학생들은 끊임없이 불평을 터트렸다.

그야 당연했다. 원래 시간표대로라면 지금부터 흑마술 수업을 할 예정이었으니까.

"에잇, 시끄러워! 각 필수 수업의 진도는 담당 강사의 재량에 달려 있다고!"

"으……."

"이야~, 나도 실은 너희들까지 끌어들일 생각은 없었는데 말이다. 그러고 보니 마침 흑마술 수업이 진도가 좀 빠르고 마도병단전 수업은 진도가 느린 편이더라고? 그래서 어쩔 수 없이 예정을 변경할 수밖에 없게 된 거다. 그래! 어디까지나 어, 쩔, 수, 없, 이!"

"과연 선생님…… 평범한 강사는 절대로 못하는 짓을 태연하게 저지르시네요……."

"그 점이 짜릿하지도 않고, 동경하지도 못하겠어……."

"어째 너무 필사적인 거 아니에요? 그렇게까지 남자 신데렐라가 되고 싶어요?"

학생들은 이제 기가 막히다 못해 완전히 포기한 얼굴이었다.

시스티나에 이르러서는 분노로 얼굴이 새빨개져서 몸을 부들부들 떨었다.

하지만 일단 글렌의 말에도 일리가 있으니 설교는 하지 못했다.

"흥. 선생님의 개인적인 결투의 행방 따위는 관심 없습니다만…… 어차피 시간 낭비입니다."

그 순간—.

차가운 목소리가 술렁이는 교실 안에 찬물을 끼얹었다.

둥근 테의 안경을 쓴 냉소적인 미소의 남학생, 기블의 목소리였다.

"호오…… 무리라고?"

"그야 이 반에서 전력으로 쓸 만한 마술사는 저나 시스티나, 웬디 정도밖에 없잖아요? 이 모의전에서 쓸 수 있는 주문은 종류가 정해져 있으니, 엉터리 연금술밖에 못 쓰는 리엘은 전력에 포함되지도 않고요."

기블의 거침없는 발언에 반 일동이 울컥했지만 어떤 의미로는 사실이었다.

글렌이 맡은 2반 학생들의 성적은 극히 일부를 제외하면 도토리 키 재기 수준이었다.

한편, 레오스가 임시로 맡은 반은 할리가 담당하는 반에 버금가는 우등생들의 집합소.

게다가 이 마도병단전은 마술 경기제 때처럼 학생 개개인의 우수한 분야로 경쟁하는 게 아니라, 전원이 같은 조건에서 똑같은 규칙을 따라야만 했다.

그러므로 그런 우수한 반과 모의전으로 붙어 봤자 승부가 될 리 없다는 것은 기블만이 아닌, 글렌이 가르치는 학생 전원의 공통된 인식이었다.

"그게 뭔 소리야? 지금 이 반에서 쓸모없는 녀석은 한 명도 없어. 뭐, 까놓고 말하면 너 같은 녀석이 가장 쓸모없겠지만."

"뭐라고요?!"

글렌의 확신에 찬 대답에 기블은 입을 금붕어처럼 뻐끔거렸다.

동시에 학생들은 술렁거렸다. 기블은 이 반에서 두 번째로 성적이 뛰어난 학생이자, 학년 전체로 봐도 상위에 드는 우등생이었다.

그런 기블이 가장 쓸모없다는 이해할 수 없는 발언에 모두가 글렌을 주목했다.

"자, 그럼 이제부터 마도병단전…… 전장에서 마술사가 어떻게 싸워야 하는지 가르쳐줄까 하는데…… 미리 말해 두겠다만, 너희는 큰 착각을 하고 있는 모양이네."

학생들이 주목하는 가운데 글렌은 어깨를 으쓱거렸다.

"마술사의 전쟁에…… 영웅은 존재하지 않아."

그 선언을 기점으로 글렌의 특별 수업이 시작되었다.

…….

……시간이 쏜살같이 흐르고 며칠 후.

'……뭐, 그 녀석들에게 가르칠 수 있는 건 전부 가르쳤어. 『사전 준비』도 대충 끝났고…… 남은 건 내가 지휘관으로서 그 녀석들을 어떻게 운용하느냐에 달렸겠지.'

글렌은 밤의 페지테 번화가를 혼자 묵묵히 걷고 있었다.

'그런데…… 역시 그 녀석들에게는 좀 미안하군……. 내 개인적인 사정에 말려들게 하다니……. 하지만 나는…… 그 남자가…….'

문득 글렌의 머릿속에 그 지나치게 완벽한 남자의 신사적인 냉소가 떠올랐다.

'제길…… 레오스…… 그 남자만은…….'

글렌은 「후우」 하고 숨을 내쉬고 달아오른 감정을 가라앉히려 했다. 지금 생각해 봤자 어쩔 수 없는 일이었다.

기분을 전환하고 담담히 걸음을 재촉했다.

끈질긴 호객꾼을 무시하면서 혼잡한 번화가에 등을 돌리고 어떤 골목길로 접어들었다.

인파와 열기가 흘러넘치는 대로변과는 반대인, 인기척이 느껴지지 않는 싸늘한 뒷골목으로 계속 나아가자…… 곧 깊숙한 곳에 숨겨져 있는 변두리 술집이 나왔다.

아는 사람만 아는 가게 같은 풍취가 느껴지는 그 술집 안으로 글렌은 망설임 없이 발을 들여놓았다.

어둑어둑한 가게 안에 손님은 거의 찾아볼 수 없었다. 군데군데 설치된 랜턴이 어둠 속에서 흐릿하게 불을 밝혔다.

안쪽에 있는 건 카운터석. 가게 안에 늘어선 테이블석에는 자리마다 칸막이를 세워서 개인실처럼 꾸며 두었다.

손님에 대한 철저한 비밀 엄수와 무간섭을 중시하는 이곳은 귀족과 정치가, 혹은 뒤가 구린 뒷세계의 주민들이 밀담을 나누기 위해 자주 이용하는 장소이기도 했다.

그런 가게 안의 카운터석 구석에는 선객이 있었다.

"……늦었군. 2분 지각이다."

"시끄러. 2분 정도는 오차 범위 안이잖아."

글렌은 그 선객 옆에 망설임 없이 앉으면서 투덜거렸다.

언짢은 듯 코웃음을 치는 글렌을 흘겨본 남자는…… 바로 알베르트였다.

"또 뭔가 요란하게 저지른 것 같더군, 글렌."

"하긴, 너라면 당연히 이쪽 상황을 파악하고 있겠지."

"반하지도 않은 여자를 걸고 승부라……, 추잡하기 짝이 없군. 시스티나 피벨에게 미안하다는 생각이 안 드나?"

"하! ……아무렴 어때. 이겨서 하얀 고양이랑 맺어지면 더는 일하지 않아도 되잖아? 이런 좋은 기회가 언제 또 오겠어. 이런 기회를 놓칠 수는 없지."

글렌은 입가를 올리고 목을 울려서 쿡쿡 웃었다.

"……세라 실바스 때문이군."

하지만 알베르트가 갑자기 언급한 여자의 이름에 놀라서 굳어 버렸다.

"전부터 어렴풋이 느끼고는 있었다. 확실히 피벨은 세라를 닮았어. ……외모도."

"……."

"옳거니. 그래서 피벨의 호칭을 『하얀 고양이』라고 고집하면서 개인적으로 마술 전투를 가르쳐줄 정도로 어리광을 받아준 건가. ……이제야 납득이 가는군."

"우—."

"넌 세라를 대신할 존재로 그 소녀를—."

"—웃기지 마!"

글렌은 갑자기 카운터를 주먹으로 내리치며 가게 안이 쩌렁쩌렁 울리도록 고함을 질렀다.

그러자 원래 조용했던 가게가 한층 더 고요해졌다.

"너, 이 자식! 해도 되는 말과 안 되는 말이 있다는 거 몰라?! 난 그저……."

격노한 글렌은 갑자기 뭔가 깨달았는지 말을 어물거렸다.

"……그저, 뭐지? 왜 말꼬리를 흐리는 거냐. 네가 노리는 건 피벨의 재산이 아니었나?"

글렌은 자신이 알베르트의 유도 신문에 완벽히 걸려들었음을 깨달았다.

특히 말꼬리를 흐린 게 좋지 않았다. 이건 이미 다른 이유가 있다고 자백한 거나 다름없었다.

"흥, 변함없이 물러 터졌군. 아니, 이 경우는 독선적인 바보라고 해야 하나? 뭐, 난 알 바 아니지. 아무튼 실컷 미움받는 역할을 연기하는 피에로처럼 춤이나 추도록."

"……칫, 일일이 남의 속이나 떠보기는…… 변함없이 짜증나는 녀석이네."

글렌은 이런 심리전에서 알베르트를 당해 낼 수가 없었다. 사실 알베르트보다 나은 점이 압도적으로 적은 편이긴 했지만…….

"그런데 너…… 왜 갑자기 나랑 접촉한 거지?"

글렌은 알베르트의 사역마가 보낸 메시지가 적힌 종잇조각을 슬쩍 보여주면서 진지하게 질문했다.

알베르트는 잠시 무거운 침묵을 유지했지만 — 아마 탐사 마술로 주위를 살피고 있는 것이리라 — 이어서 갑자기 입을 열었다.

"누군가가 이 페지테에『천사의 가루』를 반입했다."

"뭐?!"

경악으로 굳어 버린 글렌의 얼굴이 새파랗게 질렸다.

"요즘 이 페지테에서 수수께끼의 변사체가 연일 발견됐다는 건 알고 있나?"

"으, 응. 나도 들었어. 세리카 녀석이 묘하게 신경 쓰던데…… 설마?"

"그래. 그 시신에서『엔젤 더스트』의 반응이 검출됐다. 즉, 사인은『엔젤 더스트』의 초기 투여 반동을 견디지 못한 중독사인 셈이지."

『엔젤 더스트』. 연금술의 악몽이라고까지 일컬어진 최악의 마약이었다.

투여자의 감정과 사고를 완전히 장악해서 근력의 자기 제어 능력을 상실시켜 충실하게 명령을 따르는, 무적의 병사로 만드는 것을 목적으로 개발된 마약.

한번 이 약을 투여 받은 인간은 확실하게 폐인이 돼서 두 번 다시 원래대로 돌아오지 못하는 데다, 정기적으로 『엔젤 더스트』를 투여하지 않으면 바로 지독한 금단 증상에 시달린 뒤 육체가 붕괴되어 사망에 이르고 만다. 하지만 투여를 계속해도 언젠가는 말기 중독 증상으로 사망하는 것은 마찬가지였다.

고작 단 한 번의 투여로 육체적으로는 살아 있어도 인간으로서는 사망한 것이나 다름없는 상태가 되는 것이다.

이 마약의 중독자는 사령술사가 사역하는 좀비와 비슷한 존재지만, 사령술 같은 번거로운 의식을 쓸 필요가 전혀 없이 간단히 만들어 낼 수 있었다.

투여하기만 하면 좀비나 다를 바 없는 강력한 하인을 손쉽게 양산할 수 있는 흉악하기 짝이 없는 마약이기에— 사람들은 빈정거림을 담아서 이런 호칭을 붙였다.

죽은 자를 맞이하러 온 천사의 깃털에서 날린 가루— 다시 말해, 『엔젤 더스트』라고…….

"말도 안 돼!『엔젤 더스트』와 관계된 연구 자료와 제조법은 1년 전의 그 사건에서 완벽하게 말소됐을 텐데! 그 고도의 연금술 지식이 필요한 복잡기괴한 제조법…… 정확한 제조법 없이『엔젤 더스트』를 재현하는 건 불가능해!『엔젤 더스트』는 이젠 실전(失傳) 마술이라고!"

"그 말대로다. 그리고『엔젤 더스트』의 제조법을 유일하게 자신의 머릿속에만 완벽히 남겨 둔 규격 외의 **그 남자**는…… 약 1년 전, 너와…… 세라가 처리했지."

글렌은 주먹을 강하게 쥐었다.

"그렇다면 어째서 또……."

"그걸 알면 고생할 필요가 없겠지. 현재 제국 상층부는 이 사태를 상당히 위험시하고 있다. ……군은 물론이고 마도청의 고급 관료들까지 총동원해서 이 사건을 조사 중이지. ……그럴 만도 해. 과거에 이 마약 때문에 발생한 막대한 피해를 돌이켜 보면 말이다."

알베르트도『엔젤 더스트』를 둘러싼 1년 전의 사건을 떠올렸는지 지긋지긋하다는 듯 코웃음을 쳤다.

"나도 한동안 이『엔젤 더스트』의 출처를 조사하기로 결정이 났다. 그러니 왕녀의 호위는 리엘에게 일임하마. 전에는 불안했지만 지금의 그 녀석이라면 문제없겠지."

"그건 그래. 지금 리엘은 루미아가 좋아서 어쩔 줄 모르는 상태니까……."

확실히 리엘은 변했다. 예전처럼 명령을 받고 기계처럼 담담히 임무를 완수하는 꼭두각시 인형 같던 소녀와는 달랐다. 지금의 그녀라면 소중한 친구로서, 지켜야 할 대상으로서 목숨을 걸고 루미아를 지켜줄 것이다.

"너에게 말하는 것도 웃기는 일이다만…… 왕녀와 학생들의 곁에서 주의를 기울여라. 하늘의 지혜연구회…… 무슨 영문인지 요즘은 조용하지만…… 이 『엔젤 더스트』 사건은 어쩌면 놈들이 뒤에서 적지 않게 관여하고 있을지도 몰라."

"……저기, 알베르트……."

무슨 생각을 한 건지 글렌이 머뭇거리며 말을 건 순간—

"거절한다."

알베르트는 말을 끝까지 듣지도 않고 즉답했다.

"아, 아직 아무 말도 안 했잖아……."

"네가 할 말이라면 뻔해. ……『엔젤 더스트』의 출처 조사에 참가하고 싶다는 거겠지?"

"윽……."

완전히 정곡을 찔린 글렌은 씁쓸한 얼굴로 입을 다물었다.

"그야 그렇겠지. 이런 곳에서 『엔젤 더스트』가 나돌면 세라는 대체 무얼 위해 죽은 건지 알 수 없을 테니."

"거, 거기까지 알고 있다면……."

알베르트가 날카로운 눈으로 노려보자 글렌은 다시 입을 다물었다.

"가령 네 제자…… 리엘과 왕녀가 얽혔던 저번 사건과는 상황 자체가 달라. 넌 관여해서는 안 되고 관여할 자격도 없어."

"아, 아니, 그건 그렇지만, 그래도……!"

"서로 다른 길을 선택했지만 바라는 것은 마찬가지……. 일단은 널 신뢰할 수 있는 동료라고 판단했기에, 나는 만에 하나의 사태를 고려해서 정보를 공유한 거다. ……단지 그것뿐이야. 결코 네 도움이 필요해서가 아니야."

아무래도 알베르트는 임무를 위해서라지만 글렌에게 중요한 정보를 밝히지 않았던 지난번 일을 나름대로 마음에 두고 있는 듯했다.

"하, 하지만……."

"그리고 너는 이미 마도사가 아니야. 교사다."

"……!"

알베르트의 지적에 이번에야말로 글렌은 침묵할 수밖에 없었다.

"마도사인 나밖에 할 수 없는 일, 책임이 있듯…… 교사인 너만이 할 수 있는 일과 책임이 있을 터. 넌 그 책임을 다하면 돼. 사실……."

알베르트는 자리에서 일어났다.

"한 여학생을 두고 피에로 짓이나 하는 꼬락서니로 그 책임을 다하는 건 꿈 같은 소리겠지만 말이다."

그리고 이제 할 말은 다 했다는 듯 그대로 소리 없이 가게를 나갔다.

"칫…… 그런 건 나도 알아."

알베르트가 떠난 후 글렌은 씁쓸한 표정으로 머리카락을 헤집었다.

"하지만…… 그래도, 나는……."

글렌의 그 혼잣말을 들은 사람은 아무도 없었다.

…….

……꿈을 꿨다.

이제는 먼 과거의 이야기.

내가 제국 궁정 마도사단의 마도사였던 시절의 기억이다.

돌이켜 보면 처음에는 단순히 마술이 좋았을 뿐이었다. 그리고 마술을 좋아했기에 그림책처럼 모든 이를 구원하는 『정의의 마법사』가 되고 싶었다.

어렸을 때 나는 어떤 불합리한 사건에 말려들어서 모든 것을 잃고 마술사에게…… 세리카에게 구원을 받았기 때문에 남들보다 한층 더 그런 마음이 강했던 걸지도 몰랐다.

아무튼 나는 그림책에 나올 법한 『정의의 마법사』가 되고 싶어서 세리카 같은 굉장한 마술사를 동경했다.

마술에 재능이 없다는 건 알고 있었지만, 필사적으로 노력하면 언젠가는 나도 다른 사람들을 구해줄 수 있는 『정의의 마법사』가 될 수 있을 거라고 생각했다. 필사적으로 노력하면 마법의 지팡이를 한 번 휘두르는 것만으로도 모두를 행복하게 해줄 수 있는 『정의의 마법사』가 될 수 있을 거라고…… 그렇게 믿었다.

그런 어수룩한 이상을 가슴에 품고 성장한 나는…… 이윽고 마도사가 되었고…… 한때는 어린 시절의 꿈을 이뤘다고 신이 났었지만…….

곧 좌절하고 말았다.

우선 내가 좋아했던 마술은 자신이 생각했던 것만큼 만능의 훌륭한 힘이 아니라, 오히려 변변찮은 짓만 저지르는 힘— 살인의 도구라는 사실을 깨달았다.

그리고 무엇보다 설령 필요악의 정의라고 해도 나에게는 더러운 일이 결정적으로 맞지 않았다. ……악을 죽여서 자신의 손을 더럽힌 죄를 견딜 수 있을 정도로 마음이 강하지 않았던 것이다.

이상과, 자신의 약한 면과, 이 길이 자신과 맞지 않는다는 절망을 깨닫고…… 점점 마음이 마모되어 갔다.

그래서 나는 하다못해 『모든 이』를 구원하는 『정의의 마법사』가 되려고 했다.

뭔가가 다르다. 어딘가가 다르다. 이럴 리가 없다.

그렇게 고뇌하면서도 내가 마술사를 목표로 삼게 된 원초의 사상…… 『정의의 마법사』를, 어린 시절의 꿈을 완전히 포기할 수는 없었다.

이제는 그것만이, 과혹한 싸움의 나날로 피폐해지는 내 마음을 지탱해주는 유일한 버팀목이었다.

　정말 좋아했던 마술이 사실은 변변찮은 힘이자 살인의 도구라고 해도 상관없었다.

　나에게 맞지 않는 고행의 길이라도 상관없었다.

　그러니 적어도―.

　적어도 그 변변찮은 힘으로 『모든 이』를 지키고, 『모든 이』를 행복하게 해줄 수 있는…… 『모든 이』를 웃게 해줄 수 있는 『정의의 마법사』가 될 수 있다면…… 그것으로 족했다.

　그렇게 생각했지만…… 곧 또다시 좌절하고 말았다.

　구원할 수가 없었기 때문이다. ……그 『모든 이』를…….

　아무리 노력하고 노력해도, 피를 토해 가며 필사적으로 마술을 써도…… 『모든 이』 중의 몇 할은 이 손아귀에서 모래알처럼 흘러내리고 말았다.

　힘이 부족하고 말고의 문제가 아니었다.

　만약 힘으로 해결될 문제라면 더욱더 노력하면 됐으리라.

　하지만 그 어떤 지고의 기적을 펼치더라도 모든 이를 공평하게 구원하는 건 현실적으로 불가능했고, 모두가 웃으면서 끝나는 행복한 결말을 절대로 맞이할 수 없을 때도 있다는 사실을…… 나는 새로이 결의를 다진 순간 뼈저리게 느끼고 말았다.

　그토록 필사적으로 마술을 배웠으면서, 왜 나는 이런 어린애도 알 법한 현실은 배우지 못했던 것일까.

뭐, 요컨대 마법의 지팡이를 한 번 휘둘러서 나쁜 녀석을 혼내주고 사람들의 얼굴에 웃음을 되찾아주는…… 그림책에 나오는 『정의의 마법사』는 처음부터 이 세상에 존재하지 않았다.

그 사실을 깨달은 후부터는 매일이 지옥 같았다.

현실을 이해했으면서도 이상을 버리지 못하고, 실의에 잠겼지만 포기하지 못한 채 꿈을 좇는…… 그런 어중간한 싸움의 나날.

꿈을 무너트리기만 할 뿐 무엇 하나 이뤄주지 않는 마술의 존재에 진절머리가 났고, 성미에 맞지 않는 더러운 일에 몸과 마음이 피폐해졌지만 그럼에도 존재하지 않는 『정의의 마법사』를 목표로 싸워 온 나날.

그런 내가 마음이 꺾이지 않고 간신히 버틸 수 있었던 건 아마도―.

"……난 좋아해. 글렌 군의 꿈."

지금 나를 향해 온화하게 웃어주는 이 소녀의 존재 덕분이었으리라.

세라 실바스.

제국 궁정 마도사단 특무분실 소속 집행관 넘버 3《여제》. 바람과 노래와 함께 살아가는 남원(南原)의 유목 민족 출신이자 긍지 높은 실바스 일족의 『바람의 전무녀(戰巫女)』

로서, 수많은 풍령을 거느리고 바람과 관련된 마술로는 제국 궁정 마도사단 제일이라는 평가를 받은 《풍술사》.

이제는 꿈속에서만 볼 수 있는 존재건만 더러움을 모르는 첫눈 같은 하얀 머리카락과 눈도 부끄러워서 모습을 감출 듯한 새하얀 피부, 바람의 정령보다 신비롭고 가지런한 용모는 마치 환상처럼 아름다웠다. 뺨과 팔을 비롯한 그 화사한 몸 여기저기에는 그녀의 부족에 전해 내려오는 복잡한 주술적인 문양이 붉은 염료로 그려져 있었지만, 평범하게 생각하면 기묘하게 다가올 그 의장(意匠)조차도 그녀의 신비성을 더욱 강조해주는 장식에 불과했다.

"정말 멋지지 않아? 모든 이를 구원하는 『정의의 마법사』라니…… 나도 그런 사람이 있었으면 좋겠다고 생각해. 모든 이를 행복하게 해줄 수 있는 마술도 분명 이 세상 어딘가에 있을 거야."

돌이켜 보면 그녀만이…… 내 시시한 말을, 꿈 같은 이야기를 긍정해주었다.

"그러니까 글렌 군은 좀 더 당당하게 가슴을 펴도 돼. 그건 현실 도피가 아니야. 현실을 잘 알고 있으면서도 이상을 목표로 삼은 당신의 뜻은…… 분명 그 무엇보다도 숭고해. 다 안다는 듯 모든 것을 체념하고 목표를 잃은 사람은 당신을 욕할 권리가 없어. 적어도 나는 그렇게 생각해. 그러니까……"

"흥, 시끄러워. **하얀 개.**"

하지만 당시부터 어린애 같았던 나는 소수의 이해자인 그녀에게도 늘 이런 식이었다.

"네가 대체 뭘 안다는 거야? 나 원 참, 일일이 누나인 척 굴지 말라고."

쑥스러움을 감추려 했던 걸까, 아니면 솔직하지 못했기 때문일까. 나는 어째선지 세라를 늘 이런 식으로 퉁명스럽게 대했다. 정말이지 꼴불견이 따로 없었다.

"아~! 또 날 하얀 개라고 불렀겠다~!"

"뭐가 어때서. 넌 뭔가 하는 짓이 개랑 비슷한걸."

"난 개가 아니야! 글렌 군, 미워!"

자주 시시한 일도 싸우기도 했지만 그래도 나와 세라는 동료 중에서 꽤 친한 축에 속했다. 완전히 현실을 무시한 이상을 내건 탓에 지극히 일부를 제외하고 경원시됐던 나와 정상적인 친교가 있었던 소수의 동료 중 하나였다.

"그럼 못써, 글렌 군! 보고서는 제대로 써야지!"

"흥이다! 하얀 개, 네가 나 대신 써서 내든지!"

"야~! 도~망~치~지~마~!"

그녀가 약간 연하였던 나를 손이 많이 가는 동생처럼 여겼던 것도 이유 중 하나였으리라.

"《바람이여 모여라·모여서 자아내라·풍령의 전진(戰陣)》.
글렌 군, 지금이야!"
"알았어!"

알베르트 다음으로 수많은 임무를 함께했고, 함께 수많은
수라장을 거쳐 오면서 피어난 우정도 이유가 됐으리라.

"있잖아…… 글렌 군, 나에게도 꿈이 있어……. 웃지 말고
들어줄래?"
"……웃을 리가…… 없잖아…….'

그녀가 나와 마찬가지로 결코 이룰 수 없는 꿈을 품고 있
었던 것에 공감하는 부분도 있었으리라.

"정말이지, 칠칠맞지 못하다니까……. 로브 단추는 제대
로 잠가야지. 알겠어? 복장이 흐트러지면 마음도 흐트러지
는 법이고, 그래서 주문 영창을 할 때…… 종알종알…….'
"아~ 시끄러! 시끄럽다고!"

……

"응? 글렌 군, 감기야? 왠지 얼굴이 빨간데?"

"……시, 시끄러워……. 얼굴이 가깝잖아……."

"음~, 열은…… 없는 것 같은데?"

"이, 이마 맞대고 열 재지 마! 어린애 취급하지 말라고!"

…….

"어때? 글렌 군. 맛있어? 우리 고향 요리."

"……맛있어."

"후훗, 다행이다! 잔뜩 만들었으니까 많이 먹어."

"……엄청 의외인걸, 하얀 개. 너 요리할 줄 알았던 거냐……. 겉으로만 봐선 손재주가 없는 줄 알았는데."

……아무튼 참견쟁이에, 남 돌보기 좋아하고, 늘 설교를 입에 달고 사는 데다, 사람이 좋은…… 믿음직한 것 같으면서도 어딘지 모르게 위태로워 보이는…… 나는 그런 그녀를―.

"이런 일인걸……. 나도 언젠가는 분명……."

"……괜찮아. 걱정 마, 세라. 내가 너를 지켜……."

"어?"

"아……아냐, 아무것도."

"어머나~? 글렌 군이 지금 무슨 말을 하려고 한 걸까~?"

"아무것도 아니라니까!"

나는 그런 그녀를— 아마도, 좋아했던 것이리라.

그때의 나는 쑥스러워서 그랬는지, 아직 어린애라서 그랬는지 그 사실을 완고하게 인정하지 않으려 했지만…… 그래도 나는 틀림없이 그녀를 좋아했던 것이리라.

딱히 상관없잖아? ……『모든 이』를 지키는『정의의 마법사』같은 게 되지 않아도…….

적어도 그녀만은 지키는『정의의 마법사』가 되면 충분하지 않을까?

아니, 오히려 난 그렇게 되고 싶은 걸지도…….

하다못해 그녀만은 지켜주고 싶다.

자연스럽게 그런 생각이 들 정도로 나는 그녀를 좋아했던 것이다.

그녀와 함께 있는 시간에 편안함을 느끼고 있었다.

그래서 나는—.

"쿨럭! ……콜록! ……아파……. 글렌 군…… 나……."

치명상을 입고 피 웅덩이 속에 잠겨 있는, 더는 살 가망이 없는 그녀를 봤을 때—.

나는 자신에게, 마술에 진심으로 절망했다.

이 순간 내가 마술에 걸어온 인생은, 지금까지 걸어온 고난의 길은…… 전부 물거품이 되고 말았다.

이 순간 결정적으로 마술에 정나미가 떨어졌다.

마술이 살인의 도구라고 해도 상관없었다. 마술에 환상을 품는 건 예전에 포기했다. 그렇다면 하다못해 그 살인의 도구로 누군가를 지켜주고 싶었다.

그래도 『모든 이』를 구하는 게 무리라면, 적어도 『자신의 손이 닿는 사람』…… 그것도 무리라면 적어도 『자신의 소중한 사람』만이라도…….

좌절하고, 타협하고, 또 좌절하고, 타협을 거듭했지만…….

나는…… 결국 지켜주고 싶었던 여자 하나조차 제대로 지켜주지 못했다.

대체 뭐야? 난 뭘 위해서 마술을 배워 온 거지?

대체 뭘 위해 마음을 마모시켜 가며 계속 싸워 온 거지?

대체 뭘 위해 손을 더럽혀 온 거지?

무척 소중한 존재였던 마술에 점점 정나미가 떨어졌지만, 그래도 하다못해 『정의의 마법사』가 되려고 한 건…… 대체 뭘 위해서였던 거지?

이런 식으로 자신의 무력함과 절망감을 맛보면서 완벽할 정도로 비정한 현실을 깨닫기 위해서였나? 두 번 다시 일어설 수 없을 정도로 철저하게 좌절하기 위해서였나?

……이 무슨 바보 같은 희극이란 말인가.

"빌어먹을! 저티스 자식…… 잘도……!"

세라에게 치명상을 입힌 증오스러운 상대의 이름을 저주했지만…… 내 마음은 어딘지 모르게 차갑게 식어 있었다.

세라에게 직접 손을 쓴 건 분명 그 저티스라는 남자였지만―.

세라는…… 나를 지키려다 이렇게 된 것이었으니까.

즉…… 나 때문에, 『정의의 마법사』가 되려고 한 나 때문에 세라가 죽는 것이다.

"……제길……. 세라…… 미안……. 나, 나는……."

"으응, 괜찮아……. 당신이 무사해서…… 다행이야……."

비탄에 잠긴 나에게 세라는 마지막 순간까지 웃어주었다.

나 때문에 죽는데도. 나를 감싸다 죽는 건데도.

아직 그녀에게는 이루지 못한 꿈이 있는데도…… 나를 위해, 나 같은 놈을 살리기 위해…… 세라는 꿈을 이루지 못한 채 죽고 마는 것이다.

"아아…… 하지만…… 돌아가고 싶었어. ……꿈이었어. 한없이 펼쳐진…… 알디아의 초원과…… 그…… 바람의 향기……."

그 순간 이미 앞이 보이지 않는 눈으로 세라가 본 광경은…… 분명…….

"……그립네. 돌아가고 싶어……. 이루어질 수만 있다면…… 당신과, 함께……."

"세, 세라……."

역시 안타까웠던 것이리라.

몇 년 전 레자리아 왕국이 강제로 추진한 종교 정화 정책 때문에 고향을 잃고 쫓겨난 그녀와 그녀의 일족.

언젠가 다시 돌아갈— 그 그리운 고향으로……

증오스러운 레자리아 왕국 최대의 라이벌인 알자노 제국이 과거 그녀의 일족과 옛 맹약에 따라 언젠가 그녀의 고향을 되찾아줄 것이라 믿고서……

현재의 전황과 국력 차이와 국제 상황을 고려하면 거의 불가능한 일이라는 것을 알고 있으면서도 그 적은 가능성에 매달려서…… 고향을 되찾기 위해 알자노 제국을 떠받치고, 지키고, 싸우기로 결의한 그녀.

그녀의 일족을 위해 옛 맹약을 따라 괴롭고도 힘든 싸움의 길을 걸어온 그녀.

그런데도 무엇 하나 보답받지 못한 채 죽어 가는 자신의 현실을 절감하고…… 분명 비탄에 잠겼던 것이리라.

"있잖아…… 글렌…… 군……."

그래서 그녀가 마지막으로 한 말은—.

"……, ……를, ……마……."

잘 들리지는 않았지만—.

분명 나에 대한 원망이었으리라.

……

의식 일부를 자극하는 새의 희미한 지저귐.

눈꺼풀이 아침 햇살을 자각하자 꿈속에서 헤매던 의식이 서서히 현실로 돌아왔다.

글렌은 말없이 침대에서 몸을 일으켰다.

여긴 글렌의 방이다. 평소와 다름없이 사방의 벽에 마술 관련 서적이 꽂힌 책장으로 빼곡한 수수한 방이었다.

"……그 녀석의 꿈을 꾼 건, 오랜만이네……."

왠지 우울한 기분에 잠긴 글렌은 혼잣말을 중얼거렸다.

이상하게 생각할 필요도 없었다. 어젯밤 알베르트가 『엔젤 더스트』의 화제를 꺼낸 게 원인이리라.

아무튼 세라 실바스는 지금으로부터 약 1년 전, 어떤 남자가 『엔젤 더스트』로 일으킨 사건에서 목숨을 잃었으니까.

그리고 글렌은 그 사건을 계기로 마도사를 그만두고 제국 궁정 마도사단을 떠나게 되었다.

그 누구에게도, 아무것도 말할 생각이 들지 않았다. 도망쳤다고 생각해도 어쩔 수 없는 탈퇴 방식이었고 실제로 도망친 게 맞았다.

"……정말이지, 최악의 기분이군. 오늘은 하얀 고양이를 건 결투 날인데 말이지……."

이런 빈약한 정신 상태로는 앞날이 뻔했다.

하지만 아직도 뇌리에 남은 어렴풋한 꿈속의 기억— 인상적인 하얀 머리카락.

"아, 그랬구나……. 하얀 고양이는…… 그 녀석을…… 세라를 닮은 거였어."

문득 그런 말을 중얼거린 글렌은 빈정거리듯 입가를 올렸다.

이제 와서 무슨 소리지?

그런 건 훨씬 전부터 알고 있지 않았는가.

그 첫눈 같은 하얀 머리카락도, 매끄러운 도자기 같은 피부도…….

표면적인 성격과 말투는 닮지 않았지만 본질, 쓸데없이 성실하고 참견과 설교가 입에 붙은 면은 아무리 봐도 똑같았다.

자신의 꿈에 일편단심인 점도…… 똑같았다.

하지만 글렌은 지금까지 애써 세라와 시스티나를 연결하려 하지 않았다. 어딘가 두 사람이 닮았다고 느꼈으면서도 완전히 모른 척하고 있었다.

왜냐하면 과거에 자신이 지키지 못한 세라는…… 자신이 지은 죄의 상징이었기 때문이다.

그래서 시스티나를 계속 끈질기게 『하얀 고양이』라고 부르는 건…… 물론 반쯤 놀리려는 의도도 있었겠지만…… 어쩌면 무의식적으로 이 녀석은 『하얀 개』^{세라}가 아니라 『하얀 고양이』^{시스티나}라며 자신을 타이르고 있었던 것뿐이 아닐까.

"……하, 아무렴 어때……."

현재 글렌이 빌붙어 사는 이 저택에 주인인 세리카는 없었다.

얼마 전 마술학원 지하에 있는 미궁을 단독으로 조사하러 떠났다.

즉, 앞으로 아침 식사 준비는 스스로 해야 했다. 글렌에게는 오늘의 결투보다 이쪽이 더 큰 문제였다.

"……뭐, 어떻게든 되겠지."

크게 기지개를 켠 글렌은 그대로 침대에서 내려왔다.

그날 오후.

이번 마도병단전 연습에 참가하는 학생들은 점심시간이 끝나자 역마차를 타고 페지테 동쪽 문의 이사르 가도를 이동했다. 이윽고 가도 북쪽에서 보이기 시작한, 광대한 아스토리아 호수 남단 부근에 모든 학생이 집합했다.

호수에 인접한 푸른 나무들과 다양하게 핀 꽃, 눈으로 하얗게 화장을 한 산의 능선, 차갑고 맑은 호숫물…… 평소였다면 느긋하게 산책이나 즐기고 싶은 장소였다.

호숫가에서부터 북서부에 걸친 이 땅이 학교가 보유한 마술 연습장이었다.

"그런데…… 글렌 선생님은 진심일까?"

"시스티나 녀석, 만약 선생님이 이기면 어쩌려고 저래?"

호숫가에 집합한 학생들은 힐끔힐끔 시스티나에게 시선을 보냈다.

그 시선을 피부로 느낀 시스티나는 불편한 듯 몸을 움찔

거릴 수밖에 없었다.

"글렌 선생님도 말로만 그러는 거 아닐까?"

"아니, 진심일지도 몰라. 글렌 선생님이니까……."

로드와 카이가 작은 목소리로 글렌의 의중을 살폈다.

"아니, 그보다 왜 선생님은 레오스한테 결투 따윌 신청한 거지? 아무리 재산이 목적이라고는 해도 그 게으름뱅이가 이런 귀찮은 일에 고개를 들이미는 건 좀 이상하지 않아?"

"설마…… 선생님은 진심으로 시스티를 좋아하시는…… 걸까?"

"음~ 그분은 좀 더 연상 취향인 줄 알았는데요."

카슈는 모두가 어렴풋이 느끼고 있던 근본적인 의문을 입에 담았고, 린은 어째선지 약간 슬픈 얼굴로 추측했으며, 테레사는 그 추측의 위화감을 지적했다.

"꺄~! 꺄~! 금단의 사랑이야~! 교사와 학생의 금단의 사랑이야~!"

"웬디…… 넌 요즘 맨날 그 소리만 하는구나……."

극상의 가십을 앞에 두고 크게 들뜬 웬디에게 세실이 한숨을 내쉬며 참견했다(참고로 기블은 그런 반 친구들을 완전히 무시하고 멀리 떨어진 곳에서 책을 읽는 중이었다).

어찌 됐든 마도병단전을 앞에 두고 긴장을 풀기 위해선지 학생들이 계속 소문에 열을 올린 순간―.

"시끄럽다, 네놈들! 조용히 해!"

집합한 학생들 앞에 나타난 할리가 고압적인 목소리로 호통을 쳤다.

그러자 바로 조용해졌다.

기블이 지겹다는 듯 책을 세게 덮는 소리만 차갑게 울려퍼졌다.

"이제 곧 마도병단전을 시작할 예정이다만…… 뭐, 학생 제군은 이 수업에 참가하는 게 처음일 테니 이 몸이 다시 규칙부터 설명해주마."

이번 수업의 심판과 운영을 맡은 강사 중 한 명인 할리가 거만한 태도로 말했다.

"이 마도병단전에서는 큰 부상을 걱정할 필요가 없다. 아무튼 사용 가능한 마술은 초급 주문뿐. 미약한 전류를 날려서 상대를 감전시키는 【쇼크 볼트】, 강렬한 소리와 진동으로 상대를 무력화시키는 【스턴 볼】 같은, 살상력이 낮은 학생용 어설트 스펠뿐이다."

할리는 약간 불안해하는 학생들을 차갑게 흘겨보면서 설명했다.

"그 주문들을 지극히 살상력이 높은 군용 마술이라 가정하고, 우리들 심판이 치명상을 입었다고 판단한 자는 『전사자』로서 전장에서 제외한다. 만에 하나의 사태를 대비해서 학교 의무실에 근무 중인 법의사(法醫師) 선생님도 이 수업에 참가해주셨으니 마음 놓고 겨루도록."

"예, 혹시나 다치신 분은 사양하지 말고 말씀해주세요."

학교의 법의사, 머리카락을 부드럽게 땋은 덧없는 분위기의 선이 가는 용모의 미녀— 세실리아가 학생들에게 손을 흔들었다.

"자! 이 연습장은 북쪽 아스토리아 호수에서 서쪽으로 흐르는 요테 강, 남쪽은 동쪽으로 이어지는 가도까지 포함한다! 따라서 이곳을 벗어난 자는 『적전 도망』이라 간주하고 즉시 실격, 팀의 점수를 깎는 동시에 이번 수업에서 탈락시키겠다!"

학생들(특히 남학생)의 시선이 세실리아의 미소에 못 박히자 할리는 보드에 붙인 간이 지도를 거칠게 쳐서 주의를 되돌렸다.

"이 지도를 보면 알겠지만 북동쪽에는 환상열석(環狀列石) 유적이 하나, 남서쪽에도 하나가 있다. 이곳을 각 팀의 본거지로 삼는다. 이번에는 레오스 선생님이 북동쪽, 글렌 레이더스가 남서쪽을 담당한다."

확실히 지도 오른쪽 위와 왼쪽 아래에는 고대 유적의 표시가 있었다. 전자가 레오스 부대, 후자가 글렌 부대의 본진이라는 뜻이다.

"학생 제군은 지휘관인 강사의 지시에 따라 적 본거지로 진군해서 교전 끝에 적의 본거지를 제압하면 승리다. 반대로 말하면 아무리 많은 적병을 격파해도 적에게 먼저 본거지를 빼앗기면 패배로 간주한다. 그 사실을 명심하도록."

그리고 할리는 지도의 두 본진 사이를 손가락으로 가리켰다.

"지형상 각 본거지로 진군하는 루트는 한정되어 있다. 중앙 평원을 일직선으로 진격하는 평원 루트. 북서쪽 숲을 통과하는 숲 루트. 그리고 동쪽 언덕을 넘는 언덕 루트……이 세 가지뿐이다. 어떤 기책을 발휘하든 이 세 가지뿐. 학생들의 모의 연습장에 너무 넓은 공간을 할당할 필요도 없으니까 말이지."

할리는 지도 한가운데의 평원 루트를 가리켰다.

"근면한 학생 제군은 당연히 이해하고 있겠지만…… 가장 빠르게 적 거점에 도달할 수 있는 건 당연히 중앙 평원 루트다. 하지만 그건 피차 마찬가지라 힘으로 돌파하는 건 무척 어려운 일이겠지."

다음으로 왼쪽 윗부분, 북서쪽으로 우회하는 숲 루트를 가리켰다.

"그리고 평원에만 전력을 집중할 수 없는 이유가 바로 이 숲이다. 중앙 평원을 공격하고 방어하는 데 적합한 숲. 만에 하나라도 적에게 이 숲을 제압당한다면 평원 부대는 양쪽에서 협공을 당하겠지. 전멸을 피할 수 없게 될 거다."

마지막으로 지도 오른쪽 아랫부분, 동쪽으로 우회하는 언덕 루트를 가리켰다.

"이 언덕도 중요한 거점이다. 이 고지대를 제압하면 적을 원거리 마술로 얼마든지 저격할 수 있을 터. 하지만 학생 제 군이 아는 주문으로는 숲까지 공격이 닿지 않고, 적 본거지 를 노리기에는 가장 먼 루트이기도 하다.

연습장의 개요를 설명한 할리는 다시 학생들에게 시선을 돌렸다.

"당연히 공격 없이는 이길 수 없고, 그렇다고 방어를 게을 리하면 적에게 본진을 제압당해 지고 만다. 승패를 가르는 건 어느 쪽으로, 어떤 타이밍에, 얼마나 많은 전력을 보내느 냐…… 마치 마도병 전술의 교과서 같은 연습장이라는 건 이해했겠지? 애당초 이번에는 담당 강사의 명령을 듣기만 하면 될 뿐인 학생 제군에게는 알아 봤자 소용없는 내용일 테지만 말이다."

"이야~ 친절하고 정중하게 설명해주셔서 감사한다! 선 배!"

할리의 설명이 끝나자 글렌이 손뼉을 치면서 찬사를 보냈다.

그러자 할리는 노골적으로 싫다는 표정을 지었다.

"……흥! 글렌 레이더스. 네놈, 다 들었다. 레오스 님의 약 혼자인 여학생에게 추파를 던졌다고? 게다가 그 여학생을 걸고 레오스 님에게 결투를 신청해서 이번 마도병단전으로 결판을 내겠다니……."

"……."

"그나마 레오스 님이라면 이해할 수 있다. 그는 대귀족의 장남이니 약혼자가 있어도 전혀 이상하지 않아. 하지만 네놈은 귀족도 뭣도 아닌 평범한 교사일 텐데?! 교사가 학생에게 손을 대다니, 그게 무슨 소리냐! 게다가 재산을 노린다고? 부끄러운 줄 알아라!"

이번만큼은 할리도 지극히 정당한 이유로 글렌을 질책했다.

"하하~ 하베스트 선배도 알고 계셨나요? 이야~ 재산도 구미가 당기지만 역시 어린 여자애라는 점이 좋더라고요~. 파릇파릇한 데다 제 색깔로 맘대로 물들일 수 있다는 부분에서도 배덕적이고 고혹적인 매력이…… 으헤헤."

하지만 글렌은 비열하기 짝이 없는 얼굴로 웃었다.

"이, 이렇게 추잡할 수가……. 네놈은 그 정도로 쓰레기였던 거냐?! 그리고 네놈, 앞에 『하』를 붙이기만 하면 뭐든 상관없다고 생각하는 거지?!#1"

그리고 얼굴이 새빨개져서 몸을 떨던 할리는 뒷일을 맡기겠다는 눈으로 레오스를 돌아보았다.

"레오스 선생님! 오늘은 기대하겠습니다! 이 마술사로서의 긍지도 없고, 사리 분별도 못하는 최악의 남자에게 한 방 먹여주십시오! 선생님의 최신 군용 마술연구의 힘으로 이 웃기지도 않는 남자에게 혹독한 교훈을 내려주시는 겁니다!"

#1 앞에 『하』를 붙이기만 하면 뭐든 상관없다고 생각하는 거지?! 할리의 이름은 일본어로 발음하면 하로 시작. 자신의 이름을 이상하게 부르는 것에 관한 지적.

"예. 애당초…… 저에게는 질 수 없는 이유가 있습니다. 말씀하시지 않아도 온 힘을 다해 상대하겠습니다."

"……흥."

레오스와 글렌은 벌써 시선으로 불꽃을 튀기기 시작했다.

"저, 저기…… 레오스…… 나…….'"

시스티나는 어색한 얼굴로 그런 레오스에게 다가갔다.

"신경 쓰지 마세요, 시스티나."

시스티나가 무슨 말을 하려는지 짐작한 레오스는 부드럽게 웃어주었다.

"당신은, 당신의 반을 위해 온 힘을 쏟아주세요. 절 배려할 필요는 없답니다. 당신이 저에게 맞서는 것 또한 시련이겠죠. ……저는 반드시 그 시련조차 뛰어넘은 승리를, 그리고 당신을 쟁취하고 말겠습니다. 그러니 안심하세요."

"레오스……."

둘이서 그런 알콩달콩한 분위기를 조성하는 한편, 글렌은—.

"하얀 고양이랑 결혼하면 뭘 할까~? 아무튼 앞으로는 일하지 않아도 될 테니까~ 아주 그냥 놀고먹어야지, 으하하!"

"아하하, 선생님도 참…… 승부는 아직 시작하지도 않았잖아요?"

"오, 그렇지! 이제는 돈에도 제법 여유가 생길 테니 루미아, 널 내 첩으로 삼아줄까? 어때?"

"예? 제가 선생님의 첩으로요? ……후훗, 그것도 나쁘지 않을 것 같네요. 기대할게요, 선생님."

"첩……? 잘 모르겠지만 루미아가 첩이 된다면 나도 될래."

"훗…… 인기 있는 남자는 괴롭구만……. 뭐, 나한테만 맡겨 둬!"

그런 식으로 루미아와 리엘에게 변변찮은 주접이나 떨어대는 글렌을, 학생들은 한숨을 내쉬면서 레오스와 번갈아 쳐다보았다.

""역시 우리 그냥 져버리는 편이 낫지 않을까?""

그들의 마음이 완벽하게 일치한 순간이었다.

"그런데 선생님. 어떻게 할 거예요?"

연습장 남서쪽의 거점, 환상열석 유적 한가운데에 모인 글렌 반의 학생들.

그들을 대표해서 덩치 큰 소년 카슈가 글렌에게 물었다.

"이제 곧 시작 신호가 울릴 거라구요. 어떤 작전으로 갈 거죠?"

돌무더기 중앙에 있는 테이블 위에는 연습장 일대의 지도가 펼쳐져 있었다.

글렌이 그 지도를 노려보는 모습을 학생들은 마른침을 삼키며 지켜보았다.

"근본적인 전투 방식은 저번까지 가르친 대로다. 문제는 어딜 몇 명으로 공격하느냐, 인데…… 레오스 자식이 어떤 전술을 펼칠지 전혀 모르는 게 문제군……."

"예……? 어째 자신이 없어 보이는데…… 정신 차리세요, 선생님."

"아니, 사실 난 마도병의 기초 전투술은 알아도 전술적인 지휘 운용법은 잘 모르거든. 아니, 전술 지휘 같은 건 애초에 전공이 달라."

이제 와서 밝혀진 경악스러운 사실에 학생 일동은 입을 떡하니 벌릴 수밖에 없었다.

"아니, 잠깐만요! 자신이 있어서 이 결투 방식을 받아들인 거 아니었어요?!"

"선생님, 그래도 괜찮은 겁니까? 당신이 지면 시스티나를 레오스 자식에게 빼앗긴다구요! 그런 걸 용납할 수 있겠어요?!"

"그래! 옳소! 옳소! 그런 건 인정 못해!"

뜻밖일 정도로 의욕이 넘치는 남학생들의 태도에 오히려 글렌이 눈을 휘둥그레 떴다.

"너, 너희들 대체 왜……?"

"선생님…… 그야 당연하지 않슴까! 미남은 적이라구요!"

카슈의 혼이 서린 절규에 반 남학생 대부분은 고개를 끄덕였다.

"옳소! 옳소! 미남인 데다 부자에 성격까지 신사답다니, 지금 장난하는 거야?!"

"확실히 레오스 선생님의 수업은 굉장했고 존경하지만, 이건 별개의 문제야!"

"귀족이 뭐 어쨌다고! 가지지 못한 인간, 인기 없는 인간의 원한을 뼈저리게 느끼게 해주마!"

"그래! 선생님에게 시스티나를 맡기는 것도 까놓고 말해 미묘하지만, 우리는 그 이상으로 저 미남이 잘되는 꼴을 눈 뜨고 못 봐주겠다고오오오오오오오!"

그리고ㅡ.

"너, 너희들……."

"""""선생님!"""""

글렌과 남학생들은 눈물을 흘리며 뜨거운 포옹을 나눴다.

"나, 남자라는 것들은……."

시스티나는 그런 쓸데없이 감동적인 광경을 기가 막힌 얼굴로 쳐다보았다.

그러자 이번에는 뽀로통한 얼굴의 트윈 테일 아가씨, 웬디가 다가와서 그녀에게 말을 걸었다.

"그런데…… 실제로는 어떤가요? 시스티나."

"뭐가?"

"뻔하잖아요, 당신은 레오스 선생님과 글렌 선생님. 어느 분이 이기시길 바라죠?"

"……그, 그런 건…… 나랑 관계없어……. 저 두 사람이 제멋대로 흥분한 것뿐이라구……."

"하긴 그건 그러네요. 그래도 두 남성분이 당신 한 사람을 두고 싸우는 거잖아요? 그런데도 뭔가 느끼는 게 없나요?"

"그건…… 나도 이런 상황을 동경해본 적은 있지만……."

시스티나는 글렌에게 슬쩍 눈길을 주었다.

"좋아! 짜식들아! 오늘 내가 이겨서 앞으로 놀고먹으며 살 수 있도록 나에게 힘을 빌려—."

"""""역시 당신도 죽어!"""""

"끄아아아아아아아아아아아아아아아아아악?!"

남학생들은 맹렬한 돌진에서 이어지는 발차기를 먹여서 글렌을 저 멀리 날려 버렸다.

"그래도…… 한쪽이 저 모양인걸……."

"무슨 말씀이 하고 싶은지 아주 자~알 알겠어요. ……당신에게 애도를."

시스티나와 웬디는 머리를 부둥켜안을 수밖에 없었다.

"그런데…… 당신, 이 결투의 승리자와 정말 결혼할 셈인가요?"

"하, 할 리가 없잖아……. 난 아직 해야 할 일이 잔뜩 있는걸……. 몇 번이나 말했지만 진짜 저 두 사람이 제멋대로 흥분한 것뿐이라구."

황급히 부정했지만 시스티나도 잠시 상상하고 말았다.

아무리 글렌이라도 남자 신데렐라를 노린다는 건 농담 — 저 사람은 『변변찮은 인간』이지만 『쓰레기』는 아니다 — 일

테니 이번에 일부러 레오스에게 결투를 신청하는 그답지 않은 성가신 일을 벌인 건, 어쩌면 정말로 자신을 좋아해서 그런 게 아닐까……

그런 글렌이 마술사로서 정정당당하게 승리를 거머쥐고 구혼한다면―.

자신은 정말로 아무렇지도 않을까?

'나도 참, 무슨 바보 같은 생각을 하는 거야?! 결혼은 아직 일러! 애당초 제멋대로 결혼했다가 부모님께 어떻게 설명하려고 그래……?!'

새빨갛게 물든 얼굴을 붕붕 휘둘러서 잡념을 떨쳐 냈다.

시스티나의 부모님은 현재 뭔가 골치 아픈 문제로 바쁜지 부재중이었다. 가독 상속 문제도 얽힌 이상 부모님께 상담도 하지 않고 결혼을 결정하는 건 처음부터 말도 안 되는 이야기였다.

하지만…… 그래도 어째선지 계속 머릿속에 떠올랐다.

맑은 축복의 종소리가 울려 퍼지는 어느 교회에서, 순백의 웨딩드레스를 입고 글렌의 옆에 선 자신의 모습을…… 어째선지 행복한 얼굴로 웃고 있는 자신을……

"으아아아아~! 정말이지! 이상한 상상은 그만하자, 나! 루미아한테 미안하잖아! 애당초 내가 왜 하필 저런 인간이랑!"

시스티나는 머리를 부둥켜안고 고민하다가 갑자기 하늘을 향해 고함을 질렀다.

그러자 반 일동은 깜짝 놀란 얼굴로 시스티나를 주목했다.

"루미아. 저번부터 시스티나가 왠지 이상해. 얼굴이 빨개지질 않나, 화내질 않나, 뭔가 중얼대질 않나, 갑자기 소리를 지르질 않나…… 병이야?"

"음~, 어떤 의미로는 병일지도……."

"……병? 그럼 의사한테 가야지."

"공교롭게도 의사 선생님은 못 고치는 병이야."

"……?"

변함없이 졸린 얼굴의 리엘과 쓴웃음을 지은 루미아는 그런 시스티나를 지켜보았다.

이윽고 심판을 맡은 강사들이 멀리서 봉화를 올리는 것으로 마도병단전이 시작되었다.

두 반의 병력은 각각 40명.

글렌은 먼저 중앙 평원 루트에 열두 명, 북서쪽의 숲 루트에 여덟 명, 동쪽 언덕 루트에 한 명을 보내고 나머지는 거점을 지키게 했다.

적극적으로 진군하지 않고 일단 전황을 지켜볼 생각인 듯했다.

"……어리석군요."

레오스의 왼쪽 눈에는 원견(遠見) 마술로 각 루트의 상황을 하늘에서 내려다본 영상이 직접 투영되었다. 그 영상으로 적의 포진을 확인한 레오스는 혼자 비웃음을 흘렸다.

"전력의 순차적인 투입은 하책…… 옛 병법의 기본입니다만, 이것만큼은 마술이 주체가 된 오늘날의 전장에서도 변함이 없습니다. 여러분, 출격하십시오."

반면에 레오스는 중앙 루트에 열여덟 명, 숲 루트에 열두 명, 언덕에 아홉 명을 전부 투입했다. 각 전장에 상대보다 많은 병력을 투입하여 각개 격파를 노리는 것이다. 그중에서도 언덕은 확실하게 제압할 수 있을 테고, 바로 글렌의 거점을 제압하는 것까지 시야에 넣은 배치였다.

레오스의 명령을 받은 학생들은 의기양양하게 진군했고—.

글렌의 명령을 받은 학생들은 머뭇거리며 진군했다.

"이거 참, 글렌 선생님은 마술이론에는 빠삭하지만 마도병 전술에는 그다지 조예가 없으신 것 같군요……"

아스토리아 호숫가, 이번 마도병단전의 심판을 맡은 학원 강사들은 원견 마술로 연습장 전체의 전황을 지켜보면서 쓴웃음을 흘렸다.

"이 배치는 완전히 하책이 아닙니까. 이건 이미 결판이 난 걸까요?"

"그건 그렇고 레오스 님이 이끄는 부대는 움직임이 훌륭하군요."

"예, 역시 대단합니다. 고작 일주일 동안의 지도로 학생들을 이 정도까지 성장시킬 줄이야······."

"칫······."

속 편하게 관람 중인 강사들과 달리, 할리만은 언짢은 얼굴로 전황을 뚫어지게 쳐다보았다.

'레오스 님은 군용 마술의 제일선을 달리는 연구자······ 당연히 마도병의 지휘 전술에도 능해. 애당초 글렌 레이더스가 이끄는 2반은 전체적으로 보면 개개인의 능력이 레오스 님의 반보다 뒤떨어져······. 처음부터 글렌 레이더스에게 승산은 없었어. 어디까지나 **정정당당하게 붙는다면.**'

그 순간 할리의 머릿속에 떠오른 건 저번 마술 경기제에서 글렌에게 몇 번이나 고배를 마신 쓸쓸한 기억이었다.

'하지만 저 남자가 정정당당하게 싸울 리가 없지······! 레오스 선생님, 아무쪼록 방심은 하지 마시길!'

"우와······ 카슈. ······저걸 어쩌지?"

"제, 제법 많이 왔네······. 우리보다 훨씬 수가 많아······."

중앙 평원 루트에서 로드와 카이는 선두에 선 카슈에게 불안한 목소리로 말했다.

"우리가 정말로 여길 지켜 낼 수 있을까?"

"간단히 돌파당할지도······."

"뭐, 선생님이 시킨 대로만 하면 어떻게든 되지 않을까? 진다고 죽는 것도 아니니까 속 편하게 하자고."

아무런 차폐물도 없는 평원에서 서서히 다가오는 적을 앞에 두고 카슈는 호탕하게 웃었다.

　이제 곧 근거리 마술 전투의 간격에 들어올 것이다.

　그리고 카슈 일행은 일주일 전에 글렌의 수업에서 배운 내용을 다시 한 번 떠올렸다.

　"잘 들어. 마술을 도입한 후의 전술과 전법은 마술이 도입되기 전의 병법의 상식과 전혀 달라."

　마술사의 전장에 영웅은 존재하지 않는다.

　그런 선언을 한 글렌은 그렇게 뒷말을 이었다.

　"불과 번개의 주문을 대충 쓰기만 해도 말이 기겁해서 기병은 무용지물이 돼. 대열을 짠 궁병과 총병의 일제 사격도 카운터 스펠 지극히 간단한 대항 주문 하나로 막을 수 있어. 중장보병을 늘어세워서 밀집 진형을 전개했다간 광범위 파괴 주문을 얻어맞고 맥없이 전멸하겠지."

　글렌은 전장의 지도를 칠판에 그리며 설명을 계속했다.

　"마술을 못 쓰는 병사는 이젠 적 마도병을 토벌한 후의 거점 제압, 병참 활동, 후방 지원 외에는 나설 곳이 없어. 적 마도병을 상대로 일반병을 보내야 하는 상황은 그들을 버리는 패로 쓰거나 이미 패배가 확정됐다는 걸 뜻해. 내가 너희들에게 가르칠 건 근대 전쟁에서 가장 중요한 전력이자 병종인『마도병』이 싸우는 방식이다."

글렌은『마도병』의 전법을 설명하기 시작했다.

"마술 전투는 기본적으로『근거리전』과『원거리전』으로 구분돼.『근거리전』은 상대를 눈으로 확인할 수 있는 거리에서 주문을 쓰는…… 요컨대 최전선을 뜻하지. 반대로『원거리전』은 상대를 눈으로 확인할 수 없는 거리에서 초장거리 사격 마술로『근거리전』에 종사하는 마도병을 엄호하는 전투 방식이다. 다만, 이번 마도병단전에서『원거리전』은 무시해도 좋아. 너희들 중에 그런 대단한 마술을 쓸 줄 아는 녀석은 없으니까."

글렌은 칠판 오른쪽에 세 개, 왼쪽에 세 개의 볼록할 철(凸)자를 적었다. 왼쪽은 서로의 간격을 넓게 벌렸지만 오른쪽은 밀집되어 있었다. 아무래도 이 글자를 마도병으로 가정해서 설명하려는 듯했다.

"이건 어디까지나『기본적』인 배치다. 간격에 대한 설명도 그렇지만, 내가 지금부터 말하는 건 전황과 전술에 따라 얼마든지 예외가 발생할 수 있다는 걸 잊지 마. 자, 그럼…… 다시 본론으로 들어가서 전투에서 가장 중요한『근거리전』말인데……."

글렌은 오른쪽에 밀집한 세 마도병을 세모를 그려서 연결했다.

"『근거리전』의 전술 단위는 3인 1조가 기본이고 각 멤버는 _{원 유닛} _{스리 맨 셀} 공격 전위, 방어 전위, 지원 후위의 세 포지션으로 나눠져.

각 포지션은 역할이 정해져 있어서 공격 전위는 어설트 스펠로 공격을 담당. 방어 전위는 카운터 스펠로 방어를 담당. 지원 후위는 상황에 적합한 주문을 써서 전위 두 명을 보조하는 거다. 이 스리 맨 셀이라는 원 유닛을 모아서 부대를 구성하는 게 현대 마도병 전술과 부대 편성법의 기초지."

포지션과 역할을 칠판에 적은 글렌은 학생들을 돌아보았다.

"이 스리 맨 셀 원 유닛 편성의 우수한 점은…… 간단히 말해서 평범하게 강해. 적병의 격파율도 아군 병력의 소모율도 통계적으로 다른 편성보다 높아. 예를 들어서 스리 맨 셀의 마도병이 산개한 세 명의 마도병과 대치했다고 생각해 보자."

글렌은 다시 분필로 뭔가를 쓰기 시작했다.

"주문이 끊임없이 날아오는 전장에서 적과 아군이 동시에 주문을 쓴 순간이 있다고 가정해봐. 이 순간, 적병은 합계 세 번의 어설트 스펠을 썼지만 놀랍게도 스리 맨 셀 쪽의 피해는 전혀 없을 거다. 왜냐하면 스리 맨 셀 쪽의 방어 전위가 카운터 스펠을 썼기 때문이지. 세 방향에서 날아온 어설트 스펠은 방어 전위가 쓴 한 번의 카운터 스펠에 모조리 막힌 셈이다."

글렌은 왼쪽에서 오른쪽으로 그린 화살표 위에 엑스 자를 그렸다.

"한편, 산개한 세 명 중 한 명은 전사했다. 당연하잖아?

스리 맨 셀 쪽의 공격 전위가 적병에게 어설트 스펠을 한 발 날렸는데, 적병 쪽은 아무도 카운터 스펠을 쓰지 않았어. 카운터 스펠 없이 목숨을 건질 수 있을 정도로 현대 군용 마술은 만만하지 않아."

이번에는 오른쪽에 밀집한 마도병 쪽에서 왼쪽으로 화살 표를 그리고 왼쪽에 있는 마도병 중 하나 위에 엑스 자를 그렸다.

"그리고 이 녀석을 잘 봐라. 스리 맨 셀 쪽에 있는 이 녀석, 지원 후위 말이다."

글렌은 오른쪽에 있는 마도병 중 하나에 동그라미를 그렸다.

"이 녀석 혼자만 이 짧은 순간에 아무것도 하지 않았어. 행동 순서가 남아 있는 셈이지. 이 녀석은 상황에 따라 뭘 하든 상관없어. 공격이나 방어에 참가해도 좋아. 법의 주문^{힐러 스펠}이나 보조 주문^{서포트 스펠}으로 지원을 해도 돼. ……그야말로 상황에 맞춰서 유연하게."

「오오~!」 하고 학생들의 감탄성과 납득한 목소리가 여기저기에서 흘러나왔다.

"여기까지 들으면 스리 맨 셀이 아무렇게나 배치된 세 명의 적에 비해 얼마나 많은 이점을 가졌는지 알 수 있겠지? 안 그러냐? 기블."

"큭……."

글렌이 히죽히죽 웃으면서 화제를 돌리자 기블은 분한 듯 신음을 흘렸다.

"그렇군요……. 머릿수는 같지만 결과는 전혀 다르다……. 혼자서 공격, 방어, 지원을 동시에 담당하는 마도병 셋을 모으는 것보다 그 세 개의 역할을 나눠서 전념하는 마도병 셋으로 스리 맨 셀을 편성하는 편이 압도적으로 우위에 설 수 있다……. 그런 뜻입니까?"

"바로 그거다. 역시 우등생이야. 이건 탁상공론이 아니라 전장에서의 생존율, 격파 수, 그 밖에도 다양한 데이터로 통계를 내서 증명한 사실이다. ……이걸 가리켜 『마도 전력의 비교 우위성』이라고 하지. 마술을 전장에서 쓰지 않았던 시절에는 없었던 개념이다."

여기까지 들은 기블은 얼굴을 씁쓸하게 찌푸렸다.

기블 같은 마술사야말로 쓸모가 없다. 마술사의 전쟁에 영웅은 존재하지 않는다.

……이제야 글렌의 말뜻을 이해했기 때문이다.

이 스리 맨 셀은 운명 공동체다. 한 명의 행동에 전원의 목숨이 걸려 있었다. 기블처럼 자존심이 강해서 다른 사람과 협력하지 못하는 마술사는 팀 전원의 발목을 잡고 목숨을 위험에 노출시킬 위험성이 컸다. 그리고 마술사가 단독으로 일기당천의 활약을 벌이는 건 수많은 변수가 존재하는 전장에서는 처음부터 고려 사항이 될 수 없었다.

'과연…… 그랬던 건가…….'

글렌의 해설에 모든 학생이 납득한 듯 고개를 끄덕였다.

"흥…… 알겠습니다."

하지만 기블은 토라진 채 말했다.

"자존심을 버리고 스리 맨 셀을 짜서…… 팀원과 협력하라 이거군요?"

기블은 확실히 자존심이 강한 소년이었지만, 이론적으로 납득하고 이해한 사실이라면 솔직하게 받아들일 수 있는 미덕을 가지고 있었다. 그래서 어쩔 수 없다는 듯 말했지만―.

"엥? 그건 또 무슨 소리냐?"

글렌은 어리둥절한 얼굴로 기블을 쳐다보았다.

"스리 맨 셀 원 유닛 편성은 너희들에겐 당연히 무리지."

지금까지 실컷 설명한 주제에 이제 와서 무슨 소리인지…….

학생들은 당연히 허탈감에 잠겨서 어깨를 축 늘어트릴 수밖에 없었다.

"이 스리 맨 셀 원 유닛 편성은 프로 마도병이 장기적으로 충분한 훈련을 받아야 겨우 실전에서 쓸 수 있는 개념이거든? 특히 지원 후위는 또 얼마나 어려운지……. 적어도 난 고작 며칠간의 수업으로 너희들에게 스리 맨 셀 원 유닛을 습득하게 할 자신은 없다. ……레오스 자식이라면 어떨지 모르겠다만."

"그, 그럼 어쩌라는 겁니까! 지금까지 잘난 듯이 설명해

놓고 대체 이게 뭔가요!"

짜증이 난 기블은 거친 목소리로 말하며 글렌을 노려보았다.

그러자 글렌은 의기양양하게 웃으며 이렇게 대답했다.

"실로 단순하고도 간단한 이야기야. 스리 맨 셀 원 유닛이 무리라면—."

《뇌정의 자전이여》!"

《위대한 바람이여》!"

《하얀 겨울의 폭풍이여》!"

평원의 전장에 학생들의 주문 영창이 메아리쳤다.

레오스 반의 학생들 총 병력 열여덟 명은 레오스가 가르친 것처럼 스리 맨 셀로 편성한 여섯 개의 전술 단위를 구성했다. 그리고 대치한 글렌의 학생들에게 공세를 펼쳤다.

글렌의 학생들을 노리고 날아오는 전류와 거친 돌풍.

반면에 글렌 반의 학생들 총 병력 열두 명은 압도적으로 머릿수가 부족한 상황이었다.

숙련도, 무장, 지형 조건이 동일할 경우 절대로 이길 수 없다고 여겨지는 병력 차이는 세 배.

1.5배의 병력 차이는 절대적인 수치는 아니지만 그래도 상당히 열세인 상황이었다.

정면으로 붙었다면 글렌의 학생들은 야금야금 한 명, 또한 명씩 순서대로 당했으리라.

하지만—.

"《대기의 벽이여》!"

"《대기의 벽이여》!"

레오스 진영이 날린 어설트 스펠을 글렌 진영의 학생들은 차례차례 흑마【에어 스크린】— 가장 기본적인 카운터 스펠을 발동하는 것으로 공기 장벽을 넓게 펼쳐서 돌풍을 막고 전류를 흘려 냈다.

"부탁해, 카슈! 지금이야!"

"알았어!《허공에 외쳐라·소리를 남기는·풍령의 포효》!"

"《뇌정의 자전이여》!"

"《위대한 바람이여》!"

카운터 스펠을 쓴 학생들 옆에서 대기 중이던 다른 학생들이 카슈를 필두로 잇따라 어설트 스펠을 영창했다.

카슈가 날린 압축 공기 덩어리, 흑마【스턴 볼】과 다른 학생들이 쓴 자전과 돌풍은 어째선지 레오스 팀과 비슷한 빈도로 날아왔다.

"아니?! 제, 제길!《대기의 벽이여》!"

레오스 진형의 학생들은 허둥거리며 카운터 스펠을 영창했다.

펑! 소리를 내며 터진【스턴 볼】의 영향으로 대기가 격렬하게 진동했다.

적측 방어 전위가 펼친 공기 장벽에 막힌 모양이었다.

"젠장! 공격을 멈추지 마!"

"《뇌정의 자전이여》!"

"《뇌정의 자전이여》!"

하지만 마음을 추스른 레오스 진영의 학생들이 다시 단속적으로 어설트 스펠을 발사했다.

카슈 일행도 지지 않겠노라며 어설트 스펠로 반격했고, 각 진영의 방어 담당은 잇따라 카운터 스펠로 서로의 공격을 막아 냈다.

눈 깜짝할 사이에 중앙 평원은 약 20미트라 정도의 거리를 둔 백열의 마술 전장으로 변모했다.

"《뇌정의 자전이여》! 겁먹지 마! 카운터 스펠은 전부 방어 담당에게 맡겨!"

거친 돌풍의 여파로 로브를 펄럭이며 선두에 선 카슈는 자전을 날리면서 아군의 사기를 북돋웠다.

"선생님이 그랬잖아! 스리 맨 셀을 상대로 방어에만 전념했다간 세 명이 죄다 공격 전위로 나서서 단숨에 밀려버릴 거라고! 무서워도 수비는 후위에게 맡기고 전위에 있는 우리는 아무튼 계속 주문을 쏴! 놈들이 조금이라도 방어에 치중하도록 만들어!"

"《뇌정의 자전이여》! 젠장, 진짜 황당무계한 요구라니까!"

바로 1, 2미트라 앞에 전개한 공기 장벽에 부딪히는 공기와 돌풍과 자전을 보고, 새파랗게 질린 로드와 카이가 투덜거렸다.

"대, 《대기의 벽이여》! 그, 그래도 우리들 제법 잘 싸우고 있지 않아?!"

"《뇌정의 자전이여》! 마, 맞아! 저쪽이 훨씬 더 사람도 많은데!"

"어떻게 된 거지?!"

"나, 나도 몰라!"

"이유가 뭐든 상관없어! 아무튼 선생님의 지시가 있을 때까지 여기서 버티는 거야!"

카슈의 외침에 학생들은 마음을 다잡고 서로 고개를 끄덕였다.

전쟁은 이제 막 시작된 참이었다.

한편, 평원의 전황을 관찰하던 심판들은 놀라서 눈을 부릅떴다.

"2인 1조 원 유닛^{엘리먼트} 편성이라고?!"

그렇다. 글렌 진영의 학생들은 전원이 마도병 운용의 기본인 스리 맨 셀 원 유닛을 짜지 않았다. 공격 전위와 방어 전위의 두 가지 포지션으로만 구성된, 심플한 엘리먼트 원 유닛 편성으로 레오스 진영과 맞서 싸우고 있었다.

중앙 평원에 있는 레오스 진영은 총 열여덟 명, 글렌 진영은 총 열두 명.

언뜻 보기에는 레오스 진영의 머릿수가 더 많지만…… 유닛 수로 환산하면 양쪽 다 식스 유닛. 즉, 호각인 셈이었다.

"그런 바보 같은!"

강사 중 한 명이 거친 목소리로 외쳤다.

"확실히 유닛 수는 호각이지만 어떻게 전황까지 호각인 거지?! 스리 맨 셀 원 유닛은 엘리먼트 원 유닛보다 압도적으로 강한 편성이거늘!"

그 강사의 말대로 전장의 통계에서는 적 격파율과 아군 소모율 전부 스리 맨 셀 원 유닛 편성 쪽이 더 뛰어난 성적을 남겼다.

애당초 엘리먼트 원 유닛은 아군이 소모된 상황이라 스리 맨 셀을 짤 수 없을 때 『어쩔 수 없이』 쓰는 전술 편성에 불과했다.

"큭…… 이렇게 나오기냐, 글렌 레이더스!"

마침 상황의 허점을 눈치챈 할리가 화가 난 목소리로 중얼거렸다.

"생각해 보면 이렇게 되는 게 당연했어!"

"하, 할리 선생님…… 그게 대체 무슨 뜻입니까."

"갑작스럽겠지만 여러분께 묻겠습니다. 예를 들어서 이인 삼각과 삼인사각이라면 어느 쪽이 더 쉽겠습니까?"

할리의 의도를 이해하지 못한 강사들은 어리둥절한 표정으로 서로의 얼굴을 마주 보았다.

"아니, 뭐…… 그야 당연히 이인삼각이 더 쉽겠지요."

"그게 답입니다."

할리의 지적에 그제야 강사들도 깨달은 모양이었다.

"현대 마도병의 전투는 팀전…… 팀원끼리 얼마나 호흡이 잘 맞느냐가 핵심입니다. 스리 맨 셀 원 유닛보다는 엘리먼트 원 유닛이 더 쉽습니다. 즉, 호흡을 맞추기도 쉽지요. 따라서 훈련도 간단합니다. 요컨대, 서로의 팀워크 숙련도의 문제인 셈이지요."

"……!"

"학생들은 마도병 전술에 대해 아무것도 몰랐던 생초보였습니다. 그런데 고작 며칠 만에 고도의 연계가 필요한 스리 맨 셀 원 유닛을 완전히 자기 것으로 만들 수가 있을까요?"

그리고 할리는 마술적인 눈을 통해 다시 중앙 평원의 전황을 관찰했다.

"확실히 레오스 선생님의 지도력은 훌륭했습니다. 레오스 선생님의 지도를 받은 4반 학생들은 일단 스리 맨 셀 원 유닛을 어느 정도 자기 것으로 만들었죠. 하지만 글렌 레이터스의 지도를 받은 2반 녀석들은 처음부터 엘리먼트 원 유닛만 훈련받았을 겁니다……."

글렌 진영의 학생들이 엘리먼트 원 유닛 편성으로 지극히 자연스럽게 공수 교대를 하고 주문을 발동하는 것에 비해 — 레오스 진영의 학생들은 스리 맨 셀 원 유닛이기는 해도 동작이 굼뜰 때나, 공수 교대 타이밍을 맞추지 못해 허둥댈 때가 자주 보였다. 가장 중요한 포지션인 지원 후위를 맡았으면서도 유효한 행동을 하기는커녕 허둥지둥하느라 아무것도 못하는 학생들조차 있었다.

"물론 완벽한 숙련도였다면 스리 맨 셀이 엘리먼트에 질리가 없습니다. 하지만 이 지극히 짧은 기간 동안 학생들을 가르쳤을 경우에는 엘리먼트 원 유닛이 더 강했다. ……단지 그것뿐입니다. 우리나 레오스 선생님은 논문과 통계 데이터를 곧이곧대로 받아들인 탓에 실제로 싸우는 건 초보자인 학생이라는…… 그런 단순한 사실을 잊고 있었던 겁니다."

"무, 무슨 말씀인지는 알겠습니다만……."

"이거 참…… 용케도 이런 대담한 수를……!"

할리의 해설을 들은 강사들은 크게 감탄했다.

"보통은 무서워서 할 수 없는 짓입니다. ……그 어떤 논문이나 통계 데이터를 찾아봐도 같은 병력이라면 스리 맨 셀이 엘리먼트보다 강할 거라는 결론이 나올 테니까요."

"난이도가 비교적 쉬운 엘리먼트로 편성했다고는 해도, 고작 며칠 만에 얼마나 숙련될지는 알 수 없을 텐데……. 스리 맨 셀을 가르치는 게 보통 아닙니까?"

그 결과를 직감으로 눈치채고 망설임 없이 엘리먼트라는 선택지를 고르는 게 바로 글렌 레이더스라는 남자다……. 그 사실에 할리는 이를 갈았다.

그들이 알 도리가 없겠지만 글렌은 실전 경험을 쌓은 전직 마도사였다. 불리한 상황에서 어떻게든 승리는 거머쥐는 승부사로서의 감이 뛰어났다. 그래서 훈련 기간이 짧다면 엘리먼트가 더 유리하다는 사실을 감각적으로 눈치챈 것이다.

한편, 레오스는 순수한 연구자라 실전 경험이 거의 없었다. 데이터나 논문을 닥치는 대로 읽은 덕분에 마도병 전술에 관한 조예는 글렌을 압도적으로 능가했지만…… 그것을 뒷받침할 실전 경험이 없었다. 그래서 마도전술의 교과서라 할 수 있는 스리 맨 셀을 아무런 의심도 하지 않고 선택했다.

그 결과가 이거다. 지금은 레오스 진영이 약간 유리하기는 해도 이 정도의 병력 차이로 일진일퇴의 호각…… 일반적으로 봐선 불가능한 상황이 펼쳐진 것이다.

'좋지 않습니다. 레오스 선생님. 글렌 레이더스가 다음에 둘 수는 불 보듯 뻔합니다……. 저라도 그렇게 할 테니까요!'

얼굴에 초조함을 진하게 드러낸 할리는 이를 갈았다.

"좋아~, 애들아! 가라!"

모든 루트의 전황이 호각이라는 사실을 원견 마술로 확인하자마자 글렌은 본거지에 남은 예비 병력 전원에게 호령했다.

"각자 숲 루트와 평원 루트를 엄호하러 가! 레오스 자식이 제대로 대응하지 못하는 지금이 유일한 기회야! 한 명이라도 많이 해치워!"

"홋, 훌륭한 전술안이군요. 선생님. 먼저 찬사를 보내드리죠."

글렌의 호령을 들은 웬디는 손등을 뺨에 대고 상쾌하게 일어섰다.

"그리고 지켜보세요. 제 화려한 싸움을! 자, 여러분. 부대장인 절 따라오시길!"

고압적으로 말한 웬디는 몇 명의 학생을 이끌고 의기양양하게 숲으로 출격하려다…… 발을 헛디뎌 넘어지고 말았다.

"아, 언덕은 방치해도 돼! 좀 치사한 방법이지만 그 녀석만 배치해 두면 충분하니까. ……애당초 그 루트에서 그 녀석의 공격력은 거의 제로에 가깝기도 하고……."

글렌은 각 방면의 전장으로 향하는 학생들의 등을 향해 그런 말을 던졌다.

"저기, 시스티……. 어떻게 할 거야?"

"……가자. 봐줄 수는 없어. ……레오스의 명예를 위해서라도."

루미아와 엘리먼트를 편성한 시스티나도 복잡한 표정으로 출진했다.

"큭…… 당했군요. 설마 이런 대담한 수를 쓸 줄은……."

한편, 북동쪽의 거점에 있는 레오스는 쓸쓸한 신음을 흘렸다.

"위험하군요. 모든 병력을 투입한 게 오히려 역효과를 가져 오다니……."

현재 중앙과 숲의 전황은 완전히 호각이었다. 레오스가
약간 유리하지만…… 처음부터 편히 이길 거라고 예상하고
보낸 병력 차이로도 여기까지 호각을 이루고 만 것이다.

글렌이 본거지에 대기시킨 예비 병력을 원군으로 투입하
면 언제든지 뒤집힐 수 있는 상황이었다. 그리고 레오스에
게는 원군으로 보낼 만한 예비 병력이 없었다.

각개 격파를 노리다 오히려 이쪽이 각개 격파당하는 건
이미 시간문제였다.

"큭…… 언덕의 거점 제압은 어떻게 된 거죠? 적은 한 사
람뿐일 터…… 아직도 제압 못한 겁니까?"

초초함 때문인지 이마에 약간 식은땀이 맺힌 레오스는 각
방면 부대의 지휘관에게 준 보석형 통신 마도기로 언덕 제
압 팀에게 연락을 취했다.

"그……그게……."

레오스 진영 언덕 루트 제압 팀의 대장 리트는 비지땀을
뻘뻘 흘리면서 통신 마도기를 귀에 대고 있었다.

"무리입니다! 언덕의 거점을 제압하는 건 불가능해요! 저
희 힘으로는 무리라고요!"

『그게 무슨 소리입니까! 적은 고작 한 사람뿐이잖아요!?』

비난하는 레오스의 목소리가 통신 마도기 너머에서 들려

왔다.

"그, 그래도…… 상대는 한 사람이지만…… 괴, 괴물이라고요!"

리트는 마치 악마라도 본 표정으로 전방 약 20미트라 앞에 서 있는 적병을 응시했다.

그곳에 멀뚱히 서 있는 소녀는…… 다름 아닌 리엘이었다.

"《뇌정의 자전이여》!"

"《뇌정의 자전이여》!"

이미 스리 맨 셀 원 유닛이고 뭐고 알 바 아니었다.

열두 명의 레오스 진영 학생들은 마구잡이로 어설트 스펠을 난사했다.

리엘에게 쇄도하는 수많은 보랏빛 전류.

"《뇌정의 자전이여》!"

쏘고, 쏘고, 난사하고, 또 난사했지만—.

"……응."

맞지 않았다. 스치지도 않았다.

졸린 표정의 리엘은 그 모든 공격을 몸을 가볍게 흔들어서 모조리 피했다. 놀랍게도 카운터 스펠조차 쓰지 않고(실제로는 이 마도병단전에서 허가된 카운터 스펠을 제대로 못 쓰는 것뿐이지만) 말이다.

"이건 어떠냐! 《허공에 외쳐라·소리를 남기는·풍령의 포효》!"

"《위대한 바람이여》!"

"《하얀 겨울의 폭풍이여》!"

한 점을 노리는 게 무리라면 이번에는 면을 노리겠다는 듯이 【스턴 볼】, 【게일 블로】, 【화이트 아웃】 같은 광범위 어설트 스펠을 날렸다.

하지만 그 순간—.

리엘의 모습이 옆으로 흔들리는 잔상을 남기며 일동의 시야에서 완전히 사라졌다.

그 짧은 순간에 레오스 진영 학생들의 사각으로 고속 이동한 것이다.

그 결과, 주문들은 아무도 없는 공간에 허무하게 작렬했다.

"저, 저 녀석은…… 대체 뭐야……."

앞으로 몇백, 몇천 번 주문을 쏴도 명중시킬 수 있으리라는 생각이 들지 않았다.

게다가 초월적인 회피 능력으로 레오스 진영을 우롱하면서도 리엘은 아무런 대응을 하지 않았다. 어설트 스펠을 한 번도 쓰지 않은 것(실제로는 이 마도병단전에서 허가된 어설트 스펠을 제대로 못 쓰는 것뿐이지만)이다.

리엘은 그저 어중간한 거리를 유지하며 레오스 진영의 학생들을 계속 바라보기만 했다.

"으……으으……."

의미 불명, 정체불명, 미지의 공포, 차원이 다른 움직임을 눈앞에서 지켜본 학생들에게는 저 인형 같은 작은 소녀가 마치 터무니없이 거대한 괴물처럼 보이기 시작했다.

"큭…… 글렌 선생님의 반에 저런 학생이 있었습니까……."

숲과 평원을 중점적으로 살피던 원견 마술을 언덕으로 돌려서 전황을 확인한 레오스는 경악할 수밖에 없었다.

"저 학생의 신체 능력은 규격 외로군요. ……신체 능력 강화 백마(白魔) 【피지컬 포스】를 저 정도까지 능숙하게 쓸 줄은…… 그녀는 군사 관계자일까요?"

하지만 불평할 수는 없었다.

글렌과 레오스는 이 마도병단전에서 담당 반의 전력을 마음껏 쓰기로 되어 있었다. 아무리 군사 관계자인 학생이 있더라도 반칙으로 볼 수는 없었다. 애당초 초기 조건에서는 레오스 반이 글렌 반보다 전력상으로는 위였다.

게다가 대전제로 이건 사적인 『결투』이기 이전에 학교의 커리큘럼에 편성된 『수업』이었다. 적이 너무 강하다는 불평이 통할 전장 따윈 이 세상에 존재하지 않았다.

조금 전부터 계속 레오스의 예상을 벗어난 일만 일어났지만…….

'하지만 다행히도 그녀는 백마 【피지컬 포스】밖에 못 쓰는 학생이라고 단언할 수 있겠어요. 이 상황에서 내 학생들을 봐줄 이유가 없을 테니까요…….'

레오스는 사고를 전환해서 상황 정리와 대책 마련에 착수했다.

'틀림없이 그녀는 어설트 스펠과 카운터 스펠이 극단적으로 서툰 인물이라 공격 능력은 전무…… 즉, 우리 진영에서 전력을 끌어내기 위한 미끼였을 뿐…… 전 완전히 함정에 빠진 거로군요.'

레오스는 언덕을 제압한 후 다음 작전을 수행하기 위해 아홉 명의 학생을 그쪽으로 보냈다. 글렌이 언덕으로 보낸 한 명은 정찰일 거라고 판단하고 단숨에 언덕을 제압할 셈이었다.

하지만 그건 글렌의 함정이었다.

그뿐만이 아니었다. 일부러 각 방면의 병력을 적게 편성해서 일점 돌파라는 선택지를 빼앗고, 각개 격파라는 수단을 고르게 해 레오스 진영의 전력을 분산시킨 것이다. 실제로 전쟁에서는 절대로 쓸 수 없는 잘못된 전술이지만 이 상황, 이 정도 규모의 전장, 이 수준의 학생들에게는…… 유효한 전술이었다.

"큭…… 리트 군, 철수하세요. 언덕은 포기. 일단 본거지로 귀환하시길. ……괜찮습니다. 그 아이는 내버려 둬도 상관없습니다. 아마 추격하지는 않을 거예요."

레오스는 학생들에게 지시했다.

글렌이 보낸 지원군이 각 전장에 도착하자 전황이 역전되었다.

하지만 머지않아 각 방면의 레오스 진영이 잇따라 철수하기 시작했다는 보고를 듣고 의기양양하게 누워 있던 글렌은 벌떡 일어났다.

"몇 명이나 해치웠지?!"

손가락 사이에 세 개의 보석형 통신 마도기를 낀 오른손을 귀에 대고 날카롭게 물었다.

『이쪽은 평원. 다섯 명. 해치웠습니다. 이쪽은 두 사람이 당했지만요…….』

보석 중 하나에서 숨을 거칠게 몰아쉬는 카슈의 목소리가 들렸다.

『여기는 숲. 세 명 격파. 피해는 제로.』

다른 보석에서는 기블의 퉁명스러운 목소리가 들렸다.

"좋아, 수고했다. 짜식들아. 즉, 전황은 32 대 38…… 소모율은 20퍼센트라는 거군……. 욕심을 내자면 조금만 더 해치워주길 바랐지만…… 뭐, 일이 그렇게 쉽게 풀릴 리는 없겠지."

『선생님, 추격해요?』

"아니, 그만둬. ……언덕에 파견한 부대가 슬슬 본거지로 돌아왔을 테니까, 더 이상 이렇게 쉽지는 않을 거다. 보너스 스테이지는 이걸로 끝이야."

글렌은 어깨를 으쓱였다.

"레오스 자식, 예상보다 대처가 빠르고 냉정한걸. ……이제 어떻게 되려나."

『글렌. 난 뭘 하면 돼?』

세 번째 보석에서 리엘의 목소리가 들렸다.

"넌 계속 거기 있어. 까놓고 말해 개개인의 능력이 더 뛰어난 상대가 고지를 점하고 있으면 승산이 없으니까. 레오스 자식도 처음부터 그 정도의 병력을 언덕으로 보낸 걸 보아하니 뭔가 언덕을 이용한 전략을 짜 놨을 거다. 솔직히 상대하고 싶지 않아. 그러니까 넌 언덕을 지켜."

『알았어. ……난 잘 모르겠지만.』

"뭐, 어설트 스펠이랑 카운터 스펠도 제대로 못 쓰는 데다가 연계? 뭐야, 그게? 맛있는 거? ……인 너한테는 딱 맞는 임무잖아? 파이팅!"

『……응, 열심히 할게. 글렌이 나한테 굉장히 기대해주니까.』

"하하하! 넌 전문 분야인 엉터리 연금술 말고는 죄다 글러 먹었으니까 말이지! 이젠 그냥 속이 시원할 정도다!"

『글렌. 그렇게 칭찬해도 줄 건 없어.』

……칭찬 아니거든?

두 사람이 통신기로 나누는 대화를 들은 학생들이 한숨을 내쉬었다.

"일단 초전 기습이 효과를 봐서 제법 전력을 깎아 내는

데는 성공했어. 이걸로 기본 능력의 차이와, 레오스와 나의 전술가로서의 역량 차이는 어느 정도 좁혀졌다고 볼 수 있겠지……."

글렌은 통신기 너머에 있는 학생들에게 계속해서 지시를 전달했다.

"최강의 퀸을 배치해 뒀으니 적이 언덕에 병력을 보내지는 않을 거다. 우리가 언덕을 제압한 이상 중앙 평원을 중심으로 진군……할 리도 없겠지. 고지에서의 저격을 경계할 테니까. 즉, 당연히 앞으로 전투의 중심이 될 무대는…… 숲이다."

글렌은 씨익 하고 누가 봐도 사악한 미소를 지었다.

"어머, 쟤들도 참. 이런 게릴라전은 내 전문 분야인데 말이야. 훗훗훗……."

그리고 계속 남몰래 불길하고 사악한 웃음을 흘렸다.

이렇게 해서 글렌의 꿍꿍이대로 평원 부대는 거리를 벌린 채 서로를 견제하며 대치하는 상황이 이어졌고…… 전투의 중심지는 숲으로 옮겨졌다.

'저도 알고 있습니다. ……이건 글렌 선생님이 예상한 대로의 전개…….'

주전장을 숲으로 옮길 수밖에 없는 이 상황에서 레오스의 표정은 씁쓸했다.

조금 전부터 글렌이 쓴 전략은 하나같이 실전에서는 통하지 않는, 이 장소에서만 허용될 방법이었다. 하지만 레오스와 글렌이 싸우는 곳은 전장이 아니었다. 바로 『이곳』이었다.

'큭…… 하지만 전 마도병의 삼림전(森林戰)에도 자신이 있습니다. ……전술 연구가로서 상대의 책략에 완전히 넘어간 건 굴욕이지만…… 아직 만회할 기회는 있습니다!'

실제로 숲에 각 진영의 전력을 집중한 결과…… 레오스의 지시대로 움직이는 부대가 글렌의 부대를 서서히 압도하는 상황이 벌어지고 있었다.

그제야 레오스가 한숨 돌린 순간—.

『크, 큰일이에요! 레오스 선생님!』

통신 마도기에서 절박한 목소리가 들렸다. 숲 방면으로 진군한 팀이었다.

"……무슨 일이지요? 루키오 군."

『그……그게…… 미, 믿을 수 없는 일이지만…….』

루키오는 상황을 확인하듯 숨을 한 차례 내쉬고 말을 이었다.

『글렌 선생님이…… 저희들 앞에…… 숲 전장의 최전선에 모습을 드러냈습니다!』

"……예?"

확실히 믿을 수 없는 학생의 보고에…… 레오스는 아연실색했다.

"후하하하하하하하하! 똑똑히 봐라, 제군! 글렌 레이더스 대선생님군(軍)의 총대장은 바로 여기에 있노라아아아!"

글렌은 숲 속을 달리면서 고함을 질러 댔다.

"자신 있는 녀석은 나 잡아 봐라~! 카하하하하하하하하!"

"쪼, 쫓아! 글렌 선생님을 잡아! 이 전투는 적 지휘관을 먼저 해치우는 쪽의 승리야! 기회라고!"

《뇌정의 자전이여!》

당연히 레오스 진영의 학생 중 몇 명은 글렌을 쫓아다니면서 계속 주문을 날렸다.

"흐하하하하하! 회피!"

하지만 당연히 맞지 않았다.

원체 차폐물이 많아서 시야가 나쁜 숲 속.

글렌은 그 상황을 교묘히 이용하여 계속 학생들의 공격을 피했다.

"큭…… 왠지 엉망진창이지만…… 이 틈에 역전하자."

기블은 비지땀을 흘리면서 자신이 이끄는 부대의 학생들에게 호령했다.

기블 부대의 어설트 스펠. 쏟아지는 전류.

울창하게 우거진 숲 속에서 글렌에게 정신이 팔리는 바람에 방어가 약해진 레오스 진영의 본대가 다시 글렌 진영의 공세에 밀리기 시작했다.

"멈추세요! 글렌 선생님은 미끼입니다!"

글렌을 추격하느라 레오스 진영의 전력은 분산되었다. 그 틈을 노린 글렌 진영의 맹공에 레오스 진영의 학생들은 한 사람, 또 한 사람 계속 탈락했다.

"아마도 이쪽의 전력 분산이 목적…… 상대해선 안 됩니다! 이 전투에서 지휘관에게 허락된 마술은 원견과 통신 마술뿐! 내버려 둬도 아무런 피해도 없습니다! 무시하세요!"

바로 대처법을 전달했지만 이미 레오스의 전술 연산 회로는 엉망이 되어 있었다.

"……지휘관이 직접 전선에서 미끼가 되는 전장이라니, 들어본 적도 없습니다. 글렌 레이더스…… 대체 저 사람은 뭐죠?"

다양한 의미로 규격을 벗어난 상대의 존재에 레오스는 두통이 나는 머리를 부여잡고 한숨을 흘릴 수밖에 없었다.

"어라라~? 벌써 날 포기하는 거야~?"

등을 돌리고 철수하는 레오스 진영의 학생들을 글렌은 어느 정도 간격을 벌린 채 따라다녔다.

레오스 진영의 학생들은 그를 짜증 나는 얼굴로 노려보았다.

"시끄러워요! 글렌 선생님을 상대할 여유는 없다구요!"

"뭐, 안 놀아줄 거라면 어쩔 수 없지. ……에잇."

그러자 글렌은 주위를 두리번거리더니 옆에 있는 나무에 부자연스럽게 걸려 있는 줄기를 꾹 잡아당겼다.

다음 순간, 달려가는 학생들 발밑에서 갑자기 뭔가가 위로 솟구쳤다.

"으, 으아아아아아아아아아아아아아아?!"

불쌍한 한 학생이 그물에 걸려서 공중에 대롱대롱 매달렸다.

"아앗?!"

"어라? 왜 이런 곳에 우연히 함정이? 럭키~."

글렌은 휘파람을 불면서 뻔뻔하게 중얼거린 후 그 자리에서 도주했다.

"수작을 부려 뒀던 거군요! 처음부터!"

결국 인내심이 한계에 달한 모양이었다.

그물, 구멍, 끈끈이 등등…… 레오스 진영의 학생들이 숲 군데군데 설치된 마술로 만든 것이 아닌 부비트랩에 걸려들었다는 보고가 속출했다.

마침내 냉정함을 잃은 레오스는 거칠게 고함을 지르며 책상을 내리쳤다.

"제길…… 글렌 선생님……!"

레오스는 긴급 상황 발생 시에 지휘관끼리 연락을 주고받기 위한 통신 마도기를 조작해서 노골적으로 화가 난 목소리로 글렌을 불렀다.

"당신, 처음부터 이 전장에 수작을 부려 뒀던 거군요?! 그래서 숲을 주전장으로 옮기려고……!"

『글쎄~? 난 무슨 소린지 전혀 모르겠는데~?』

글렌은 완전히 시치미를 떼는 말투였다. 변명할 생각이 전혀 없는 듯했다.

"이렇게 비겁할 수가……! 당신은 마술사로서의 긍지가—."

『뭐어어?! 비겁?! 아니, 그건 또 뭔 소리래……. 우연히 누군가가 취미로 이 숲에 설치해 둔 함정이, 우연히 작동해서, 우연히 레오스 선생의 발목을 잡은 것뿐이잖습까? 우연히.』

글렌이 너무나도 뻔뻔하게 나오자 레오스의 관자놀이에 시퍼런 힘줄이 돋았다.

"역시 당신처럼 마술사로서의 긍지와 품성이 눈곱만큼도 없는 저열한 남자에게 시스티나를 넘겨줄 순 없습니다! 그런 비겁한 수법으로 쟁취한 승리에 무슨 의미가……."

『뭔 소리냐? 바~보! 막대한 재산으로 꿈 같은 방구석 폐인 생활 만세잖아! 으하하~! 하하하하하하하하하하!』

그런 글렌의 최저최악의 망언을 레오스와 동시에 통신 마도기를 통해 들은 글렌 반 학생들은—.

"그, 그렇게까지 할 줄이야……. 아무리 그래도 이건 좀 아니잖아."

기가 막힌다는 얼굴의 카슈.

"저분도 참, 조금 다시 봤다 싶더니 또……."

새치름한 눈초리의 웬디.

"……흥. 그렇게까지 재산이 탐나는 겁니까?"

경멸하듯 조소를 흘리는 기블.

"설마 선생님…… 혹시…… 진심이신, 걸까?"

슬픈 얼굴의 린.

글렌의 수단을 가리지 않는 방식에 기겁해서 진심으로 피벨 가문의 재산을 노리는 게 아닐까 하고 의심하기 시작했다.

그리고―.

"《뇌정의 자전이여》어어어어어어어어어어!"

"으갸아아아아아아아아아아?!"

파직파직 전류가 튀는 소리와 동시에 어두운 숲이 한순간 밝아졌다.

숲의 전장 일각에서 귀기 서린 표정의 시스티나가 적병 하나를 처리한 것이다.

『……레오스 진영의 13번, 전사 판정이다. 전장에서 나오도록.』

"으으으…… 원통하다……."

마도 통신기를 통해 들려오는 심판의 판정에, 감전된 학생은 그대로 엎드리듯 쓰러졌다.

"다음은 누구야?!"

시스티나가 약간 핏발이 선 눈으로 날카롭게 노려보자―.

"히, 히이이이이이이이이이익?!"

"도, 도망쳐어어어어어어어어!"

남은 두 적병은 공포에 질려서 숲 속으로 개미처럼 흩어졌다.

"하아…… 하아…… 하아……."

"저, 저기…… 시스티? 너…… 괜찮아?"

조금 전부터 왠지 모르게 자포자기한 것 같은 시스티나의 거동에, 같은 팀인 루미아가 걱정스러운 목소리로 말을 걸었다.

"……저질."

조금 전까지의 귀기 서린 위압감을 갑자기 지우고 어깨를 늘어트리며 고개를 숙인 시스티나의 입에서 새어 나온 목소리는 그저 한없이 무겁고, 어두웠다.

"저런 더러운 수단까지 동원하고…… 앞뒤 안 가리고 필사적이 되면서까지…… 우리 집 재산이 탐나는 거야?"

그 순간 그녀의 머릿속에 떠오른 것은—.

입으로는 남자 신데렐라니 뭐니 떠들지만, 사실은 자신에게 마음이 있어서 레오스에게 결투를 신청한 게 아닐까? 하는 생각으로…….

글렌이 자신을 걸고 마술사로서 정정당당하게 싸우는 모습을 상상하며…….

아주 조금이지만 가슴이 두근거렸던…… 조금 전까지의 꼴사나운 자신의 모습이었다.

"……왠지 나…… 바보 같아."

"시스티……."

그 후 숲 속을 무대로 펼쳐진 글렌 진영과 레오스 진영의 전투는 그야말로 치열함과 혼란의 극치였다.

이 마도병단전을 시작한 당시의 조건은 머릿수는 동일해도 레오스 진영이 유리했다는 건 누가 봐도 틀림없었다.

글렌 진영 학생들의 마술사로서의 종합 능력은 시스티나와 기블과 웬디 같은, 극히 일부의 학생을 제외하면 평균적으로 레오스 진영보다 뒤떨어졌다.

덤으로 전술 지휘관으로서의 자질도 군사 마술을 전문으로 연구한 레오스가 글렌보다 압도적으로 뛰어났다.

정면으로 맞붙는다면 한 시간도 채 지나지 않아서 간단히 결판이 났으리라.

하지만 결국 글렌은 마지막까지 정정당당한 방법으로 싸우지 않았다.

마술을 동원한 『실전』을 상정했을 터인 『모의전』.

하지만 이건 어차피 『실전』이 아닌 학생들의 『모의전』에 불과하다는 사실을 역이용해서 엘리먼트 원 유닛 편성을 도입. 규칙의 허점을 찔러 숫자상의 우위를 획득. 리엘이라는 치트를 이용해 언덕을 먼저 점령해서 전장을 숲으로 한정. 마술이 아닌 일반적인 함정을 통한 방해 행동. 지휘관 스스로 적진에 돌격해서 미끼가 됨으로써 적 진영의 혼란을 초래.

그리고 현재 글렌 진영의 우위를 가장 크게 결정지은 것은—.

"기블! 카슈! 물러나! 너희는 일단 물러나서 좌익으로 선회해! 웬디 부대를 엄호하는 거다! 그리고 세실! 너는 저격이다! 저 키 큰 녀석! 저 녀석은 테레사 부대와 주문을 응수하느라 정신이 팔렸어! 지금이라면 잡을 수 있을 거야!"

"알겠슴다! 선생님!"

"흥…… 뭐, 시키는 대로 해보긴 하죠."

"아, 예! 조금 멀지만…… 노려볼게요!"

글렌은 주전장이 된 숲— 최전선에 나와 있는 덕분에 시시각각 변화하는 전황을 실시간으로 확인할 수 있었다. 그 결과, 학생들에게 내리는 지시도 굉장히 빠르고 정확했다.

학생들은 글렌의 변변찮은 언동에 기가 막혀 하면서도 본인이 위험을 감수하면서까지 늘 최전선에서 지휘를 맡았기 때문인지 사기와 구심력이 높았다.

한편, 아직 멀리 떨어진 본거지에 있는 레오스는 원견 마술과 통신 마도기를 통한 학생들의 보고로 전황을 파악하고 있기 때문에 지시가 한 박자 느릴 수밖에 없었다. 사각이 많은 숲 속에서는 원견 마술로 모든 전황을 파악할 수 없는 점도 치명적으로 작용했다.

그렇다고 해서 전선에 나설 용기는 없었다.

애당초 글렌의 방식은 어리석기 짝이 없었다. 이 수업은 지휘관이 마술로 전투에 참가하는 것을 금지했다. 당연히 카운터 스펠조차 쓸 수 없었다. 유탄에 맞은 글렌이 언제 『전사』 판정을 받아도 이상하지 않은 상황인 것이다.

'빌어먹을…… 어째서죠? ……어째서 제가 이렇게까지 밀려야 하는 건가요. 여기가 진짜 전장이었다면 이렇게 되지는 않았을 텐데!'

레오스의 생각은 틀리지 않았다.

이게 진짜 마도병을 지휘 운용하는 실전이었다면…… 하다못해 테이블과 전장도(戰場圖)와 마도병을 본뜬 모형을 준비해서 실전을 상정하고 겨루는 병기(兵棋) 연습이었다면…… 글렌에게는 전혀 승산이 없었다.

하지만 어디까지나 실전이 아닌 학생들 간의 집단 싸움이라 보고 학생들을 지휘한 글렌 앞에서…… 레오스의 탁월한 전술 지휘 능력은 전혀 빛을 보지 못했다.

하지만 레오스도 의지를 보였다. 점점 글렌의 지휘에서 버릇을 발견하고 서서히 냉정함을 되찾아 적확한 지시를 날리기 시작했다.

"……좌익은 물러나세요. 3번 팀과 협공하겠습니다. 7번 팀, 그 적은 명백한 미끼입니다. 상대하지 않아도 됩니다. 그 라인을 유지하세요."

기본 능력은 원래 레오스 진영이 더 뛰어났다.

글렌 진영에게 밀리기만 하던 전황이 서서히 회복되었고…… 이윽고 완벽한 호각을 이루었다.

"칫! 안 걸리는군. ……만만치 않아. 나와 레오스, 너희와 저 녀석들이 지닌 기본 능력의 차이가 결국 드러나기 시작하는걸."

"……어쩌실 겁니까, 선생님. ……뭔가 책략은?"

기블이 【에어 스크린】으로 글렌을 노리고 날아오는 돌풍을 막으면서 짜증스럽게 질문했다. 그 역시 지친 기색이 역력했고 마력에도 여유가 없어 보였다.

"훗, 있거든, 비장의 수가."

글렌은 자신만만하게 대답했다.

"무슨 작전이죠?"

"그건…… 기합이다."

"……."

"뭐, 아무튼 그거다. 음…… 힘내라, 짜식들아."

머지않아 가까운 거리에서 방어를 포기한 난타전이 벌어졌다.

적이고 아군이고 가릴 것 없이 격렬한 소모전을 벌이며 너덜너덜한 꼬락서니로 쓰러졌다.

마치 납덩이를 짊어진 것 같은 피로가 쌓이는 가운데 한 사람, 또 한 사람씩 탈락하는 학생들. 바로 조금 전까지 어깨를 나란히 하고 싸웠던 동료가 다음 순간에는 『전사』하는…… 그런 비참한 상황이었다.

혼돈에 휩싸인 전장에서 탈락자는 계속 늘어났고, 어느새 다들 편성 같은 건 짤 겨를도 없이 여기저기로 흩어져서 주문을 난사했다.

사망자는커녕 부상자도 발생하지 않는 모의전인데도…… 참가한 학생들은 모두 「아아…… 전쟁이라는 건 정말로 비참한 거구나……」라는 사실을 피부로 느낄 정도의 소모전.

마치 영원처럼 느껴진 시간 속에서…… 마침내―.

『양쪽, 거기까지. 방금 각 진영의 전력 소모율이 80퍼센트를 넘었다. 규칙에 따라…… 이 모의전의 결과는 무승부로 하겠다.』

거친 할리의 목소리가 음성 확장 마술을 통해 전장에 울려 퍼졌다.

실제로는 시작한 지 세 시간 정도밖에 지나지 않았지만…… 마치 영원처럼 느껴졌던 마도병단전이 마침내 끝을 고한 것이었다.

제3장 변변찮은 인간의 본심과 다가오는 악의

수업 종료 후, 참가 학생들이 다시 모인 아스토리아 호숫가.

"피, 피곤해~! 사, 살아남았어. 난 간신히 살아남았다고! 으으…… 살아 있다는 게 이토록 멋질 줄이야!"

"수고했어, 카슈. 그리고 잘 싸웠어. 난 도중에 당해버렸지만……"

"그래도 세실 씨는 저격으로 대활약했잖아요? 후훗, 멋있었는걸요."

"아, 아하하…… 그냥 운이 좋았던 거야……."

카슈와 세실과 테레사는 서로의 건투에 찬사를 보냈다.

"어……어째서 이 고귀한 제가 『전사』라는 굴욕을 당해야 하는 거죠……. 인정할 수 없어요! 이런 건 인정할 수 없다구요!"

"흥, 꼴사납기는. 진군하는 장소를 착각해서 적에게 포위당했으니 당연하잖아?"

"이익~! 마지막까지 살아남았다고 잘난 척하지 마세요!"

"자, 자, 진정해, 웬디…… 그래도 엄청 활약했는걸……."

만족스럽지 못한 결과에 분한 듯 손수건을 입에 문 웬디를 기블이 차갑게 비웃자, 린이 쩔쩔매면서 말렸다.

다른 2반 학생들도 바닥에 주저앉아서 이번 마도병단전의 감상을 떠들썩하게 주고받는 중이었다.

"뭐, 잘했다, 애들아. 저 레오스를 상대로 이 정도 결과를 냈으면 감지덕지지."

가까이 온 글렌은 먼저 학생들의 노고를 위로하며 씨익 웃었다.

"아, 예……. 그런데 괜찮겠어요? 선생님."

카슈는 미묘한 표정으로 글렌을 돌아보았다.

"저기…… 시스티나를 건 승부였잖아요? 무승부로도 괜찮 아요?"

"……응? 아, 그거 말이군……."

글렌이 뭔가 말하려던 순간이었다.

"당신들! 뭡니까, 그 꼴사나운 모습은!"

건너편에서 들린 호통에 놀란 글렌과 카슈는 동시에 목을 움츠렸다.

"그 꼴사나운 전투는 대체 뭡니까! 당신들이 제 지시를 좀 더 잘 따라서 작전 행동을 수행했다면—"

고개를 돌리자, 글렌 반 학생들이 모인 곳에서 조금 떨어 진 곳에 있는 레오스가 자신이 맡은 학생들을 혼내는 모습 이 보였다.

혼이 난 학생들은 의기소침하게 어깨를 늘어트린 채 고개를 숙이고 있었다.

"왠지…… 맘에 안 드는 녀석이네……."

카슈는 불쑥 그렇게 중얼거렸다.

"결점 없는 완벽 초인인 줄 알았는데…… 아무래도 선입견이었던 것 같은 기분이……."

그리고 학생들을 한차례 혼낸 레오스는 어깨를 들썩거리며 글렌에게 성큼성큼 다가왔다.

"이봐, 그렇게 화낼 건 없잖아? 병사들의 실수는 지휘관의 책임인데."

"시끄러워! 당신 따위가 날 훈계하려는 건가!"

"그리고 댁…… 자세히 보니 안색이 많이 안 좋은걸? …… 감기야? 냉큼 돌아가서 쉬는 편이 낫지 않을까?"

레오스의 안색을 슬쩍 살핀 글렌은 화제를 돌리듯 어깨를 으쓱거렸다.

확실히 그의 지적대로 레오스의 안색은 병이 난 게 아닐까 싶을 정도로 창백했다.

"이게 누구 탓인 줄 알고! 그딴 건 아무래도 상관없습니다! 그보다 당신, 승부는 아직 끝나지 않았습니다만?!"

당연히 레오스는 무시하더니 글렌을 물고 늘어졌다.

"아니…… 승부가 끝나지 않았다니…… 무승부였잖아?"

글렌은 머리를 벅벅 긁으면서 귀찮은 듯이 중얼거렸다.

"이건 둘 다 하얀 고양이를 포기하면 되는 거 아니야? 보아하니 하얀 고양이도 아직 결혼할 생각은 없어 보이던 데……."

철썩!

그 순간, 레오스가 던진 장갑이 글렌의 가슴을 강하게 때렸다.

"다시 붙어봅시다! 이번에는 제가 당신에게 결투를 신청하지요!"

"너…… 아직도 하얀 고양이를 포기 못했냐?"

글렌은 눈을 가늘게 뜨고 바닥에 떨어진 장갑을 내려다보았다.

"당연하죠! 시스티나가 마도 고고학을 포기하게 하고, 그녀를 제 아내로 삼을 때까지는―."

"……오케이, 좋아. 이러니저러니 해도 하얀 고양이네 재산은 매력적이니까. 그렇다면 이번 결투 방식은……."

글렌이 그 장갑을 주우려는…… 순간이었다.

"레오스! 선생님! 이제 그만해요! 적당히 좀 하라구요!"

옆에서 두 사람의 대화를 듣던 시스티나가 마침내 인내심의 한계를 느끼고 끼어들었다.

"가만히 있으려니 둘이서 제멋대로 날 물건처럼 취급하고!"

"미안해요, 시스티나. 그건 진심으로 사과하겠습니다. 하지만……."

"……하고 싶은 말은 많지만 레오스는 일단 그렇다고 쳐……. 당신 나름대로 날 위해준 모양이니까……."

시스티나는 분노와 슬픔으로 타오르는 시선을 글렌을 향해 날카롭게 날렸다.

"하지만 선생님은 대체 뭐죠?! 말끝마다 재산, 재산! 게다가 마술사로서 정정당당하게 싸우기는커녕 그런 비겁한 수단까지 동원하질 않나! 그걸로 만약 선생님이 이긴다면 제가 구혼을 받아들일 거라고 진심으로 생각하신 거예요?!"

"……."

글렌은 자신을 노려보는 시스티나를 잠시 말없이 게슴츠레한 눈으로 바라보았다.

"……이번에는 일대일 결투로 승부다, 레오스."

그리고 시스티나를 무시한 채 장갑을 줍고 레오스에게 말했다.

"시간은 내일 방과 후, 장소는 학교 안뜰. 규칙은 치사성 마술만 금지하고 나머지 모든 수단을 해금. ……이 조건으로 결판을 내자."

"……?!"

시스티나는 마치 버림받은 아기 고양이 같은 표정으로 경악했다.

"훗…… 괜찮겠습니까?"

"바보 자식. 이대로 이기면 평생 놀고먹을 수 있거든? 여기서 나서지 않으면 대체 언제⋯⋯."

짝! 하고 큰 소리가 울려 퍼졌다.

시스티나가 실실 웃는 글렌의 뺨을 힘껏 친 것이다.

"⋯⋯미워요, 당신 따위."

그렇게 차가운 말을 남긴 시스티나는 학교에서 마련한 귀환용 역마차 중 하나로 달려갔다.

"시스티?! 잠깐 기다려!"

"시스티나, 엄청 화났어. ⋯⋯어째서?"

루미아와 리엘은 시스티나의 뒤를 쫓아갔다.

그런 소녀들을 지켜보던 레오스는 글렌에게 비웃음을 던졌다.

"⋯⋯이거 참, 당신이야말로 그녀를 포기하는 편이 낫지 않겠습니까?"

"⋯⋯흥, 괜한 참견이야."

그리고 학생들이 그런 광경을 조마조마한 심정으로 마른침을 삼키며 지켜보는 가운데 글렌이 빙글 등을 돌렸다.

"자, 오늘 마도전술 연습은 이걸로 종료! 고생 많았다! 철수하자, 애들아."

학생들은 거북한 분위기 속에 학교에서 마련한 여러 대의 역마차를 나눠서 탔다.

"제길⋯⋯ 글렌 레이더스! 정말 열 받는 남자로군!"

다른 학생이나 강사들과 달리, 레오스는 자신이 소유한 마차를 타고 페지테로 돌아가는 중이었다. 객실 안의 호화로운 의자에 앉은 그는 화가 난 목소리로 그렇게 내뱉었다.

"레오스, 그 녀석은 원래 그런 남자야. 옛날부터…… 하하, 여간내기가 아니었지."

그 마차의 고삐를 쥐고 마부석에 앉은 청년은 레오스의 말을 듣더니 그렇게 대답했다.

"사실 마술사로서는 대단치 않아. 너나 내 발끝에도 미치지 못할 테지. 하지만…… 가령 백 번 중 구십구 번을 지더라도 나머지 한 번은 반드시 가장 먼저 승리하는…… 그런 남자야. ……그렇게 나와야지."

마부석과 객실을 나누는 벽에 서로 등지는 자세로 앉은 마부와 레오스는 작은 창문을 통해 대화를 나누고 있었다.

"당신은 글렌 선생님을 꽤 높이 평가하고 있군요."

"그야 당연하지. 그게 아니라면 이런 번거로운 짓을 할 이유가 없어."

깊게 눌러쓴 챙이 넓은 모자 아래에서 마부는 희미하게 서늘한 미소를 지었다.

"번거로운 짓? 당신은 가끔 영문을 알 수 없는 소릴 하는군요."

"네가 알 필요는 없어, 레오스. 알 이유도 없고. ……**안 그래?**"

"그래요. 제가 알 이유는 없지요."

"네 덕분에 시나리오대로, 자연스러운 형태로 글렌에게 결투를 신청했어. **그걸로 충분해.**"

"예, **그렇군요.**"

마부는 레오스의 반응에 만족스럽게 웃었다.

"그런데 자신은 있나? 글렌과 결투하게 됐잖아?"

"그런데…… 당신이 어떻게 그 사실을 알고 있는 거죠?"

"이길 수 있겠어? 글렌한테."

역시 마부와 레오스의 대화는 어딘지 모르게 부자연스러웠다. 대화 군데군데가 맞물리지 않는 것이 마치 인형을 상대로 복화술을 하는 듯한…… 묘한 위화감을 풍겼다.

"이길 수 있습니다."

하지만 당사자인 레오스는 그 위화감을 전혀 눈치채지 못한 듯했다.

마부의 질문에 평범하게 대답했다.

"글렌 레이더스. 고작 제3계제의 삼류 마술사. 이미 제5계제^{퀸데}에 도달한 제 적수는 못 됩니다."

"……자신만만하군."

"당연하죠. 전 군용 마술연구는 물론이고 실제 사용도 타의 추종을 불허한다고 자부하고 있습니다. ……이번에야말로 시스티나는 제 것이 될 겁니다."

자신의 승리를 믿어 의심치 않는 표정의 레오스는 낮게

쿡쿡 웃었다.

"시스티나만 손에 들어오면…… 피벨 가문을 얻은 크라이토스 본가는 지긋지긋한 분가보다 완전히 우위에 설 수 있습니다. 제가 당주가 되는 미래는 확정된 거나 다름없지요……."

그 순간―.

"무리야. ……너에게는 무리야. 넌 영광을 거머쥘 수 없어."

마부 청년이 단언했다.

"일단 네가 글렌에게 이기는 건 거의 불가능해. 너 따위에게 질 정도라면 나의『정의』가 글렌에게 질 리 없었을 테니까."

"……."

청년이 무례한 말투로 면박을 줬지만 레오스는 대답하지 않았다. 그저 입을 다물 뿐이었다.

"그리고 시스티나만 손에 들어오면 피벨 가문을 얻을 수 있다는…… 그 단락적인 사고방식에 너는 아무런 위화감도 못 느끼고 있어. 상류계급 간의 집안 문제잖아? 개인적인 결혼으로 어떻게 해결할 수 있는 문제가 아니야. 상류 가문끼리 제멋대로 결혼을 진행한다면 정부도 개입하겠지. 불가능해. 하지만 넌 그 사실을 깨닫지 못했어. 아니, 깨달을 수가 없는 거지."

"……."

침묵. 레오스는 침묵했다. 종자에게 이 정도까지 우롱당했는데도 전혀 반응이 없었다.

그의 표정은…… 그저 한없이 공허했다.

"뭐, 그런 건 사소한 문제야. 내 목적과는 딱히 관계없는 일이지. 하지만, 뭐……."

힐끔.

마부는 뒤에 달린 창문 너머로 객실 안의 레오스를 쳐다보았다.

그의 창백한 안색을 다시 확인한 후…… 입가를 차갑고, 흐릿하게 일그러뜨렸다.

"네가 영광을 거머쥘 수 없는 가장 큰 이유…… 그건."

"……그건?"

레오스는 여전히 공허한 표정으로 물었다.

그러자 마부는 한 호흡 쉰 후 다시 입을 열었다.

"……이제 시간이 다 됐기 때문이다."

"…………."

페지테로 돌아오는 길.

시스티나는 작은 마차의 객실 안에서 뾰로퉁한 표정으로 입을 다물고 있었다.

옆자리에는 루미아가 앉아 있었고 맞은편 정면에서는 리엘이 꾸벅꾸벅 졸고 있었다. 아무래도 편안한 마차의 진동과 황혼에 물든 서정적인 풍경 때문에 잠이 온 모양이었다.

하지만 지금 시스티나에게는 그녀들을 배려할 마음의 여

유가 없었다.

조금 전부터 계속 끙끙대며 고민한 건 글렌 때문이었다.

"……선생님……."

원래 알 수 없는 면이 많은 사람이었다.

때로는 심술궂고, 때로는 다정했다. 기본적으로는 불성실한 게으름뱅이지만 비상시에는 믿음직하며 불합리한 일을 용서하지 않는 뜨거운 열기를 가슴속에 간직한 사람.

성가시니 뭐니 투덜대면서도 루미아를 지키고 싶다는 자신의 주제넘은 고집을 듣고 특훈까지 도와주었다.

그 특훈으로 자신이 뭔가 새로운 것을 익힐 때마다 굉장하다, 잘했다며 마치 자기 일처럼 칭찬해주고…… 머리도 쓰다듬어줬다.

하지만 특훈의 성과를 발휘할 상황 따위 오지 않으면 좋겠다며 미묘한 표정으로 고민하더니…… 쑥스러움을 감추려는 건지 금세 자신을 놀려 대기도 했다.

최근에는 글렌이라는 청년이 어떤 사람인지…… 아주 조금이지만 알 것 같았다.

하지만 이번 일로 다시 알 수가 없어졌다.

저렇게까지 완고하게 피벨 가문의 재산을 노린다고 공언하며 수단을 가리지 않는 모습을 보고 있으면 마치 그게 진심인 것처럼 느껴졌다. 안타깝지만 그 발언이 진심이라도 전혀 이상하지 않은 측면이 글렌에게는 존재했다.

하지만 딱히 문제 될 건 없었다.

글렌이 이겨도 차버리면 될 뿐.

그런데도…… 어째서 이토록 가슴이 답답한 것일까.

"정말로 재산이 목적이었어요? 절 그런 식으로만 본 거예요?"

아니라고 믿고 싶었지만 그것 외에는 게으름뱅이 글렌이 이런 성가신 일에 끼어든 이유를 전혀 짐작할 수 없었다. 충동적으로 신청한 저번 결투와 달리 이번 결투는 진지하게 받아들이기까지 했다.

그렇다면 지금까지 특훈에 어울려준 것도…… 설마 그런 속셈이 있었기 때문일까? 그런 맹독 같은 의심이 가슴속으로 서서히 번져 갔다.

한번 의심에 빠지자 이젠 고민할수록 끝이 없었다.

그 순간―.

"못써, 시스티. 그런 말을 입에 담으면……."

시스티나는 퍼뜩 놀라서 고개를 들고 옆으로 시선을 돌렸다.

그러자 루미아가 시스티나를 타이르는 듯한 부드럽고 온화한 미소를 짓고 있었다.

"선생님이 그런 분이 아니라는 건…… 시스티가 가장 잘 알고 있잖아?"

"하지만…… 그 인간, 말끝마다 재산, 재산 타령. 게다가 제멋대로 날 상품 취급까지 하고……! 그런 비겁한 수단까지 동원해서 이기려 하질 않나! 결국에는 이제 그만하라고 했는데도 내 말을 무시하고 레오스의 결투를 받아들였어! 그 인간에게 있어 난 대체 뭐냔 말이야!"

"응……. 역시 시스티는 선생님을 ……하니까……."

그 순간, 루미아는 아주 약간 쓸쓸한 미소를 지으며 작은 목소리로 중얼거렸다.

"……응? 뭐? 내가, 어쨌다고?"

"아니, 아무것도 아니야. 분명 스스로 깨닫는 편이 좋을 거라고 생각해……."

"……?"

시스티나는 눈을 비볐다. 한순간 루미아의 표정에 보인 그늘은 기분 탓이었나 보다.

루미아는 평소처럼 명랑하게 웃고 있었다.

"이번에 왜 선생님이 갑자기 저러시는지는…… 사실 나도 잘 모르겠어. 저번에 레오스 선생님과 시스티가 단둘이서 학교 정원을 산책하면서 이야기를 나눌 때, 우린 숨어서 그걸 엿보고 있었는데……."

"어? 정원을 산책……? 아…… 그때?"

"응. ……마음에 걸리는 일이 있어서 내가 선생님께 부탁드렸어. 미안."

루미아는 혀를 살짝 내밀고 사과했다.

"그래서…… 그때 마술로 두 사람의 대화를 듣고 있던 건 선생님뿐이었는데…… 선생님은 시스티를 놀릴 거리가 늘어났다면서 즐거워하다가…… 갑자기 무서운 얼굴로 일어나시더니 시스티와 레오스 선생님 사이에 끼어들었던 거야."

돌이켜 보면 확실히 그 말대로였다.

아무런 전조도 없이 갑자기 끼어든 글렌.

그때 자신과 레오스는 대체 무슨 이야기를 하던 도중이었던가.

분명…….

"더 모르겠어……. 왜 선생님이 레오스에게 결투를 신청한 건지……."

시스티나는 머리를 끌어안고 한숨을 내쉬었다.

루미아는 그런 시스티나에게 부드럽게 조언했다.

"……선생님과…… 제대로 한번 이야기를 나눠보자. 응?"

"어?"

시스티나는 그런 방법이 있다는 사실을 처음으로 깨달은 것 같은 표정을 지었다.

"그야 시스티는 선생님의 진심을 마음속에서 제멋대로 해석하거나…… 선생님이 재산, 재산 거릴 때마다 무턱대고 화만 냈지…… 선생님의 진심을 제대로 확인하려고 한 적은 없었잖아?"

듣고 보니 정곡을 찌르는 조언이었다.

두 남자가 자신을 걸고 다투는…… 이러니저러니 해도 마치 오페라의 히로인이 된 것 같은 기분이 들어서 들떴던 걸지도 몰랐다.

"확실히 선생님도 이번에는 도가 지나치신 것 같아. 마치 여자의 마음을 모르는 어린애처럼. 하지만 선생님은…… 함부로 남의 마음을 상처 입히시는 분이 아니잖아? 그건 시스티도 알지?"

"……."

"그러니까 확실히 이야기를 나눠보자, 시스티. 선생님의 겉만 보고 시스티가 제멋대로, 일방적으로 선생님을 경멸하는 건…… 난 싫어. 역시 난 선생님과 시스티가 평소처럼 사이좋게 지내는 편이, 좋아."

"루미아……."

루미아의 말대로였다.

늘 변변찮은 행동만 하다 보니 깜빡 잊을 때가 많지만 확실히 글렌은 변변찮기만 한 인간은 아니었다. 자신과 루미아와 리엘이 지금도 이렇게 무사히 함께 있는 것이 그 사실을 증명하고 있지 않은가.

글렌은 그저 자신이 기대한 반응과 행동을 보여주지 않았을 뿐인데…… 대체 왜 이렇게 토라져 있었던 걸까. 얌전히 다른 사람의 의도대로 움직이지 않는 사람이라는 건 처음부터 잘 알고 있었을 텐데.

"……페지테에 도착하면……."

시스티나는 뭔가를 결심한 듯이 미소 지었다.

"선생님이랑 이야기를 나눠볼게."

"……응, 그렇게 하자."

루미아도 꽃처럼 활짝 웃었다.

리엘은 그런 두 사람의 미소에 감싸여서 천진난만하게 졸고 있었다.

태양이 산의 능선 너머로 완전히 저물었을 무렵.

학생들은 페지테의 마술학원에 도착하자마자 그대로 해산했다.

연습의 여운이 식지 않아 떠들썩한 학생들 틈에서 슬쩍 빠져나온 글렌은 학교 건물로 들어갔다.

방과 후라 조용하고 아무도 없는 학교의 복도를 지난 뒤 계단을 올라 옥상에 도착했다.

"후우~, 피곤하군……."

그리고 철책에 몸을 기대고선 그렇게 중얼거렸다.

황혼이 어둠의 커튼에 침식되기 시작하자 지붕이 뾰족한 건물로 이루어진 거리의 음영이 진하게 눈에 들어왔다.

그런 여느 때와 다름없는 광경.

"내일이면 겨우 끝나겠군. ……솔직히 레오스에게 승산은 없으니까."

글렌은 품속에서 꺼낸 한 장의 아르카나를 쳐다보았다.

광대가 그려진 아르카나였다.

고유 마술【광대의 세계】. 자신을 중심으로 일정 효과 영역 안에서의 마술 발동을 완전히 봉쇄하는 마술. 궁극의 초전 필살. 이건 그야말로 레오스 같은 순수한 마술사를 사냥하기 위해 존재하는 마술이었다.

글렌은 만에 하나 이 오리지널이 파훼당하더라도 아마 어떻게든 이길 수 있을 거라고 직감했다.

왜냐하면 레오스에게는 승부사로서의 감이 부족했기 때문이다. 아무리 상대와 실력 차이가 있든 상관없이, 승리라는 것은 크건 작건 어느 정도의 위험 부담을 감수해야만 거머쥘 수 있다는 사실을 전혀 이해하지 못했다.

예를 들자면 오늘 마도병단전에서 레오스가 최전선에 나와 글렌처럼 실시간으로 지휘를 잡았다면…… 사실 높은 확률로 이겼을 것이다. 하지만 레오스는 가만히 앉아 있었기 때문에 승리를 놓쳤다는 사실을 눈치채지 못했다.

상식적인 전술과 정석에 얽매여 다 이긴 승부를 놓치는 건 실전 경험이 부족한 마술사와 지휘관에게서 흔히 볼 수 있는 일이었다. 아무리 마술 실력이 뛰어나다고 해도 이렇게나 감이 부족한 녀석에게 질 거라는 생각은 들지 않았다. 이 정도의 상대에게 질 정도라면 자신은 과거 궁정 마도사였을 때 이미 어딘가의 전장에서 전사했으리라.

"그런지만 뭐랄까…… 아무리 나라도 뒷맛이 좀 씁쓸한

데……."

문득 자신의 뺨을 때리고 떠난 은발 소녀의 모습이 머릿속에 떠올랐다.

"……그야 화를 내는 게 당연하겠지. ……나라도 화가 났을 거야. ……하얀 고양이에게는 미안한 짓을 했어……."

하지만 글렌은 후련한 표정으로 중얼거리면서 하늘을 올려다보았다.

"뭐, 이걸로 잘된 거겠지? 안 그래? 세라……."

"잘되긴 뭐가요."

갑자기 퉁명스러운 목소리가 들리는 바람에 글렌은 그 자리에서 펄쩍 뛰었다.

"으어어어어?! 하얀 고양이?! 너, 너 언제부터 거기에?!"

"방금이에요. 방금. ……방금 막 왔어요. 엄청 찾아다녔잖아요."

시스티나는 뾰로통한 얼굴이었다.

보아하니 어느새 옥상 출입구가 열려 있었다.

"그보다…… 방금 그건 무슨 뜻이에요? 저에게 미안하다고 생각하면서도 이런 소동을 일으켰다는…… 그런 뜻인가요? 그리고 세라라는 건 또 누구죠?"

"으, 아으…… 드, 들어버렸냐……. 칫…… 내가 이런 실수를……."

글렌은 벌레를 씹은 듯한 표정으로 고개를 숙이고 머리를 벅벅 긁으며 부끄러워했다.

"슬슬 이야기해주시면 안 될까요? 왜 레오스에게 결투를 신청한 건지……. 왜 요즘 들어 이상한 소리만 해 댄 건지……. 전 알 권리가 있다고 생각하는데요."

시스티나는「흥!」하고 코웃음을 치며 팔짱을 끼고 글렌을 노려보았다.

"선생님에겐 이러니저러니 해도 신세를 졌으니까…… 전 이대로 당신에게 실망하고 싶지 않단 말예요."

"그러니까~ 몇 번이나 말했잖냐……."

글렌은 거북하고 성가시다는 듯 시선을 피하며 투덜거렸다.

"재산이야, 재산. 장래에 일하지 않아도 될 기회가 갑자기 눈앞에 나타났으니까 잽싸게 올라탄 것뿐……."

하지만 시스티나는 아랑곳하지 않고 글렌의 눈을 지그시 바라보았다.

"아니…… 그런 눈으로 봐도 더 할 말이 없는데……."

그래도 시스티나는 말없이 글렌을 쳐다보았다. 사실을 말할 때까지 꿈쩍도 안 하겠다는 강한 의지가 엿보였다.

그 진지한 눈동자 앞에서는 제아무리 글렌이라도 장난을 칠 수가 없었다.

한동안 무거운 침묵이 두 사람 사이를 지배했다.

이윽고—.

"나 원 참…… 잠깐 옛날이야기나 해볼까."

결국 항복한 건지 글렌은 깊은 한숨을 내쉬면서 그런 말을 했다.

"옛날 옛적 어딘가에 건방진 꼬맹이가 살았습니다."

"……예?"

시스티나는 이야기의 앞뒤 맥락을 파악하지 못하고 한순간 의아하다는 표정을 지었다.

"그 꼬맹이는 무슨 이유에선지 『정의의 마법사』를 꿈꿨고, 그걸 진심으로 목표로 삼아서 정말 좋아했던 마술을 열심히 공부해 제국군의 마도사가 되었습니다."

"아!"

정의의 마법사. 제국군의 마도사.

언젠가 들었던 단어에 시스티나는 눈을 살짝 크게 떴다.

"하지만 완전히 꽝이었습니다. 어차피 『정의의 마법사』 같은 건 옛날이야기 속에서만 나오는 존재였을 뿐. 곧 그 꼬맹이는 마술과 자신의 한계와, 피로 점철된 현실에 좌절해서 그토록 좋아했던 마술을 진심으로 싫어하게 되었습니다."

"선생님…… 그거 혹시……."

시스티나도 이 이야기가 무엇을 은유하는지 눈치챈 모양이었다.

글렌은 갑자기 자조하듯 입가를 일그러트렸다.

"그래도 그 꼬맹이가 『정의의 마법사』를 포기하지 못했던 건, 참 타산적이게도 굉장히 귀여운 여자애가 헌신적으로

자신을 응원해줬기 때문이었습니다. 멋진 꿈이라고 말해
준…… 그 여자애는 꼬맹이의 동료 마도사였습니다."

글렌은 담담하게 이야기를 이어 나갔다.

시스티나는 진지한 표정으로 조용히 글렌의 말에 귀를 기
울였다.

"그리고 언제부턴가 그 꼬맹이는 딱히 『정의의 마법사』가
될 수 없어도 상관없다, 그 여자애만 지킬 수 있다면 충분하
다고 생각하며 평범한 청춘 가도를 달렸습니다만…… 멍청하
게도 어떤 임무에서 그 여자애를 죽게 만들고 말았습니다."

"……!"

갑작스러운 전개에 시스티나는 눈을 크게 뜨고 놀랐다.

그리고 글렌은 변함없는 태도로 어깨를 으쓱거렸다.

"그래서 모든 게 바보 같다고 느낀 그 꼬맹이는 마도사를
관두고 방구석 폐인 백수가 되고 말았습니다. 참으로 바보
같은 이야기였죠. 아무튼 그렇게 해피엔딩, 해피엔딩……."

일부러 장난치는 말투로 끝을 맺은 글렌의 이야기는 몹시
간결하고 단적인 표현으로만 이뤄져 있었다.

"……죄송해요, 선생님. 가볍게 들어도 될 이야기가 아니
었어요."

하지만 그 가벼운 태도 뒤에 숨은 수많은 고뇌가…… 태
연함을 가장한 표정 곳곳에서 엿보였다.

"하지만 전 바보 같은 이야기라고 생각하지 않아요. 분명

그 마도사였던 사람에게는 평화로운 세계에서 사는 저희들은 상상도 할 수 없는 갈등이 있었을 테니까요······."

"딱히 그렇지는 않았을걸? 아마도."

"하지만, 그래도 아직 모르는 부분이 있어요."

시스티나는 매우 복잡한 얼굴로 숨을 내쉬었다.

"그 이야기와, 선생님이 그런 이상한 행동을 한 게 대체 무슨 관계가 있죠?"

"······닮았어, 너랑."

글렌은 머리를 긁으면서 거북한 듯이 말했다.

"예?"

"꼬맹이의 『정의의 마법사』라는 꿈을 긍정해준 여자애······세라. 묘하게 참견쟁이에, 설교쟁이에, 어딘지 모르게 위태로운······, 그리고 자신의 꿈을 이루기 위해 올곧았던 점도 똑같아."

"······."

닮았다는 말을 들은 시스티나는 자기도 모르게 당황해서 입을 다물었다.

"솔직히 말하면, 나도 잘 모르겠어. 내가 대체 뭘 하고 싶었던 건지······."

글렌은 망설이듯 하늘을 올려다보았다.

"이미 꿈을 잃은 나는, 사실 마음속 어딘가에서 자신의 꿈을 이루기 위해 노력하는 너에게 기대하고 있었던 걸지도 몰라. 그래서 네 꿈을 부정한 레오스를 용서할 수 없었던 걸지도 모르지……. 아니면 내가 지키지 못한, 꿈을 미처 이루지 못하고 죽은 세라 대신 그녀를 닮은 네 꿈을 지켜주는 걸로…… 세라에게 뭔가 속죄를 하고 싶었던 걸지도 모르겠어. ……이제 와서는 나도 뭐가 뭔지 모르겠다만."

해가 저문다.

천천히, 천천히 저물어 갔다.

"다만…… 네 꿈을 부정하고, 네 꿈의 장애물로서 앞을 막아선 레오스 자식에게…… 난 그때 엄청나게 화가 나서…… 정신을 차리고 보니 이미 장갑을 던졌더군. 딱히 승패는 아무래도 상관없었어. 그저 난 레오스라는 남자가 참을 수 없을 만큼 맘에 들지 않았고…… 무슨 일이 있어도 한 방 먹여주고 싶었지. ……결국 그것뿐이야."

글렌의 이야기가 끝나자 두 사람은 잠시 침묵했다.

이윽고 시스티나는 기가 막힌다는 듯이 한숨을 내쉬고 말했다.

"정말이지, 무슨 대단한 이유인가 싶었는데……. 결국 단순한 사적인 감정 때문이었잖아요."

"뭐, 그렇다고도 할 수 있지."

시스티나의 노골적인 지적에 글렌은 반론의 여지가 없었다.

"맘에 안 든다고 해서 앞뒤 안 가리고 싸움을 걸다니……, 완전히 어린애네요. 바보 같아."

"······귀가 따갑구만."

뚱한 얼굴로 노려보는 시스티나의 시선에서 도망치려는 듯 글렌은 고개를 돌렸다.

하지만—.

"그래도 조금이지만······ 기뻤어요."

"······?"

글렌은 예상치 못한 시스티나의 발언에 의아하단 듯이 힐끔 시선만 돌렸다.

"레오스가 한 말은······ 실은 사실이에요."

시스티나는 『멜갈리우스의 천공성』을 올려다보면서 말을 계속했다.

"실제로 전 할아버님의 발끝에도 미치지 못하니까······ 마술을 공부할수록 할아버님을 뛰어넘을 수 있을 거라는 생각이 들지 않아서······ 살짝 좌절할 것 같은 때도 있었어요. 이대로 이 길을 나아가도 괜찮은 건가 싶어서······."

"······그랬구나······. 아니, 그야 당연하겠지······."

글렌은 숨을 내뱉었다.

"꿈을 좇는다는 건 듣기에는 좋지만······ 실제로는 괴로운 일투성이니까. 네 심정도 모르고 옆에서 제멋대로 끼어들어서 미안했······."

"그래도······."

쓸쓸한 목소리로 말하는 글렌의 말 위에 겹치듯—.

"설령 남이 들으면 비웃을 꿈이라도…… 주위에서 빈축을 사더라도, 응원해주는 사람은 있는 모양이니까요. 앞으로도 열심히 하자는 기분이 들었어요. ……그것만은…… 정말 고마워요, 선생님."

바람이 어렴풋이 미소 지은 시스티나의 머리카락을 쓸어 올렸다.

나긋나긋한 손으로 살며시 누른, 저녁 노을빛으로 붉게 타오른 은발이 무척 신비롭고 아름다웠으며…… 그 용모는 그립고 먼 누군가와 잠시나마 겹쳐 보였다.

그렇게 넋을 잃은 글렌은 그녀의 미소를 한동안 멍하니 바라보았다.

"아하하하! 그야 당연하잖아? 학생의 꿈을 응원하는 건 뭐랄까~ 성직자인 교사로서 당연한 일이니 말이다!"

하지만 곧 평소와 다름없는 페이스로 의기양양하게 웃어 젖혔다.

"까불지 마세요! 당신은 좀 더 여자의 마음이라는 걸 공부하라구요! 다른 좋은 방법은 없었던 거예요? 남자 신데렐라 같은 소리 하네! 진짜 실례거든요?"

"아, 아니 그게~, 그 부분은 제법 진심이었을지도……."

"뭐라구요?!"

시스티나가 여느 때처럼 눈꼬리를 날카롭게 세우고 추궁하자 글렌은 장난 반, 재미 반으로 흘려 넘겼다.

그제야 평소와 다름없는 두 사람으로 돌아왔지만—.

"훗…… 만만치 않은 남자로군요, 당신은."

거기에 찬물을 끼얹은 것은—.

"레오스?!"

어느샌가 아무런 전조도, 기척도 없이 옥상 한 켠에 모습을 드러낸 레오스였다.

잠시 쉰 덕분일까, 아니면 마음이 진정됐기 때문일까. 조금 전보다 안색이 훨씬 나아져 있었다.

"너무하군요, 시스티나. ……약혼자인 절 내버려 두고 다른 남자와 밀회를 즐기다니……."

"아, 아니야……. 이건……."

허둥지둥하는 시스티나를 무시한 레오스는 글렌에게 다가가 정면에 멈춰 섰다.

"당신도 참 비겁한 남자로군요, 글렌 레이더스. 자신의 과거를 마치 미담인 것처럼 교묘하게 꾸며서 시스티나의 동정과 공감을 얻으려고 하다니…… 어디 제 말이 틀렸습니까?"

"뭐라고……?"

즉시 글렌의 눈이 날카로워졌다.

"지금까지 입 다물고 있었습니다만, 군용 마술연구라는 국가 프로젝트에 관여하는 직업 관계상 저는 제국군의 기밀 정보도 어느 정도는 알고 있습니다. ……그래서 당신이 과거에 뭘 했는지도 알고 있지요."

레오스가 글렌을 차갑게 얼어붙을 듯한 눈으로 쏘아보고 말했다.

"……안 그렇습니까? 『광대』의 글렌 씨?"

"?!"

그 순간, 글렌의 안색이 마치 망령과 마주친 것처럼 새파랗게 질렸다.

"서, 선생님……?"

상태가 이상한 글렌을 시스티나는 불안한 표정으로 바라보았다.

"잘 생각해보세요, 시스티나. 글렌 선생님은 굳이 흘려 넘겼습니다만…… 그 이야기의 이면에서 글렌 선생님이 대체 얼마나 많은 수의 인간을 죽였는지 생각해본 적 있습니까? 그 손이 얼마나 많은 인간의 피로 더럽혀져 있을지 상상이 가십니까?"

"……뭐?"

레오스의 지적에 시스티나는 마치 망치로 머리를 얻어맞은 듯한 충격을 받았다.

"시시한 감상(感傷)으로 마도사를 그만두고 운 좋게 지금 지위를 손에 넣은 모양입니다만……. 글렌 선생님, 당신은 본래 이런 양지의 세계에 있을 자격이 없는 인간입니다. ……제 말이 틀렸나요?"

"……윽."

"그 피에 젖은 손으로…… 당신은 대체 학생들에게 뭘 가르칠 셈이죠?"

"큭!"

서늘한 미소를 지은 레오스는 폭포수처럼 식은땀을 흘리며 입을 다문 글렌을 계속 몰아붙였다.

"레오스! 당신, 그게 무슨 소리야! 해도 되는 말과 안 되는 말이라는 게……."

"당신을 포함한 학생들은 모두 이 사기꾼에게 속고 있습니다."

영혼까지 얼어붙을 듯한 냉소와 마주한 시스티나는 분노를 잊고 오한을 느꼈다.

"선진적인 수업으로 학생들에게 점수를 벌고 지지를 모은 모양입니다만…… 글렌 선생님의 진짜 모습을 알게 된다면…… 학생들은 당신을 어떻게 생각할까요? 후후후……."

시스티나는 진심으로 믿을 수가 없었다.

자신의 소꿉친구가 이런 인간이었던가? 이런 악마 같은 미소로 남을 폄훼하는 인간이었던가? 대체 어떻게 된 걸까. 이래선 완전히 딴사람이 아닌가.

그리고―.

"저, 저기…… 글렌, 선생님……?"

어째서 글렌은 아무런 반론도 하지 않는 것일까. 새파랗게 질리고 식은땀으로 흠뻑 젖은 얼굴로, 레오스를 마치 사신의 낫처럼 날카로운 눈으로 노려보며 침묵할 뿐.

그 모습은 마치 레오스의 말이 사실이라고 증명하는 것만 같았다.

"여기까지 말했으면 알겠지요? 시스티나. 글렌 선생님은 당신에게 어울리는 남자가 아닙니다. 어울리기는커녕 이쪽 세계에 있는 것 자체가……."

"닥쳐."

글렌은 마치 지옥의 악귀 같은 목소리로 중얼거렸다.

"……넌 닥쳐. 경고하마. 지금 당장 그 입을 다물고 여기서 꺼져. 계속 입을 나불댄다면…… 내일 결투까지 기다릴 필요도 없겠지. ……지금 이 자리에서 결판을 내주마."

그 순간 시스티나의 심장이 터질 것 같은 비명을 질렀다.

글렌도 마치 딴사람 같았다. 평소의 뻔뻔한 얼굴에서는 상상도 할 수 없을 정도로 어둡고, 차갑고, 위험한 눈. 보기만 해도 온몸에서 땀이 흐르고 불안해졌다.

변변찮은 인간이지만…… 늘 의욕이 없지만…… 기본적으로는 온화했던 평소의 글렌은 대체 어디로 사라진 것일까.

"어라? 사실을 지적당했다고 정색하는 건가요? 역시 당신은 시스티나에게 어울리지 않는군요. 뭐, 처음부터 당신은 그쪽 세계의 인간이었으니……."

하지만 레오스는 태연자약했다. 마치 이 사태를 즐기는 듯한, 애타게 기다려 온 듯한…… 그런 분위기마저 느껴졌다.

"그러니까 닥치라고 했지……. 이걸로 두 번째다……."

"후후…… 당신은 여기에 있어도 될 인간이 아닙니다. 당신에는 더 어울리는 장소와 입장이 있었을 터. 그런데 왜 이런 양지의 세계로 나온 거죠? 당신의 세계로 돌아가세요, 글렌."

그리고…….

"세 번…… 경고, 했다."

그 순간, 글렌은 바닥을 박차며 눈에 보이지도 않을 속도로 레오스를 향해 돌진했다.

시스티나의 눈에는 글렌이 마치 갑자기 사라진 것처럼 보였다.

그 질풍 같은 움직임 속에서 글렌은 아르카나를 꺼내【광대의 세계】를 발동, 오른팔을 활처럼 극한까지 당기고……온갖 격정을 담은 주먹을 레오스를 향해 일직선으로 휘둘렀다.

"이거 참, 폭력은 좋지 않습니다."

찰싹.

레오스는 물 흐르는 듯한 동작으로 왼팔을 휘둘러서 글렌의 주먹을 간단히 흘려 넘겼다.

그러자 균형을 잃은 글렌의 몸이 레오스의 옆을 스쳐 지나갔다.

"어?"

글렌의 얼굴이 경악으로 굳어 버렸다.

설마 자신의 펀치가 빗나갈 줄은 눈곱만큼도 상상하지 못한 듯했다.

방금 일격을 화려하게 흘려 넘긴 건 세련된 제국식 군대 격투술의 움직임이었다.

'말도 안 돼! 이 녀석이 뭔가 격투술을 배운 낌새는 전혀 없었는데?!'

퍼억!

그런 글렌의 생각을 날려 버리며 등을 덮친 무겁고 날카로운 충격.

글렌의 펀치를 흘려 넘기는 동시에 우아하게 회전한 레오스가 등에 뒤돌아 차기를 날린 것이다.

"으아아아앗?!"

날아간 글렌은 바닥을 구르다가 이내 큰 소리를 내며 철책에 충돌했다.

"쿨럭…… 칫!"

황급히 몸을 일으키려 했지만 이미 결판은 나 있었다.

"윽?!"

고개를 든 글렌의 시야에 들어온 것은, 불꽃을 두른 주먹 크기의 붉은 결정체에 한 쌍의 날개가 달린 정체불명의 반영체(半靈體) 생물이었다.

그것도 총 네 마리가 쓰러진 글렌을 포위하듯 공중에 떠 있었다.

한편, 레오스는 장갑에도 뭔가를 해 뒀는지 반짝거리는 미세 분말이 양손에서 주위로 퍼지고 있었다.

"인공 정령(人工精靈)?!"[튤파]

그 수수께끼의 생물의 정체를 알아챈 글렌은 경악했다.

툴파— 그것은 연금술의 오의. 인공적으로 신과 악마와 정령을 만들어 내는 비술이었다.

연금술로 조합한 특수한 약을 써서 일시적인 트랜스 상태에 빠진 후, 자신의 심층 의식에 공상의 존재가 『그곳에 실재한다』는 강력한 암시를 걸어 주위의 공간에 흩뿌린 의사 영소(靈素)[파라 에테리온] 입자라는 분말을 스크린으로 삼아 투사함으로써, 그 공상의 존재를 현실 세계에 구현하는 마술이었다. 세계와 인간은 등가 관계라는 마술의 『등가 대응의 법칙』을 역이용한 일종의 반칙인 셈이다.

마술이론상으로 신과 악마는 인간 대다수의 공통 심층 의식에 넓게 인지, 공유된 강대한 개념 존재가 어떠한 수단을 통해 형태를 얻은 것— 즉, 집단 무의식이 암묵적으로 인정한 산물이라고 보았다. 성 엘리사레스 교회 성당 기사단의 특기인 『천사 소환술』이 바로 여기에 해당됐다.

툴파 소환술이란 인간의 정신에 깊숙이 작용하는 마약(魔藥)을 복용한 개인이 신이나 악마를 창조해 내는 터무니없는 마술이다.

당연히 자칫 잘못하면 술자가 즉시 폐인이 되는 금주법이었지만—.

"강하답니다, 툴파는. 특히 당신에게는 더더욱…… 말이지요."

툴파 소환술은 주문 영창을 통한 심층 의식 개변으로 세계에 개입하는 것이 아니다. 약물에 의한 망상 강화…… 단순히 극단적인 생체 반응의 연장선에 지나지 않았다. 따라서 글렌이 소유한 비장의 수단인【광대의 세계】는 통하지 않았다.

"이런, 움직이지 마시지요. 그 툴파는【폭염령·위(僞)】. 그^{샐러맨더 페이크} 유명한 불꽃의 정령 샐러맨더를 툴파로 구현 소환한 것……. 뭐, 기초적인 툴파 소환술입니다만…… 위력은 잘 알고 계시겠죠? 건드렸다간 화상으로 끝나지는 않을 겁니다."

"……큭!"

글렌은 분한 듯 이를 갈았다.

……완패였다.

자신의 오리지널로 자신의 마술을 봉인한 것도 문제였지만 툴파를 이 짧은 순간에 구현화 소환한 레오스의 신기에 가까운 기량도, 마술사로서의 실력도 그야말로 하늘과 땅 차이나 다름없었다.

이길 수 없다.

'나는…… 이 남자에게, 절대로, 못 이겨. 완전한 패배다.'

레오스는 큰 충격을 받은 듯 고개를 숙이는 글렌에게 비웃음을 던지면서 마술을 해제했다.

그러자 레오스의 툴파가 바람에 쓸려 가듯 소멸했다.

"자, 그럼 내일 결투를 기다릴 필요도 없이 벌써 결판이 난 듯합니다만…… 아니, 당신은 고작 이 정도가 아닐 터."

팔을 크게 벌리는 거동과 말투는 왠지 모르게 과장스러웠다.

"마도사였던 당신의 무용담…… 그 믿을 수 없는 전적…… 거기서 예상하건대 당신에게는 아직 자신조차 눈치채지 못한 힘이 있을 터……."

레오스는 글렌을 내려다보면서 희미한 미소를 머금고 말했다.

"『진심』을 보여주세요, 글렌. 『진심』을 다하지 않은 당신은 도저히 제 상대가 못 됩니다. 부디 내일은 당신이 『진심』을 다하는 모습을 보고 싶군요."

그리고 은근히 무례한 태도로 목례했다.

"……."

비틀거리며 일어난 글렌은 그대로 등을 돌리고 말없이 떠나갔다.

"서, 선생님……."

무슨 말을 걸어야 좋을지 모르겠지만, 뭔가 말해야만 한다는 기분이 든 시스티나는 글렌을 쫓아가려 했다.

"할 말이 있습니다, 시스티나."

하지만 레오스가 왼팔을 붙잡은 탓에 그 뜻은 이뤄질 수 없었다.

뒤를 돌아보지도 않고 조용히 문을 지나간 글렌은 옥상에서 자취를 감췄다.

"이, 이거 놔, 레오스! 난 선생님을 쫓아가야……!"

레오스에게 잡힌 팔을 억지로 떨쳐 내려 했지만, 의외로 팔 힘이 센 레오스는 시스티나의 왼팔을 움켜잡은 채 놔주지 않았다.

"저런 꼴사나운 패배자 따위는 내버려 두세요, 시스티나."

"으~!"

지금까지는 옛날에 사이가 좋았던 소꿉친구라 레오스의 횡포에도 어느 정도 눈을 감아주고 있었다.

하지만 이젠 인내심이 한계였다.

"적당히 해!"

시스티나는 분노에 몸을 맡기고 오른손을 휘둘러서 레오스의 뺨을 때리려 했다.

하지만 그는 여유 있는 표정으로 시스티나의 오른손을 잡았다.

시스티나는 양손이 레오스에게 붙잡힌 상태로 몸을 비틀었다.

"놔! 이거 놔! 놓으란 말이야!"

"시끄러워······. 닥쳐, 계집. 할 말이 있다고 했잖아? 두 번다시 눈 뜨고는 못 볼 낯짝으로 만들어줄까? ······엉?"

"어······? 아, 으······."

저항하면서 악을 쓰는 시스티나를, 갑자기 말투와 분위기가 변한 레오스가 악마 같은 표정으로 위협했다.

마치 나락 밑바닥의 망자가 이쪽을 들여다보는 듯한 감각에 시스티나의 심장이 비명을 질렀다.

무섭다.

지금 시스티나는 이 레오스 크라이토스라는 남자가 무서워서 견딜 수가 없었다.

무서워서 어깨가, 무릎이 가늘게 덜덜 떨렸다.

등골에 얼음으로 된 칼날이 꽂힌 것처럼 춥고 고통스러웠다.

"······훗. 그걸로 됐습니다."

시스티나가 얌전해진 것을 확인한 레오스가 그녀의 팔을 풀어주었다.

시스티나는 도망치지 않았다. ······도망칠 수 없었다.

사실은 지금 당장 여기서, 레오스라는 남자 앞에서 도망치고 싶었지만 다리가 움츠러들어서 움직여주지 않았다.

대체 어떻게 된 걸까. 이 레오스는 정말로 자신이 아는 그『소꿉친구』가 맞는 걸까? 이건 이미 완전히 딴사람이 아닌가.

"자, 그럼······ 이야기를 계속해볼까요."

새파랗게 질려서 떠는 시스티나 앞에서 레오스는 방긋 웃었다.

"하지만 뭐, 뻔한 이야기입니다. 저와 결혼해주세요."

"……?!"

반걸음.

겨우 반걸음이지만 시스티나의 다리가 뒤로 움직였다.

"괜찮겠죠? 어차피 제가 이길 게 뻔합니다. 그리고 저는 당신이 어릴 적부터 동경했던 오빠가 아닌가요? 이제 와서 뭘 주저할 필요가 있습니까."

"다……당신 같은 건…… 더는 레오스가 아니야……. 이런…….

"유감이지만 당신에게 거부권은 없답니다, 시스티나."

레오스는 마치 미끄러지는 듯한 발놀림으로 조금씩 뒤로 물러나는 시스티나와 간단히 거리를 좁혀서…… 살며시 귓속말을 건넸다.

"당신의 친구…… 루미아 틴젤. 그녀의 정체와 능력을…… 세간에 비밀로 해 두고 싶죠? 그녀가 학교에 못 다니게 돼도 괜찮나요?"

"……뭐?!"

이번에야말로 시스티나는 발밑이 무너지는 듯한 충격을 받았다.

"하하하! 역시 안색이 바뀌었군요. 그래요, 예를 들면…… 비밀리에 이능력자를 사냥하는 비공식 무장 수도회…… 성

캐럴 수도회에 이 정보를 흘린다면…… 그녀는 과연 며칠이나 『사고』를 당하지 않고 살아 있을 수 있을까요? ……큭큭큭."

"으…… 아…… 아……."

"그리고 리엘 레이포드……. 아, 그녀도 루미아 틴젤 정도는 아니지만…… 아무래도 비밀이 많은 인물인 것 같더군요. 『Project : Revive Life』…… 이렇게 사실을 알게 된 저조차 믿기지 않는 이야기이긴 합니다만…… 실험용 모르모트로서 그녀를 원하는 지하 조직은 얼마든지 있을 겁니다."

이토록 『악마』라는 말이 잘 어울리는 인간이 세상에 존재할 수 있을까.

시스티나는 그렇게 직감했다.

"어, 어떻게…… 그걸?! 아, 알고……."

과다 호흡 초기 증세를 보이는 시스티나는 갈라진 목소리로 그렇게 물었다.

"설……마…… 레오스…… 당신…… 하늘의 지혜, 연구회에?!"

시스티나가 그렇게 말한 순간―.

"뭐라고?! 이 망할 년이!"

갑자기 얼음처럼 차가운 미소를 지우며 격노한 레오스가 멱살을 붙잡으면서 분노에 의해 업화처럼 타오르는 눈으로 시스티나를 노려보았다.

"나를…… 그럴 저열하고 천박하고 빌어먹을 쓰레기들

과…… 똑같이 취급하지 마라!"

"히익?!"

그 험악한 기세에 겁을 먹은 시스티나는 몸을 움츠릴 수밖에 없었다. 다리에서 힘이 빠진 탓에 그 자리에 무릎을 꿇고 주저앉았다. 너무나도 심한 공포 때문에 눈가에서는 눈물이 흘러나왔다. 마치 뱀 앞에 선 개구리처럼—.

"흥……."

그런 시스티나를 경멸하듯 흘겨본 레오스는 이야기를 계속했다.

"뭐, 됐습니다. 아무튼 현명한 당신이라면 알겠지만, 당신에게 거부권은 없습니다. 자, 어떻습니까? 제 구혼을 받아들이겠습니까?"

"……으!"

그 말대로였다. 레오스의 구혼을 거부하는 건 곧 루미아와 리엘의 죽음을 의미했다. 시스티나가 거부할 수 있을 리가 없었다.

"……으, 응."

시스티나는 부들부들 떨면서 희미하게 고개를 끄덕였다.

"아하하, 당신이라면 틀림없이 제 구혼을 받아줄 거라고 믿고 있었습니다. 사랑합니다, 시스티나."

레오스는 뻔뻔하게 웃더니…… 더더욱 믿을 수 없는 말을 입에 담았다.

"사실 결혼식장도 이미 예약해 뒀답니다. 페지테 중앙구의 성 카타리나 성당이죠. 괜찮습니다. 당신에게 맞춘 웨딩드레스도 확실히 마련해 뒀거든요. 어차피 제가 이기는 게 당연했으니 말입니다."

"으……."

이 너무나도 빠른 전개에 시스티나의 뇌 내 연산 처리 기능이 과부하를 일으키려 했다.

"식은 이번 주말의 휴일…… 전천일(戰天日)에 거행할 겁니다. 아, 이런저런 절차와 통지는 바로 조금 전에 제가 해 뒀으니 걱정 마시길."

계속해서 쏟아지는, 예상을 한참 벗어난 레오스의 말에 시스티나는 기겁할 수밖에 없었다.

"그, 그럴 수가…… 아무리 그래도 너무 빠르잖아! 이건 상식을 벗어난 짓이야!"

"몇 번이나 말씀드리지만 당신에게 거부권은 없습니다."

"하지만, 자, 잠깐! 저, 적어도, 아버지와 어머니께는…… 마, 말씀을…… 드려야……."

"괜찮습니다. 당신의 부모님은 앞으로 한 달쯤 페지테에 돌아오시지 못할 테니까요."

부드럽게―.

레오스는 어디까지나 부드럽게 말했다.

"아무튼…… 당신의 부모님은 『엔젤 더스트』를 쫓느라 제국 각지를 순회하며 조사 중이시지 않습니까. 마침 저에게는 잘된 일이지만 말입니다."

"……에, 『엔젤 더스트』? 뭐…… 뭐야 그게……."

"이 틈에 호적을 올리고 기정사실을 만들면 되겠지요. 뭐…… 옛 시대에는 흔히 있었던 전통적인 『납치혼』 같은 겁니다. 분명 부모님들도 이해해주실 겁니다. ……아무튼…… 우리는 『서로를 사랑하고』 있으니까요."

"……."

이제 시스티나는 뭐가 뭔지 알 수 없었다. 무슨 말을 하는지 따라갈 수가 없었다.

단지 이 레오스 크라이토스라는 남자가 무서워서 견딜 수가 없었다.

"괜찮아요, 시스티나. 당신은 전부 나에게 맡기면 됩니다. 그러면 모든 게 순조롭게 잘 풀릴 테니까요. ……그래요, 모든 것이."

레오스는 어디까지나 온화한 미소를 지었다.

"참고로 이 이야기는 비밀입니다. 당신이 이 이야기를 누군가에게 말한 순간…… 루미아 틴젤과 리엘 레이포드는 학교는커녕…… 이 나라에 발붙일 곳이 없어질 테니…… 각오하시길."

어딘지 모르게 뱀 같은 미소.

'뭐야, 이게……. 뭐냐 말이야……. 어떻게 된 거지? 이런

건 말도 안 돼……. 도와줘요……. 누가 나 좀 도와줘요……!'

시스티나는 생각하는 것을 포기한 듯 머리를 부둥켜안고 몸을 웅크렸다.

'아버지…… 어머니…… 루미아…… 리엘…… 선생님……! 누구라도 상관없으니까 누가…… 누가…… 날 이 악마에게서 구해줘요! 제발……!'

그리고…… 다음 날.

시스티나와 레오스의 정식 약혼이 발표되었다.

시스티나가 자신의 의지로 레오스의 구혼을 받아들였다는 소문과 정보에 학교 전체가 충격에 휩싸였다.

결혼식은 고작 일주일 후. 이 전대미문의 전격 결혼 사실이 알려지자 학교는 이중으로 소란스러워졌다.

마치 오페라 같은 극적인 전개에 아무것도 모르는 학생들은 크게 흥분했다.

레오스의 결투 신청을 받은 글렌의 반응은?

한 소녀를 둘러싼 두 남자의 싸움과 그 결말은?

온 학교의 시선이 집중되었다. 이 싸움의 종착점을 지켜보며 기대감이 고조되었다.

……그러나.

글렌은 약속 시각이 돼도 레오스와의 결투 장소에 나타나지 않았다.

결투는커녕 학교에도 오지 않았다.

게다가 그날부터 소식이 끊어졌다.

도망쳤다.

모두가 그렇게 결론을 내렸고…… 학교에서의 평판은 완전히 땅에 떨어지고 말았다.

그리고 지금도 온 학교가 시스티나와 레오스의 결혼 이야기로 떠들썩했다.

"이익~! 부, 분해~!"

"레, 레오스 님…… 그런 여자랑 결혼하시면 안 돼요~!"

그 소문의 귀공자, 그야말로 꿈에 그리던 『왕자님』인 레오스와의 결혼……. 학교의 꿈 많은 소녀들은 손수건을 물고 질투와 부러움이 담긴 시선을 시스티나에게 보냈다.

"그 레오스 님께서 시스티나와 결혼한다니, 거짓말이야! ……거짓말인 게 틀림없어."

너무나도 부자연스럽고 갑작스러운 이야기라 다들 처음에는 헛소문이라고 치부했다.

하지만 곧 레오스가 학교에서 직접 결혼 소식을 알리고, 수업 시간 외에는 늘 두 사람이 함께 있는 것을 보고 소문이 사실이었다는 것을 알게 된 일부 여학생들은 거의 발광 직전의 상태까지 몰렸다.

"소……소문이 사실이었던 거야?! 흑……."

"칫…… 쓸모가 없군, 글렌 선생 자식……."

시스티나와 레오스의 화목한 모습에 여학생들은 폭포수처럼 눈물을 쏟을 수밖에 없었다.

하지만 소문에서 한 발짝 물러난 시야를 가진, 관찰력이 날카로운 일부 학생은 눈치챘으리라.

뭔가가 이상하다고…….

행복해야 할 시스티나의 미소가 어딘지 모르게 딱딱하고 그늘이 져 있다고.

"……시스티나, 할 말이 있어요."

어느 날, 쉬는 시간.

웬디를 비롯한 몇 명의 반 아이들이 교실에서 시스티나를 추궁했다.

"당신…… 진심이에요? 진심으로 레오스 선생님과 결혼할 건가요?"

웬디는 레오스에게 받은 결혼식 청첩장을 시스티나에게 들이밀면서 의심스러운 표정으로 캐물었다.

"으, 응……. 맞아……. 원래, 우린, 약혼자였으니까……. 나, 나도 레오스의 신부가 되는 게 어릴 적부터 꿈이었으니까…… 정말 행복해."

언뜻 보기에는 완벽한 미소였지만 시스티나의 표정은 역시 왠지 모르게 딱딱했다.

"꿈이었다니, 너…… 마술을 공부해서, 마도 고고학의 전문가가 돼서, 천공성의 수수께끼를 해명하겠다는 꿈은 어쩌고? 우리한테 늘 열변을 토했으면서……."

카슈도 왠지 벌레를 씹은 듯한 표정으로 쓴소리를 했다.

"아무래도 결혼하면…… 무리가 있지 않겠어? 그래도 괜찮은 거야?"

흠칫.

시스티나는 한순간 살짝 등을 떨었다.

"아, 아하하…… 확실히 꿈은 꿈이지만…… 역시 꿈에 지나지 않아. 어린애 같은 꿈에 얽매여서 현실의 행복을 버리는 것도 바보 같으니까……."

역시 아무리 생각해도 이상했다.

그 전형적인 멜갈리언인 시스티나가 천공성에 대한 꿈을 이런 식으로 말하다니…….

웬디와 카슈의 표정은 한층 더 의심스럽게 굳었다.

"그, 그리고 난 마음에 둔 사람이랑 결혼하는 거잖아? 분명 행복해질 수 있을 거야……."

"그렇다 쳐도 결혼식이 이번 주말이라니…… 전개가 너무 빠르잖아, 시스티나."

카슈 옆에 있던 세실이 조심스럽게 말했다.

"맞아요. 약혼에서 결혼까지 터무니없을 정도로 빠른 데다…… 양가 부모님이 참석할 수 없는 결혼식이라니, 전 그런 건 듣도 보도 못했다구요. 자기들만 냉큼 결혼식을 올리고,

호적에 올리는 게 부모님께 죄송스럽지도 않나요? 당신은."

"으…… 그건…… 아! 워, 원래 그럴 예정이었어! 우리 부모님도, 레오스네 부모님도 이미 알고 계시고…… 납득해주셨거든!"

"뭐라구요?! 루미아, 이 말이 사실인가요?!"

웬디는 조금 떨어진 곳에서 이쪽을 지켜보는 루미아에게 시선을 돌렸다.

"당신 친구가 갑자기 이러는데…… 당신은 납득할 수 있겠어요?!"

"그, 그건……"

하지만 루미아는 대답하지 못하고 어두운 얼굴로 고개만 숙일 따름이었다.

역시 뭔가 이상했다. 대체 무슨 일이 있었던 걸까.

이 부자연스럽기 짝이 없는 전개에 시스티나를 걱정하는 아이들의 얼굴에는 불안과 의심이 피어올랐다.

"시스티나…… 당신, 역시 어딘가 이상해요. 혹시…… 그 레오스라는 분께 뭔가 약점이라도 잡힌 거 아닌가요?"

"……아."

시스티나는 한순간 걱정스러운 얼굴로 이쪽을 쳐다보는 루미아를 힐끔 쳐다보았다.

"그, 그럴 리 있겠니! 이런 행복한 결혼을 할 수 있다는 게 지금도 믿기지 않아서…… 정신이 없었던 것뿐이야! 그러니까 걱정하지 마!"

시스티나는 그렇게 말하면서 웃었지만…… 역시 왠지 억지웃음 같았다.

"안녕, 시스티나."

그러자 갑자기 레오스가 나타났다.

카슈와 웬디를 비롯한 학생들은 자기도 모르게 긴장했다.

"이번 주말 예정으로 잠시 할 이야기가 있어요. 시간 좀 내줄 수 있을까요?"

"아…… 응. 아, 알았어, 레오스……."

그렇게 두 사람은 나란히 서서 교실을 나갔다. 언뜻 화목한 것처럼 보이지만 일동은 그 모습을 의심스러운 눈으로 지켜보았다.

"……루미아."

그 순간 시스티나 일행의 대화를 지켜보던 리엘이 조용한 목소리로 말했다.

"……저 녀석…… 베도 돼?"

"리엘?"

루미아는 리엘의 옆얼굴을 쳐다보았다.

리엘은 평소의 졸린 무표정에서는 상상할 수 없을 정도로 차갑고 날카로운 눈초리를 하고 있었다.

"레오스? ……저 녀석…… 안 좋은 느낌이 들었어. ……엄청, 안 좋은 느낌이 들었어. ……난 잘 모르겠지만…… 응.

저 녀석은…… 분명, 적이야."

"안 돼! 그런 섣부른 행동은!"

한 걸음 앞으로 나선 리엘을 루미아가 황급히 뒤에서 끌어안아 말렸다.

"아무런 증거도 없어! 자칫하면 오히려 리엘이 체포당할 거야!"

"하지만…… 시스티나는…… 아마 저 녀석 때문에 괴로울 거야. ……왠지…… 그런 기분이 들어……."

리엘은 주먹을 굳게 쥐었다.

그 주먹은 자세히 봐야 알 수 있을 정도로 작게 떨리고 있었다.

"기다려…… 조금만 더 기다려 보자! 선생님이…… 글렌 선생님이 분명 어떻게든 해주실 테니까!"

"하지만 글렌은, 없잖아. 3일 전부터 사라졌는데."

"……"

"3일 전에, 아침 일찍 나한테 와서, 날 깨우더니…… 앞으로 며칠간 절대로 루미아한테서 떨어지지 말라는 말을 남기고…… 쭉."

루미아는 그날의 일을 떠올렸다.

……3일 전.

마도병단전 연습이 무사히 끝나고 완전히 해가 저문 밤.

루미아는 피벨 저택의 응접실에서 시스티나의 귀가를 기다리고 있었다.

"시스티?! 그게 진심이야?!"

"……진심이야. 난…… 레오스랑 결혼해."

그리고 돌아오자마자 시스티나가 입에 담은 폭탄선언에 루미아는 경악했다.

틀림없이 글렌과 화해하고 돌아올 줄 알았는데 그야말로 청천벽력.

상상도 못했던 예상 밖의 전개였다.

"자, 잠깐만! 시스티!"

그리고 루미아는 격한 말투로 시스티나와 대화를 나누었다.

대체 무슨 일이 있었던 거야? 진심이야? 말도 안 돼! 이야기가 너무 빨라. 부모님께 아무 말씀도 드리지 않고 결혼하는 건 이상해! 꿈은 어쩔 거야? 할아버님과의 약속은? 학교는 어쩌고! 우린 이제 떨어져서 지내야 하는 거야? 난 그런 건 싫어!

두 사람은 한밤중까지 몇 번이나 같은 말을 되풀이하며 마치 싸우는 것처럼 대화를 나누었다.

하지만…… 결국 시스티나는 마지막까지 레오스와 결혼하겠다는 뜻을 굽히지 않았다.

그리고 알게 된 것도 있었다.

시스티나 본인은 얼버무렸지만 몇 번이나 같은 질문을 반복하는 사이에…… 조금 전 글렌과 화해하려고 학교 옥상에서 만났을 때, 레오스가 와서 뭔가를 했다는 것을 어렴풋이나마 짐작할 수 있었다.

"난 내버려 둬! 딱히 문제 될 건 없잖아! 난 레오스를 훨씬 전부터 좋아했는걸! 레오스의 신부가 되는 게 어릴 적부터 내 꿈이었어!"

"시, 시스티……."

시스티나가 진심으로 레오스와의 결혼을 바랄 리가 없었다.

아직 본인은 자각하지 못한 모양이지만…… 루미아는 그녀가 사실은 누구를 마음에 두고 있는지 알고 있었다.

게다가 만약 진심으로 바라는 결혼이었다면…… 당장에도 울 것 같은 표정으로 자신을 빤히 바라볼 리가 없었다.

레오스와 뭔가 있었던 건 명백했다.

레오스에게 뭔가 약점을 잡혔다는 건 이미 의심의 여지가 없었다.

하지만 루미아에게는 방법이 없었다.

힐러 스펠에 약간 자신이 있다는 점을 제외하면 마술사로서 지극히 평범한 자신. 친구가 궁지에 몰려 있는데도…… 아무것도 할 수 없었다. 뭘 해야 좋을지 알 수 없었다.

이런 상황에서 의지할 수 있는 사람은—.

"……선생님……!"

그래서 루미아는 그런 자신이 한심하고 미안해서, 스스로를 저주해서 죽이고 싶은 심정으로 피벨가를 뛰쳐나와 글렌이 빌붙어 사는 세리카의 저택으로 향했다.

이미 날은 한밤중이었다.

루미아는 조명을 들지 않고, 조명 마술을 쓰는 것도 잊은 채 도시 곳곳에 설치된 희미한 램프의 빛을 의지하여 페지테 거리를 달렸다.

밤이 깊어질수록 정적과 어둠에 감싸이는 페지테는 마치 유령 도시 같았다.

인간이 어둠에 품는 원초적인 공포를 필사적으로 견디며 마침내 세리카의 저택에 도착했다.

'부탁이에요, 선생님…… 아직 주무시지 마세요!'

기도하는 심정으로 저택 현관의 초인종을 계속 눌렀고…… 대체 얼마나 시간이 지났을까.

"……누구야, 시끄럽게."

이윽고 현관문을 살짝 연 글렌이 마치 유령 같은 눈으로 루미아를 들여다보았다.

"……루미아?"

"선생님!"

그러자 루미아는 그 문틈으로 몸을 억지로 비집고 들어가…… 글렌에게 안겼다.

"……어?!"

글렌은 뒷걸음질 치면서도 간신히 넘어지지 않고 루미아

의 몸을 지탱해 주었다.

놀라서 눈을 깜빡거리는 글렌에게 루미아는 눈물을 흘리면서 필사적으로 부탁했다.

"선생님, 부탁이에요! 도와주세요! 시스티가…… 이대로는 시스티가……!"

루미아는 울부짖으면서 자신이 아는 모든 사실을 글렌에게 전했다.

……그리고.

허무함과 무기력함에 사로잡혔던 글렌의 눈은 루미아의 이야기를 듣는 사이에 차츰 빛을 되찾았다.

"……맡겨 둬."

단 한 마디.

루미아의 머리를 쓰다듬으면서…… 그렇게 힘차게 말해주었다.

……3일 전을 헤매던 의식이 갑자기 현실로 돌아왔다.

"괜찮아……. 선생님은 『맡겨 둬』라고 하셨는걸……."

루미아는 불안함을 억누르려는 듯, 자신을 타이르려는 듯 품에 안긴 리엘에게 말했다.

하지만…… 글렌은 그날 밤 이후로 계속 소식이 없었다.

그래도 루미아는 믿고 있었다. 글렌을 믿고 계속 기다렸다.

……계속 기다릴 수밖에 없었다.

'……선생님…… 부탁할게요……. 제발…….'

믿고서 계속 기도했다.

……하지만 결국 글렌은 학교에 모습을 드러내지 않았다.

그대로 하루가 지나고…… 이틀이 지나고…… 마침내 주말이 왔다.

오늘은 시스티나와 레오스의 결혼식.

"……결국…… 글렌은, 안 왔어."

"……."

루미아는 어두운 표정으로 입을 다물 뿐이었다.

루미아와 리엘이 있는 이곳은 시스티나가 결혼식을 치르는 성 카타리나 성당의 익랑(翼廊) 대기실이었다.

지금 안쪽 탈의실에 있는 시스티나는 성당 수녀들의 도움을 받아 웨딩드레스로 갈아입는 중이었다.

혼례 의식을 거행하는 성당 안쪽에는 시스티나의 학우들과 학교 관계자, 레오스의 지인인 듯한 사람들이 계속 모이는 중이었다.

너무나도 성급한 결혼식이다 보니 역시 손님은 그다지 많지 않았지만…… 한 여인의 새로운 인생의 출발을 축하하는 자리로서는 충분한 인원이라고도 볼 수 있었다.

"저기…… 루미아…… 시스티나가 정말로 그, 결혼? 이라는 걸 하는 거야? 왠지…… 시스티나는 싫어하는 것처럼…… 보이던데."

리엘은 힘없는 목소리로 소곤소곤 물었다.

친구의 결혼. 원래는 무조건 축복해야 하는 일이지만…… 이 대기실의 분위기는 그저 무겁고 어둡기만 했다.

그 순간, 안쪽 탈의실에서 사람이 움직이는 기척이 느껴졌다.

"어머나, 멋진 신부가 되셨네요~. 자, 자, 친구분께서도 어서 봐주세요!"

사정을 모르는 수녀는 즐거운 얼굴로 나왔다.

그 수녀와 함께 누군가가 조용히 두 사람 곁으로 다가왔다.

"우와……."

한순간이지만 가슴속에 소용돌이치는 무겁고 어두운 감정이 완전히 날아간 루미아는 넋을 잃고 그 인물을 쳐다보았다.

"……!"

늘 졸려 보이는 리엘도 그 순간만큼은 눈을 동그랗게 떴다.

"……루미아. ……리엘."

두 사람 앞에 나타난 건 순백의 웨딩드레스를 입은 시스티나였다.

휘황찬란한 자수가 놓인 몸에 딱 맞는 상의와 달리 치마는 부드럽게 퍼져 있었다. 화사한 어깨와 가슴이 크게 트인

요염한 디자인임에도 목에서 어깨, 가슴, 허리 뒤를 덮은 투명한 면사포가 알맞게 완화해준 덕분에 오히려 청초함과 청순함을 더욱 강조해주었다.

양손에 낀 장갑 역시 순백이었고, 귀와 목은 너무 화려하지 않은 귀걸이와 목걸이로 치장했다. 머리에 쓴 호화로운 레이스로 장식한면사포가 시스티나의 보폭에 맞춰서 하늘하늘 흔들렸다.

그리고 그녀의 타고난 외모를 강조해주기 위해 옅게 한 화장이…… 평소 모습에서는 상상할 수 없을 정도로 어른스러운 분위기를 냈다.

루미아와 리엘 앞에 나타난 시스티나는 마치 꿈속의 공주님처럼 아름다웠다.

"어……때?"

얼굴 곳곳에 우울함이 남아 있었지만 그래도 시스티나는 두 사람에게 웃어주었다.

"……시스티나, 엄청 예뻐."

리엘은 넋을 잃은 것처럼 말했다.

"좋겠다……. 그 하늘하늘한 옷, 싸울 때는 불편하겠지만…… 나도 입어보고 싶어."

"괜찮아. ……리엘도 분명 언젠가 입게 될 날이 올 거야."

시스티나는 리엘에게 미소 지었다. 그 표정은 무척 부드러웠다.

"루미아, 어때? 잘 어울려?"

"응, 정말 잘 어울려, 시스티……. 이렇게 아름다운 신부는 처음 봐. 마치 요정 같아……."

하지만 루미아의 표정은 복잡했다.

"저기, 시스티. 괜찮아? 정말 이대로 괜찮겠어?"

"괜찮아. 걱정하지 마, 루미아. 난 너희를 위해서라면……."

"……응?"

작은 목소리로 마치 자신을 타이르는 듯한 말투였기에 루미아는 그 말을 듣지 못했다.

"아, 아무것도 아니야! 그것보다 너희도 이제 곧 식이 시작될 테니까 자리로 가 있어!"

시스티나는 얼버무리려는 듯 애써 밝게 말했다.

웃고는 있지만 어딜 봐도 기운이 없어 보였다.

"시스티……."

"자, 절친의 평생에 단 한 번뿐인 화려한 무대잖아! 끝까지 지켜봐 줘!"

시스티나는 역시 뭔가 말하고 싶은 듯한 루미아와 아직도 넋을 잃은 리엘의 등을 떠밀어서 대기실 밖으로 내보냈다.

청초한 꽃으로 치장하고 청명한 공기로 감싸인 엄숙한 성당 예배당의 제단 앞.

마침내 시스티나와 레오스의 결혼식이 거행되었다.

좌우로 나눠서 배치한 긴 의자에 앉은 손님들이 마른침을 삼키며 지켜보는 가운데, 중앙의 버진 로드를 신랑 신부가 나란히 걸었다.

머리 위의 스테인드글라스에서 쏟아지는 다채로운 빛 속에, 천장까지 닿을 듯한 장엄한 파이프 오르간이 연주하는 엄숙한 축복과 찬미의 음색이 예배당을 가득 메웠다.

신랑 복장의 레오스와 웨딩드레스 차림의 시스티나가 성당 안쪽의 제단 앞에 멈춰 섰다.

그리고 주례를 맡은 초로의 남성, 마르코 사제가 두 사람 앞에 나타났다.

전원이 일어서서 찬송가를 제창한 뒤에 마르코는 성서를 낭독했다.

"사랑은 관용이자 자비일지니……. 사랑은 질투하지 말고, 사랑은 자랑스러워하지 말고, 보답을 바라지 않으며……, 그저 자신의 몸과 영혼을 그대가 사랑하는 자에게 바칠지어다. 그러면—"

식은 막힘없이 순조롭게 진행되었다.

"—따라서 사랑이란 투쟁이로다. 지금 여기에 불변의 사랑을 맹세했다고 안도에 잠기지 말지어다. 오늘이라는 인생의 행복한 출발은 끝이 아니라 시작일지니—"

……더할 나위 없이 순조롭게 진행되었다.

"앞으로 그대들의 미래는 온갖 역경과 악마의 속삭임으로 그대들의 마음을 뒤흔들고, 그대들의 사랑을 시험할지니. 그대들은 영혼의 투쟁으로 시련을 극복해야만 하노라. 서로가 한 몸으로써 사랑을 믿으라. 사랑을 지키고, 가족을 지킬지어다. 사랑이란 투쟁이자—."

그리고…… 마침내 서약의 의식이 시작되었다.

"레오스 크라이토스. 그대는 사랑이 영혼의 투쟁이라 이해했음에도, 신의 인도에 따라 지금 시스티나 피벨을 처로 삼아 부부가 되려 한다. 그대, 건강할 때나 병들 때나 기쁠 때나 슬플 때나 부유할 때나 가난할 때도, 상대를 사랑하고 존경하고 위로하고 돕고 서로를 지탱해 가며 그 한목숨 다할 때까지 영원히 진심을 다하겠다고 맹세하겠는가?"

"맹세합니다."

레오스가 선서했다.

"시스티나 피벨. 그대는 사랑이 영혼의 투쟁이라 이해했음에도, 신의 인도에 따라 지금 레오스 크라이토스를 남편으로 삼아 부부가 되려 한다. 그대, 건강할 때나 병들 때나 기쁠 때나 슬플 때나 부유할 때나 가난할 때도, 상대를 사랑하고 존경하고 위로하고 돕고 서로를 지탱해 가며 그 한목숨 다할 때까지 영원히 진심을 다하겠다고 맹세하겠는가?"

"……맹세합니다."

한순간 침묵한 시스티나는 약간 고개를 숙인 채로 작게 선서했다.

그리고 마르코 사제는 손님들을 향해 이렇게 질문했다.

"나, 주의 이름으로 이 식에 참석한 자들에게 다시 한 번 묻겠노라. 그대들은 이 혼인에 찬성하는가? 이 결혼을 찬성하고 축복하는 자는 침묵으로써 답하라……."

침묵.

술렁거림이 잠시 가라앉자 이제 성당을 지배하는 것은 엄숙한 파이프 오르간의 장엄하고 청명한 음색뿐이었다.

……그리고.

"오늘이라는 좋은 날에 위대한 주와 사랑하는 이웃이 지켜보는 가운데, 지금 여기서 두 사람의 서약이 이루어졌노라. 신의 축복이 있기를—."

서약의 의식이 끝나고 마르코 사제가 마지막 축사를 시작하려 한 순간—.

"이의 있소!"

갑자기 울려 퍼진 큰 목소리가 엄숙한 침묵을 인정사정없이 깨트렸다.

파이프 오르간 소리도 갑자기 멈추었다.

그 결혼식에 참석한 일동은 일제히 목소리의 주인을 주목했다.

식이 열리는 예배당의 출입문 건너편에는 문을 발로 차서 연 남자가 서 있었다.

술렁거리는 관중들 사이를 거리낌 없이 나아간 그 남자

는…… 레오스의 정면에 서서 날카로운 시선을 보냈다.

"하양? 못 들었어? 이의 있다고 했잖아, 이의. 난 이 결혼에는 절, 대, 반, 대, 다. 너 같은 놈에게 하얀 고양이는 못 넘겨줘."

평소에는 후줄근하게 대충 걸쳐 입는 마술학원의 강사용 로브를 웬일로 단정하게 차려입은 그 남자는— 다름 아닌 글렌이었다.

이야기는 다시 며칠 전으로 거슬러 올라간다.

글렌이 레오스에게 패배한 그날 늦은 밤.

루미아는 글렌에게 레오스와 시스티나가 결혼할 거라는 소식을 전했다.

대체 왜 시스티나가 갑자기 레오스와 결혼할 생각이 든 건지는 모른다. 하지만 그녀가 이 결혼을 원하지 않는다는 사실만큼은 정황으로 미루어 명백했다.

글렌은 루미아의 직감을 믿고 곧바로 시스티나를 레오스의 마수에서 구해 내기 위해 행동을 개시했다.

하지만 레오스가 대체 무슨 수작을 부린 건지 알아내기 전에는 섣불리 움직일 수 없었다.

만에 하나라도 시스티나가 진심으로 레오스와의 결혼을 원하는 거라면 쓸데없는 참견이 될 테니까.

레오스라는 남자에 대한 정보도 필요했다. 잘 생각해 보면 글렌은 그가 『크라이토스의 후계자』라는 것밖에 몰랐다.

그래서 결투에서 꼬리를 말고 도망친 것처럼 위장했다. 자신의 평판은 땅에 떨어지겠지만 레오스가 조금이라도 방심해준다면 상관없었다.

그리고 레오스와 시스티나가 단둘이 있을 때를 노려서 소환한 쥐를 사역마로 보내 두 사람을 감시하기 시작했다.

감시 중에 쥐와 레오스의 눈이 한 번 마주친 것 같아서 다 들통난 줄 알았지만…… 아무래도 기우인 것 같았다.

그리고 진실은 간단히 밝혀졌다.

두 사람의 대화로부터 레오스가 루미아와 리엘의 정체를 빌미로 시스티나에게 결혼을 강요했다는 사실이 증명되었다.

글렌은 당황했다.

크라이토스 백작가의 후계자라는 건 당치도 않았다. 레오스는 틀림없이 하늘의 지혜연구회에 속한 인간이거나, 연구회와 연결 고리를 가진 인간이었다.

루미아의 정체는 국가 최고 기밀에 해당됐고, 애당초 리엘의 비밀은 정부조차 파악하지 못한 사실이었다. 알고 있는 건 자신을 포함한 리엘의 관계자와…… 하늘의 지혜연구회뿐.

'그런데…… 루미아가 아니라 왜 하필 하얀 고양이지? 그 녀석이 대체 뭘 어쨌다고.'

그 부분이 도저히 이해가 안 됐지만…… 아무튼 협박이라는 비열한 수단으로 시스티나를 손에 넣으려고 한 이상, 레오스는 이제 무슨 수를 써서라도 타도해야 할 『적』이 되었다.

하지만 거기까지 파악한 글렌은 아연실색했다.

지금의 자신에게는 아군이 전혀 없었다.

세리카는 지하 미궁을 탐색하느라 부재중. 다른 임무를 맡은 알베르트에게도 연락이 닿지 않았다. 시스티나의 부모님도 일 때문에 집을 비운 데다 각지를 전전하는 탓에 친딸조차 위치를 파악하지 못한 상황이었다. 그리고 하늘의 지혜연구회가 얽혀 있을 가능성이 있는 이상 학교 관계자를 끌어들일 수도 없었다.

페지테의 경비병은 귀족을 상대로는 무력하다. 사정을 이야기해도 믿어주지 않으리라.

리엘은…… 처음부터 대상에서 제외했다. 연구회의 관계자가 가까이 있을 가능성이 있다면 루미아의 곁에서 떼어놓을 수 없었다.

군과 정부에 통보하는 것은 대응하는 데 시간이 너무 오래 걸린다. 명백한 사건성이 있었던 예전의 테러 사건 때와는 사정이 크게 달랐다.

그 사이에 시스티나가 크라이토스 백작령에 끌려간다면 사건은 이대로 미궁에 빠지게 될 것이다. 작위를 가진 귀족의 영역은 기본적으로 치외 법권이다. 설령 여왕이라도 함부로 간섭할 수는 없었다.

대체 무슨 우연인지 모르겠지만…… 시스티나를 구해 내

려면 자신 혼자서 레오스를 타도해야만 하는 상황이었다.

그리고 남겨진 시간은 짧았다. 결혼식은 이번 주말에 치러질 예정이었다.

'제길, 뭐야 이게?! 상황이 너무 안 좋아! 정말 우연이야? 우연치고는 상황이 너무 공교롭다고!'

예를 들자면 체스를 두다가 마치 상대에게 마음속을 읽힌 것처럼 예정대로 궁지에 몰린 듯한…… 그런 너무나도 공교롭고 기분 나쁜 상황이었다.

하지만 이제 와서 투덜대 봤자 어쩌겠는가.

시스티나를 구하기 위해 움직인다면 어차피 레오스와의 전투는 피할 수 없으리라.

레오스는 강하다. 아마 자신보다도 훨씬 더.

『진심』으로 싸우지 않으면 확실히 진다. 살해당한다.

그래서 글렌은 요 며칠간 페지테의 아는 사람만 아는 암시장을 돌아다니면서 그나마 남은 돈을 다 털어서 산 무기와 마술 소재로 마도구를 제작했다.

소비 부여형 주문을 간이 발동하는 스크롤을 제작하고, 보석을 가공해서 호부를 만들고, 폭정석(爆晶石) 등의 각종 정석으로 얼마 전에 알베르트에게 받은 퍼커션 방식 리볼버의 화약을 조합하고, 예비 실린더를 조달하고, 나이프에 효과를 부여하고, 암기용 바늘에 룬을 새기며…… 자금과 시간이 허락하는 대로 장비를 갖췄다.

'……마치 마도사 시절로 돌아간 것 같군……'

글렌은 자기 방에서 무시무시한 장비들을 공허한 눈으로 내려다보며 그런 생각에 잠겼다.

확실히 그가 제작하거나 준비한 이 마술 무기와 마도구들은 글렌이 현역 마도사였을 때 쓰던 장비들이었다.

'하지만 이런 장난감이 그 녀석에게 얼마나 통할지……'

겁을 먹고 있을 시간도, 여유도 없었다.

행동으로 나서는 건 결혼식 당일로 정했다. 거기서 시스티나를 납치할 생각이었다.

그러면 레오스가 틀림없이 쫓아올 테니까.

결혼식장의 손님들 앞에서 신부를 납치당한다면 레오스는 귀족의 체면을 지키기 위해 쫓아올 것이다. 쫓아올 수밖에 없었다. 가문의 명예의 지키기 위해. 그대로 가만히 앉아서 신부를 빼앗겼다간 후대의 수치로 남을 테니 말이다.

'납치한 하얀 고양이를 미끼로 내가 유리한 장소로 유도해서…… 레오스를 쓰러트린다. 무모하지만 이 방법밖에 없어!'

……

……그리고.

"진~짜…… 왜~ 이렇게 된 걸까?"

지금 글렌은 길고 긴 회상을 마친 후 현실로 돌아왔다.

이미 성 카타리나 성당을 빠져나온 글렌은 거미줄처럼 복잡하고 좁은 골목길을 한 줄기 바람처럼 내달리고 있었다.

그리고 품속에서는 웨딩드레스 차림의 시스티나가 조금 전부터 버둥거리며 고함을 질러대고 있었다.

"놔주세요! 부탁이에요! 선생님! 절 놔주세요! 제가 레오스와 결혼하지 않으면⋯⋯! 루미아가⋯⋯! 리엘이⋯⋯!"

"⋯⋯하아~, ⋯⋯나 원 참⋯⋯."

글렌의 깊디깊은 한숨 소리가 페지테 어딘가에서 울려 퍼졌다.

제4장 사투, 양립할 수 없는 광대와 정의

페지테 동쪽 벽 너머의 교외.

드문드문 보이는 목조 오두막. 넓게 퍼진 푸른 목초지. 침엽수로 이루어진 군생 잡목림. 군데군데 고대의 비석이 흩어진…… 벽 안쪽의 고급 주택지에 비하면 참으로 한가롭고 서정적인 풍경.

그런 풍경의 일각, 잡목림 안에는 마차 한 대가 몰래 숨겨져 있었다.

귀족이나 소유했을 법한 호화로운 마차였다. 말은 묶여 있지 않았다. 마부도 없었다.

그런 마차에 조용히 접근하는 세 그림자.

한 사람은 알베르트였다.

그리고 다른 한 사람은 십 대 후반…… 약간 웨이브 진 머리가 특징적인 시원스럽고 차분한 분위기의 소년이었다.

마지막 한 사람은 노인이지만 근육이 우락부락하고 어딘지 모르게 개구쟁이 같은 분위기를 풍기는 남자였다.

《법황》 크리스토프와 《은둔자》 버나드.

알베르트와 같은 마도사의 예복을 입은 두 사람은 제국

궁정 마도사단 특무분실 소속의 동료였다.

"……문제없습니다. 저 마차는 제『결계』에 반응했습니다."

결계 마술에 관해서는 특무분실 최강으로 이름 높은 소년, 크리스토프가 말했다.

"흠…… 확실히 피 냄새가 강해졌군."

노인, 버나드의 말을 들은 알베르트는 조용히 고개를 끄덕이고 마차의 객실 문 앞에 섰다.

그리고 빈틈없이 주위를 경계하면서 문을 열었다.

그러자 바로 숨 막힐 듯한 진한 피비린내가 흘러나왔다.

"……읍."

충분히 각오했던 크리스토프는 자기도 모르게 입가를 가리고 인상을 찡그렸다.

객실 안은 지옥이었다. 생전의 모습을 짐작할 수 없을 정도로 온몸이 붕괴된 피투성이 시체가 누워 있었다. 온몸에서 피가 분수처럼 뿜어져 나왔던 모양인지, 객실 안은 바닥과 벽, 천장에 이르기까지 온통 검붉게 물들어 있었다.

"호오…… 전형적인『엔젤 더스트』의 금단 증상으로 사망한 중독자로구만."

이런 광경에 익숙한지 버나드는 턱수염을 쓰다듬으면서 태연하게 말했다.

"흠…… 중독자 특유의 증상이 피부에 나타났군. 투여 횟수는 그다지 많지 않았던 모양인데……."

"소문으로는 들었습니다만…… 설마 이렇게까지 처참한 모습이 될 줄은……."

"그러고 보니 크리스토프. 네가 이『엔젤 더스트』가 얽힌 안건에 관여한 건…… 이번이 처음이었지."

알베르트의 말에 크리스토프는 얌전히 고개를 끄덕였다.

"예. ……전에도 이런 사건이 있었던 거죠? 당시의 전 아직 신인이라 깊이 관여하지는 않았습니다만……."

"그래. 지금부터 약 1년 전의 일이었지."

"그 일로 특무분실의 동료가 많이 줄었어. 그 미치광이한 놈 때문에 말이다."

버나드는 울화가 치민다는 듯 코웃음을 쳤다.

"하지만…… 왜 그 사람은 그런 사건을 일으킨 거죠? 저희와 같은 특무분실 사람이었잖아요?"

"글쎄다. 이제 와서는 알 수 없는 노릇이지. 그놈은 글렌과…… 세라가 처리했으니까."

"세라 씨…… 아, 그《풍술사》말이군요? 그녀의 일은…… 정말 안타깝게 됐습니다."

"……죽은 사람은 말이 없는 법이지."

그 순간 세 사람의 얼굴이 긴장감에 휩싸였다.

"이봐, 자네들…… 눈치챘나?"

"……예, 버나드 씨."

세 사람은 주위를 슬쩍 훑어보았다.

그러자 어디서 모인 건지 모를, 농민 같은 간소한 복장의 인간들이 어느새 알베르트 일행을 멀리서 포위하고 있었다. 그들은 뺨이 홀쭉하고 안색은 창백했으며 눈빛은 공허한 데다…… 움직임은 마치 기계 같았다.

손에 낫과 괭이와 가래를 든 그들은 천천히 포위망을 좁혔다.

"크아~! 이 상황을 보아하니 저놈들은 틀림없이 『엔젤 더스트』중독자겠군! 으햐! 일이 성가시게 됐구만!"

버나드는 진절머리가 난다는 듯 머리를 끌어안았다.

"저놈들은 쓸데없이 끈질겨서 싫은데 말이지~."

"이 마차를 조사하자마자 습격…… 어쩌면 우리는 이 사건의 진상에 다가선 걸지도 모르겠네요."

"그런데 이건…… 보면 볼수록 1년 전의 사건이 떠오르는구만. 정말 하나부터 열까지 똑같아."

"잡담은 그만. 노인장, 크리스토프. 수사는 나중에 해라. 일단 돌파한다."

알베르트가 조용히 일갈하는 것과 동시에 중독자들이 일제히 믿을 수 없을 정도의 속도로 달려들었다.

그 시체 같은 안색과는 정반대로 야생 동물처럼 도약하는 압도적인 신체 능력은 명백히 인간의 영역을 뛰어넘고 있었다.

수풀을 짓밟는 수많은 소리가 빠르게 다가왔다.

"칫!"

알베르트는 예창 주문을 <ruby>스펠 스톡<rt></rt></ruby> 시간차 발동하고 등을 돌리며 <ruby>더블 캐스트<rt></rt></ruby> 이중 영창을 시도했다.

　허공을 가른 흑마 【라이트닝 피어스】의 두 줄기 빛이 달려 오는 중독자 두 명의 머리를 정확하게 꿰뚫었다.

　하지만 두 명이 쓰러졌는데도 중독자들은 개의치 않고 돌진했다.

　그리고—.

　같은 시각.

　동쪽에서 멀리 떨어진 페지테 서쪽 지역 어딘가에 있는 좁고 어두운 골목.

　"하아…… 하아…… 일단 따돌린 건가……. 젠장, 역시 지치는군……."

　글렌은 거친 숨을 내뱉으면서 옆으로 안은 시스티나를 바닥에 내려주었다.

　"으!"

　그러자 그녀는 뭔가를 결심한 듯 달려가려다가 반사적으로 손을 뻗은 글렌에게 팔을 붙잡혔다.

　"놔요! 놔주세요! 이제 그만 좀 해요!"

　시스티나는 울 것 같은 얼굴로 악을 쓰며 팔다리를 버둥거렸다.

　"어, 야?! 조용히 해!"

"당신 따원 정말 싫어요! 전 레오스와 결혼할 거예요! 레오스와 결혼하지 않으면…… 루미아가…… 리엘이…… 그러니까……!"

"하아…… 그건 이제 됐다니까. 난 네 편이야."

글렌은 진심으로 피곤한지 깊은 한숨을 내쉬었다.

"……예?"

"사정은 나도 알아. 루미아와 리엘을 지키려고…… 너 혼자서 싸웠던 거지? ……잘했다. 뒷일은 나한테 맡겨."

"……!"

그러자 시스티나는 한순간 눈을 크게 뜨더니…… 서서히 어깨를 떨다가 눈물을 글썽거렸다.

"서, 선생님…… 선생님…… 저, 저는……! 히끅…… 흑……."

시스티나는 감격한 듯 글렌을 꼭 끌어안고 조용히 오열했다.

글렌은 시스티나가 진정할 때까지 그대로 가만히 있었다.

……이윽고.

시스티나가 진정되자 글렌은 바로 본론으로 들어갔다.

"하얀 고양이. 레오스의 목적은 뭐지?"

이번 사건의 가장 큰 수수께끼였다.

"나도 여러모로 생각해봤다만 전혀 모르겠어. 처음에는 하늘의 지혜연구회 관계자라고 의심했는데…… 역시 뭔가 좀 다른 것 같아."

글렌은 머리를 벅벅 긁으면서 짜증 섞인 목소리로 말을 이었다.

"……그나마 가능성이 있는 건 크라이토스 가문의 현 상황으로 미루어 보건대…… 널 부인으로 삼아서 너희 집안…… 마술의 명문 피벨 가문을 산하에 넣는 것으로 분가에 대한 우위성을 점하는 것, 즉……."

글렌은 거기까지 말하다가 시스티나가 말없이 고개를 숙이고 있는 것을 눈치챘다.

"……미안하다. 배려가 부족했군. 너에게는……."

"……괜찮아요. 이젠…… 괜찮아요. 계속하세요."

글렌은 씁쓸한 기분으로 말을 계속했다.

"……언뜻 보기에 이건 크라이토스 본가의 묘수 같지만…… 실제로는 최악의 악수야. 이렇게 억지로 결혼을 진행하는 데 문제가 발생하지 않을 리가 없어. 바보라도 알 거다. 상류 계층끼리 제멋대로 혼인 관계를 맺는다면 제국 정부도 틀림없이 개입할 거고, 분가도 가만히 있지 않겠지. ……자칫하면 전면 전쟁이 벌어질 텐데."

"……그건…… 확실히……."

"그뿐만이 아니야. 만에 하나라도 루미아와 리엘의 비밀을 협박 재료로 썼다는 게 밝혀지면 확실히 두 녀석은 파멸하겠지만, 레오스와 크라이토스 가문도 파멸할 수밖에 없어. 그 무엇보다 체면을 존중하고 중시하는 귀족에게 명예라는 건 목숨이나 마찬가지니까."

"……."

"그리고 무엇보다 피벨 가문…… 네 아버지가 이런 폭거를 그냥 넘어갈 거 같아? 넌 소중한 후계자인데? ……아무리 생각해도 무리잖아. 이것만큼은 『납치혼』 같은 편리한 말로 얼버무릴 수 있는 문제가 아니야."

글렌은 고개를 저으면서 다시 한숨을 내쉬었다.

"……마치 크라이토스 백작가 따윈, 자신 따윈 아무래도 상관없다는 듯한 폭거……. 난 녀석이 무슨 생각을 하는지 전혀 모르겠어. 뭔가 일을 꾸밀 때는 자신이 가장 이득을 보는 형태로 진행한다는…… 대원칙이 성립하질 않아."

"……그럼 레오스는 뭘 위해 절 협박하면서까지……."

"까놓고 말해…… 이런 문제들을 떼 놓고 보면…… 널 사랑해서 결혼하고 싶었다고밖에 표현할 말이 없어. ……어이가 없는 노릇이지만."

"……그럴 리는 없어요. 그날 레오스가 마치 딴사람처럼 돌변해서 절 협박했을 때…… 어렴풋이 느꼈어요. 이 사람은…… 절 사랑하는 게 아니라고……."

시스티나는 왠지 쓸쓸하고 애달픈 목소리로 말했다.

"……그러냐."

그 순간—

"……응? ……딴사람?"

문득 깨달았다.

확실히 레오스의 목적과 동기를 생각하면…… 명백히 상식을 벗어난 상황이었다.

이 일련의 소동을 일으킨 것은 레오스다.

하지만 가령 이 일련의 사건에 레오스와 별개의, 완전히 다른 인간의 의도가 섞여 있었다면 어떨까. 확실히 이거라면 크라이토스 가문이나 시스티나가 어찌 되든 상관없을 것이다. 일단 음모의 대원칙이 성립됐다.

그렇다면 만약 그런 제삼자가 이 사태의 뒤에서 관여하고 있었다면…… 과연 목적은 무엇일까.

'기본적으로 인간의 목적이라는 건 가장 사태가 요란하게 움직이는 부분의 뒤에 숨겨져 있는 법인데……'

예를 들면 신을 위한, 신앙을 위한 싸움이라고 선전하면서 실제로는 그 토지의 경제적 가치를 노렸던 것처럼, 역사서를 들춰보면 얼마든지 비슷한 사례를 찾아볼 수 있다.

글렌은 그런 기본에 근거해서 다시 한 번 냉정하게 생각해봤다.

이 상황을 연출한 제삼자가 있다고 가정하고 상황을 정리해봤다.

'이 일련의 결혼 소동에서 가장 요란하게 움직인 부분은…… 뭐였지?'

고민해볼 것도 없이 당사자인 레오스와 시스티나와— 글렌이었다.

‘······’

그리고 어딜 어떻게 생각해봐도 레오스와 시스티나에게서는 그 제삼자의 목적을 찾아볼 수 없었다.

레오스에게 개인적인 원한이 있는 인간이나, 레오스를 실각시켜서 뭔가 이득을 보는 인간의 범행도 일단 고려 사항에 들어갔지만······ 그렇다면 이런 번거로운 짓을 할 필요가 없었다. 시스티나와 글렌을 끌어들일 이유가 없었다.

그렇다면 소거법으로 남는 것은······.

‘······바보 같긴. 그거야말로 말도 안 되잖아. ······대체 어디 사는 누가 할 일이 없어서 그런 아무 이득도 되지 않는 짓을······ 아?!’

너무나도 엉뚱한 상상에 글렌이 자기도 모르게 머리를 흔든 순간─

“서, 선생님······! 누가 와요!”

시스티나가 겁에 질린 목소리로 외쳤다.

어느새 두 사람을 향해 인기척이 다가오고 있었다.

뒷골목 안쪽에서 일반 시민처럼 보이는 사람들이 두 사람을 향해 걸어오고 있었다.

하나같이 눈빛이 공허하고 안색이 창백했으며 식칼, 손도끼, 방망이, 삽 등으로 무장한 채 험악하고 병적인 분위기를 내뿜고 있었다.

“뭐야, 저 녀석들은······. 레오스가 보낸 추적자······? 아니, 그것보다⋯⋯."

글렌의 눈은 그들의 온몸에서 그물처럼 튀어나온 혈관을 주목하고 있었다.

저 특징적인 증상은—.

"⋯⋯거짓말이지⋯⋯?『엔젤 더스트』의⋯⋯ 말기 중독 증상이잖아⋯⋯?!"

"예?"

왠지 귀에 익은 단어가 들린 시스티나는 고개를 갸웃거리며 글렌을 올려다봤다가⋯⋯ 경악했다.

"어째서?! 왜 여기서『엔젤 더스트』가 튀어나오는 거야?!"

글렌은 얼어붙을 듯한 차가운 눈을 하고 있었다.

그야말로 마치 딴사람 같았다.

"⋯⋯멈춰!"

글렌은 재빠른 동작으로 허리의 벨트에 꽂은 권총을 뽑고 겨냥했다.

하지만 그렇게 견제해 봤자 소용없었다. 중독자들은 움직임을 멈추지 않았다.

한층 더 빠른 걸음으로 무기를 든 채 두 사람을 향해 일직선으로 다가왔다.

저들이 이쪽에 적의를 가지고 있는 건 이미 명백했다.

"칫⋯⋯."

글렌은 혀를 차면서 총을 다시 벨트에 꽂았다.

저들이 정말로 『엔젤 더스트』 중독자라면 권총 한두 발로 멈출 수 있는 상태가 아니었다. 몸의 어느 부위를 제외하면······.

'아무래도 난······ 레오스를 앞지르려다가 오히려 함정에 빠진 모양이군······.'

이 타이밍에 자신들에게 명확한 적의를 가진 『엔젤 더스트』 중독자들의 등장······ 이게 우연일 리가 없었다.

인정할 수밖에 없었다. 적이 한 수 위였다.

"하얀 고양이, 뛰어. 저 녀석들은······ 『엔젤 더스트』에 푹 절은 말기 중독자다. 주인으로 입력된 인간의 명령에 맹목적으로 따르는 시체나 다를 바 없는 인형이지······."

글렌은 증오를 담아 이를 갈았다.

'저들은 『엔젤 더스트』를 계속 투여하지 않으면, 죽어. 투여를 계속해도 조만간 『엔젤 더스트』가 치사량에 도달하면, 죽지. ······이미 구원할 수단은 없어.'

구원할 수단이 있다고 한다면, 그것은······.

그러나 독기가 빠진 지금의 자신이 해낼 수 있을까?

그리고 그 방법 없이 시스티나를 끝까지 지켜 낼 수 있을까?

······그런 글렌의 갈등을 조금도 눈치채지 못한 시스티나는 당황하면서 물었다.

"서, 선생님······ 『엔젤 더스트』가······ 뭐죠? 대체 뭐냐구요."

"됐으니까 내가 하라는 대로 해! 설명은 나중이야! 저 녀석들이 『엔젤 더스트』 중독자라면…… 널 지키면서 빠져나가는 건 불가능해! 어서 가!"

글렌은 절박한 목소리로 외쳤다.

"괘…… 괜찮아요!"

하지만 시스티나는 허세를 부렸다.

"자, 잘은 모르겠지만 적인 거죠?! 저도 선생님께 싸우는 법을 배웠다구요!"

글렌의 경고를 무시한 시스티나는 다가오는 남자들을 향해 왼손을 내밀었다.

"《위대한―》."

중독자들은 갑자기 시스티나가 영창하기 시작한 주문에 호응하듯 일제히 두 사람을 향해, 아니, 명백히 시스티나를 노리고 달려들었다.

"……어?"

시스티나의 눈에는 갑자기 사람들이 사라져서 그림자만 남은 것처럼 보였다.

하늘 높이 도약한 중독자들은 좁은 뒷골목의 양쪽 벽을 번갈아 박차면서 어지럽게 뛰어다니다가…… 아득히 위에서 시스티나를 덮쳤다.

―너무 빠르다.

약물로 제한이 풀린 중독자들의 움직임은 너무나도 준민하고 기상천외했다.

조준은커녕 눈으로 좇는 것조차 불가능했다.

"아……."

그래서 시스티나는 자신을 향해 떨어지는 남자들을 멍하니 올려다볼 수밖에 없었다.

"《달려라 바람·》—."

그 순간 글렌이 주문을 영창하면서 반사적으로 도약했다.

벽을 차고 한층 더 위로 도약.

공중에서 몸을 회전하며 날린 선풍 같은 돌려 차기가 첫 번째 남자를 격추했다.

"《질주하라·》—."

동시에 왼팔을 휘둘러서 날린 강철선이 허공에 은색 섬광을 그렸다.

공기를 가르며 날아간 몇 개의 강철선이 두 번째 남자의 다리를 묶었고, 글렌은 그대로 강철선을 세게 잡아당겨 두 번째 남자를 인정사정없이 벽에 충돌시켰다.

"《때려눕혀라》!"

그리고 마침내 완성된 글렌의 주문, 흑마 【게일 블로】가 발동했다.

아래에서 솟구친 강렬한 돌풍이 세 번째 남자를 하늘 높이 날려 버렸다.

시스티나가 아연실색한 사이에 벌어진 한순간의 일이었다.

"뭐해?! 하얀 고양이!"

글렌은 착지하는 동시에 시스티나를 질타했다.

그의 날카로운 시선에 노출된 시스티나는 몸을 움찔 떨었다.

글렌은 시스티나의 손을 억지로 잡아당기며 골목 안쪽을 향해 뛰기 시작했다.

시야 한구석에서 글렌에게 당한 남자들이 마치 좀비처럼 비틀거리며 일어나는 모습이 보였다.

두 사람은 도망쳤다. 계속 도망쳤다.

가는 길마다 잇따라 나타난 새로운 중독자들이 두 사람을 쫓아왔다.

끝없는 도주 중에 산발적으로 전투가 발생했다.

"젠장……."

글렌은 오른팔을 휘둘러서 바늘을 던졌다.

어두운 뒷골목을 가르는 두 줄기의 은색 섬광.

저 바늘에 새긴 건 『필중의 룬』이었다. 물리적인 방해만 받지 않는다면 노린 장소에 반드시 명중하는 효과가 인챈트 되어 있었다.

바로 지금 시스티나를 노리고 도끼를 휘두르는 남자 — 역시 『엔젤 더스트』 중독자 — 의 양쪽 눈에 그 바늘이 박혔다.

"끄아아아아아아아아아아아아아아악!"

그러자 중독자는 온몸의 털이 곤두설 듯한 비명을 지르며 마구잡이로 도끼를 휘둘러 댔다.

"히익?!"

그 처참한 광경에 시스티나는 자기도 모르게 신음을 흘렸다.

그런 그녀를 노리고 오른쪽 골목에서 튀어나온 새로운 중독자가 나이프를 허리 근처에 세워 든 채 맹렬한 속도로 달려들었다.

"제기랄!《뇌정이여·자전의 충격으로·》—."

글렌은 재빨리 사이에 끼어들어서 왼팔을 휘둘렀다.

그의 왼손 장갑에서 은색 섬광이 미세하게 번뜩이자 몇 개의 강철선이 날카롭게 허공을 가르며 중독자의 몸을 휘감았고······.

"《쓰러트려라》!"

동시에 흑마 【쇼크 볼트】를 발동.

강철선을 타고 이동한 전류가 중독자의 몸 내부에 직접 흘러 들어갔다.

"끄아아아아아아아아아아악! 으아아아아아아아아악!"

온몸의 털이 곤두설 듯한 처참한 비명. 중독자는 미친 듯이 몸부림쳤다.

아무리 약한 호신용 어설트 스펠이라지만 이런 식으로 쓰면 격이 다른 위력을 발휘할 수 있었다.

"아, 아······ 으······."

꿈틀꿈틀 경련하는 중독자를 무자비하게 발로 차서 쓰러

트리는 글렌의 모습에 시스티나는 자기도 모르게 한 걸음 뒤로 물러났다.

"""샤아아아아아아아아아앗!"""

그리고 숨 쉴 틈도 없이 또 골목 안쪽에서 나타난 새로운 중독자들이 겁에 질린 시스티나를 노리고 쇄도했다. 마치 그녀 옆에 있는 글렌 따윈 안중에도 없는 듯했다.

"어, 어째서 나만?!"

"치잇!"

글렌은 할 수 없다는 표정으로 몸을 돌리면서 품속에서 폭정석을 꺼냈다. 그리고 나이프로 표면에 새긴『봉폭(封爆)의 룬』에 흠집을 내고 중독자들을 향해 던졌다.

다음 순간, 격렬한 폭음이 휘몰아쳤다.

기폭한 폭정석이 충격과 폭발음으로 뒷골목 일대를 뒤흔든 것이다.

폭발력이 약한 작은 것을 써서 사망자는 나오지 않은 모양이었지만…… 몇 명의 중독자들이 폭발의 충격으로 부러진 팔다리를 버둥거리며 땅바닥에서 몸부림쳤다.

"아, 아…… 아…… 아아……."

그 처참한 광경에 시선이 못 박힌 시스티나는 치밀어 오르는 구역질을 필사적으로 참았다.

"뭘 멍하니 있어! 이쪽이다!"

글렌은 그런 시스티나의 손을 거칠게 잡아당기며 달렸다.

끊임없이 나타나는 중독자들에게 쫓기면서 거미줄처럼 복잡한 뒷골목을 정처 없이 뛰어다녔다.

글렌은 눈앞에 나타난 갈림길에서 오른쪽을 골랐다.

"……?!"

그러자 앞쪽에서 몇 명의 중독자가 비틀거리며 돌아다니는 모습이 눈에 들어왔다.

혀를 찬 글렌은 오른쪽을 포기하고 왼쪽 길로 돌아갔다.

"……칫! 여기도 통행금지인가……. 망할!"

이런 상황이 아까부터 몇 번이나 계속됐다.

중독자들이 습격해 오는 패턴과 매복 상태…… 처음에는 아무런 법칙성도 없는 줄 알았지만, 몇 번이나 반복해서 습격당하고 매복에 걸리는 사이에 깨달았다.

자신들은 명백한 누군가의 의지에 따라 어딘가로 유도당하고 있었다.

하지만 당장은 거스를 수단이 없었다. 중독자들은 하나같이 시스티나를 지키면서 돌파할 수 없는 절묘한 숫자로 배치되어 있었기 때문이다.

그리고 중독자들은 어찌 된 영문인지 시스티나만 노렸다. 글렌을 거들떠보지도 않고 집요하게 시스티나만 습격한 것이다.

'젠장…… 왜지? 왜 이 녀석들은 하얀 고양이만 노리는 거지?!'

중독자들은 무서울 정도로 터프했다.

통각이 거의 마비되어 있어서 어중간한 고통과 부상으로는 멈출 수 없었다.

그래서 글렌도 어쩔 수 없이 잔인한 공격법을 써야만 했다.

'칫…… . 이 상황…… 완전히 그날 일이 떠오르잖아!'

돌이켜 보면 그때도 이랬다.

약 1년 전에 제도에서 벌어진 『엔젤 더스트』 사건.

그때도 적의 책략으로 아군과 떨어진 글렌은 세라와 단둘이 계속해서 습격해 오는 『엔젤 더스트』 중독자들을 물리치며 제도의 뒷골목을 뛰어다녔다.

그리고 그 싸움에서 세라는—

"큭!"

글렌의 손을 잡고 고개를 숙인 채 필사적으로 따라오는 시스티나의 모습과 과거에 지키고 싶었던 여자의 모습이 강렬하게 겹쳐졌다.

'제기랄…… . 죽게 놔둘까 봐……? 이 녀석을 죽게 둘까 보냐……!'

마음만 앞선 비장한 결의가 여유 없는 글렌의 마음속에 차곡차곡 쌓였다. 그것이 그의 공격을 점점 치열하고, 폭력적이고, 잔인하게 바꾸었다.

전방에서 또 세 명의 중독자가 모습을 드러냈다.

역시 그들도 글렌은 거들떠보지도 않고 시스티나를 향해

다가왔다.

"치잇!"

주먹을 굳게 쥔 글렌은 세 명을 향해 돌진했다.

'젠장…… 떠올려라! 그 시절의 나를! 지금의 미적지근한 나로는…… 이번에도 지키지 못해! 그 시절의 감각을…… 교사가 아니라…… 마도사였던 나를……!'

다행히 글렌은 아직 마도사로서의 감각을 완전히 잊어버리지는 않은 모양이었다.

"흐읍!"

몸을 젖혀서 달려오는 남자들을 피하는 동시에 나이프를 뽑았다.

칼날을 타고 번뜩이는 빛.

때로는 호선, 때로는 직선, 때로는 예각을 허공에 수놓는 네 번의 참격.

글렌은 탁월한 솜씨로 중독자들을 난도질했다.

이 나이프에는 통각을 강화하는 저주가 인챈트되어 있었다.

따라서 중독자들은 육체적인 고통이 아니라 영혼에 직접 영향을 주는 주술적인 격통을 견디지 못하고 목이 찢어져라 비명을 지르며 바닥에서 몸부림쳤다.

'그래……, 이걸로 됐어!'

적을 쓰러트리면 쓰러트릴수록 마도사였던 무렵의 자신이 되돌아왔다.

점점 돌아오는 과거의 감각에 글렌은 내심 의기양양했다.

'……미안하다…….'

한편으로는 구역질이 날 정도로 뒷맛이 씁쓸했다.

분명 이 중독자들은 원래 아무 죄도 없는 일반인이었을 것이다. 이 사건의 흑막에게 강제로 『엔젤 더스트』를 투여당하고 글렌과 시스티나를 습격하라는 명령을 받은 것이리라.

한 번이라도 『엔젤 더스트』를 복용한 이상 이들은 생물로서는 살아 있어도 인간으로서는 이미 죽은 상태였다. 이제 두 번 다시 원래대로 돌아갈 수 없었고 구원할 수도 없었다. 아무런 감정도, 감회도 없이 누군가의 인형이 되는 삶을 받아들일 수밖에 없었다. ……금단 증상으로 죽거나 말기 중독 증상으로 죽을 때까지, 계속.

그리고 글렌은 이제 구원할 수 없는 인간과 아직 구원할 수 있는 인간의 취사선택을 강요받고 있었다.

모든 이를 구원하기 위해 배운 마술로, 누군가를 구원하기 위해, 다른 누군가를 포기할 수밖에 없었다. 정말 좋아했던 마술을 진심으로 싫어하게 되면서까지…….

마도사였던 과거의 자신이 돌아오는 동시에 거의 잊고 지냈던 모순과 갈등도 되살아나기 시작한 것이다.

'빌어먹을!'

글렌은 속으로 욕설을 내뱉으면서 새로운 적과 맞서 싸웠다.

한편, 시스티나 피벨은 글렌을 돕거나 함께 싸우려는 의욕을 완전히 잃고 있었다.

그 이유는…… 지금의 글렌이 너무나도 무서웠기 때문이다.

궁지에 몰린 초조한 얼굴로 수단을 가리지 않고 싸우는 글렌의 모습에서는, 전에 함께 싸웠을 때는 분명 존재했던 안도감이 전혀 느껴지지 않았다.

아무런 주저 없이 인간의 모습을 한 존재를 계속해서 상처 입히는 모습이 마치 딴사람 같아서 두려웠다.

'죄, 죄송해요……. 선생님…… 저는……!'

한심하게도 시스티나는 글렌의 보호를 받는 주제에 싸우는 그의 모습에 겁을 먹고 전의를 상실한 것이었다.

이토록 자신이 한심하고 비참하게 느껴진 적은 없었다.

하지만 마음이 쇠사슬 같은 공포에 사로잡힌 시스티나의 팔다리에는 힘이 들어가지 않았고, 그저 떨리기만 할 뿐인 입으로는 주문 한 글자조차 자아낼 수 없었다.

글렌이 싸우면 싸울수록 자신이 모르는 다른 누군가로 변해 가는 것만 같았다.

전에 그는 이렇게 말했다.

어차피 마술은 살인의 도구에 불과하다고…….

그 말을 압도적인 설득력으로 증명하는 글렌의 전투 방식.

아직 죽은 사람은 아무도 없는 모양이지만…… 이 상황에서는 언제 사망자가 나와도 이상하지 않았다.

'이런 건…… 선생님이 아니야!'

그래서 시스티나는 머리를 끌어안고 눈을 감으며 현실에서 도피할 수밖에 없었다.

'하지만 내가 아는 선생님은…… 바보에, 변변찮은 인간이지만……! 사실은 다정하고…… 이러니저러니 해도 학생들을 생각해주는 사람인데……! 아무리 날 지키기 위해서라지만…… 이런 피도 눈물도 없는 싸움을 하는 사람이…… 아니었을 텐데!'

그것이 자신의 이미지와 소망을 글렌에게 제멋대로 강요한 것에 불과하다는 사실도 눈치채지 못했다.

그 순간─.

"하얀 고양이, 뭘 멍하니 있어! 뒤─."

"……예?"

글렌의 긴박한 목소리에 시스티나는 퍼뜩 놀라 고개를 들었다.

그러자 시야에 들어온 것은 그녀를 노리고 손도끼를 들어 올린 중독자의 모습이었다.

"아……."

시스티나는 자신의 미숙함을 저주했다. 목숨이 걸린 상황인데 왜 자신은 이토록 경계를 게을리한 것일까.

어느새 자신과 글렌은 상당히 멀리 떨어져 있었다.

글렌이 도와주려고 해도 이미 늦었다.

그리고 공포로 얼어붙은 시스티나의 입에서는 주문의 「주」자조차 나오지 않았다.

외통수였다.

바람을 가르며 인정사정없이 내려오는 손도끼. 시스티나는 자신의 머리를 좌우로 갈라버릴 그 일격을 그저 멍하니 올려다볼 수밖에 없었다.

그 순간, 귀가 먹먹해지는 뇌성이 골목의 벽을 반사하며 울려 퍼졌다.

동시에 중독자가 뭔가에 맞은 것처럼 고개를 뒤로 크게 젖혔다.

토마토가 터지는 듯한 소리와 함께 성대하게 핀 붉은 꽃.

이리저리 튄 붉은 액체가 시스티나의 뺨을, 순백의 드레스를 더럽혔다.

"어……?"

시스티나의 목에서 갈라진 목소리가 새어 나왔다.

^{애쉬 파우더}
회색 화약. 초석(硝石), 목탄, 유황으로 조합한 흑색 화약에 백염면(白炎綿)이나 빙정수(氷晶水) 같은 연금술 시약을 추가로 섞은 후, 마술 의식을 통해 위력을 강화한 글렌의 자작 화약이었다.

글렌이 순간적으로 뽑은 총에서 날아간 구형 탄환이 시스티나에게 덤벼든 중독자의 미간을 정확하고 완벽하게 관통한 것이었다.

털썩.

마치 실이 끊어진 인형처럼 앞으로 쓰러진 중독자.

바닥으로 흘러나오는 피.

어둡고 공허한 눈으로 총구에서 연기가 피어오르는 총을 겨누고 있는 글렌의 모습.

"아, 아, 아아…… 아아아……?!"

머릿속이 새하얗게 물들었다.

지금 글렌은…… 자신의 눈앞에서…… 마침내 사람을, 사람을, 사람을 죽, 죽여—.

"하얀 고양이!"

글렌이 악귀 같은 표정으로 맹렬히 달려오자 시스티나는 무의식적으로 뒷걸음질 쳤다.

"위험해!"

하지만 글렌은 개의치 않고 굳어 있는 시스티나에게 몸을 날리며 그녀의 몸을 한 손으로 낚아챘다.

그야말로 종이 한 장 차이.

바로 다음 순간, 시스티나가 서 있던 곳에 건물 위에서 뛰어내린 중독자들의 식칼과 손도끼 등이 일제히 박혔다.

"치잇! 계속 튀어나오기는!"

글렌은 시스티나를 한쪽 팔로 안은 채 좁은 골목길을 질풍처럼 달렸다.

가끔 뒤를 돌아보고, 권총을 겨누며 엄지로 공이를 당기고, 검지로 방아쇠를 당겼다.

총성이 한 발, 두 발 이어졌다.

추격해 오는 중독자들은 무릎에 총알을 맞고 하나둘씩 넘어졌다.

동시에 시스티나의 시야는 엉망진창으로 일그러졌다. …… 구역질이 치밀었다.

'서, 선생님……'

조금 전에 글렌이 중독자의 머리를 쏜 순간.

그가 치명적일 정도로 자신과는 다른 세계로 떠난 듯한…… 그런 기분이 들었다.

그리고 중독자들의 추격을 피해 페지테를 뛰어다닌 두 사람은 이윽고 서쪽의 교외, 구주택지에 도착했다.

이곳은 같은 페지테 서쪽 지역이라고는 해도 신주택지와는 달리 사람이 하나도 없었다.

페지테의 인구 증가 대책과, 구시대에 만들어진 복잡한 건물 배치를 정리하려는 목적으로 가까운 시일 내에 재개발이 예정된 출입 금지 지역이었기 때문이다.

2, 3세대 전의 고풍스러운 건물이 복잡하게 뒤얽힌 길을 따라 늘어선 고스트 타운.

그런 지역의 일각, 이미 물이 마르고 이끼가 낀 분수가 있는 광장에 글렌과 시스티나의 모습이 있었다.

"하아…… 하아…… 아무래도 따돌린 모양이군……. 아니, 유도당한 건가……."

글렌은 거친 숨을 내뱉으며 짜증 섞인 목소리로 중얼거렸다.

레오스의 뒤에서 이 모든 사태를 꾸민 제삼자가 있다는 사실은 명백했다.

하나부터 열까지 화가 치밀었다. 이 흑막은 분명 시스티나를 노리면 글렌이 그녀를 지킬 수밖에 없다는 사실을 알고 이용한 것이다.

"자, 그럼 이제 어떡하면 좋을까……."

아무튼 이 중독자들의 습격 때문에 글렌의 계획은 완전히 파탄 나고 말았다.

하지만 가만히 앉아 쉬고 있을 수는 없었다. 이곳은 위험하다.

어딘가에 몸을 숨겨야만 했다.

"……하얀 고양이, 가자. 여긴 눈에 띄어. 더 안전한 장소를……."

글렌이 고개를 숙인 채 가만히 있는 시스티나에게 손을 내민 순간—

"……읏?! 거, 건드리지 마요!"

시스티나는 몸을 움찔거리더니 글렌에게서 한 걸음 물러났다.

"……아…… 죄, 죄송해……요……."

무의식적인 행동이었던 모양이다. 자신의 행동을 뒤늦게 깨달은 시스티나의 얼굴이 바로 울음을 터트릴 것 같이 후회로 가득한 표정으로 변했다.

"하얀 고양이……?"

　글렌은 처음에는 시스티나가 왜 자신을 피한 건지 이해하지 못했다.

　하지만…… 그녀의 희미하게 떨리는 입술, 어깨, 무릎으로 시선을 내리는 사이에 깨달았다.

"너…… 혹시…… 내가 무서운 거야?"

"……읏!"

　어깨를 움찔거리면서 눈을 질끈 감고 입을 다문 모습이 그 무엇보다 확실한 대답이 되었다.

"그렇, 구나……. 하긴, 그렇겠지……."

　그 순간 왠지 절박하고 사나웠던 글렌의 표정이…… 조금이지만 씁쓸하게 변했다. 그리고 미안하다는 듯이, 슬픈 듯이 시선을 피했다.

"……무섭게 만든…… 모양이구나. 미안하다."

　시스티나는 가슴이 조여드는 것만 같았다.

"……이런, 더럽게 잔인한 마도구와 마술 무기를 써서 싸우는 게…… 마도사였던 시절의…… 내 원래 모습이었어. ……받아들여 달라고 하진 않겠지만…… 조금만 더 참아주면…… 안 될까?"

시스티나는 고개를 숙인 채 침묵했다.

아무 말도 없었다. 아무런 대답도 없었다.

"나는…… 네 편이야. 그것만은…… 믿어줬으면 해……."

하지만, 그래도 글렌은 시스티나에게 등을 돌리며 작은 목소리로 그렇게 말해주었다.

'……난, 저질이야. ……왜 이렇게…… 약한 거냐구! 나란 애는……!'

어딘지 모르게 몹시 작고 약해진 글렌의 등을 바라보며 후회에 잠긴 시스티나는 자신을 저주해서 죽이고 싶어졌다.

알고 있다. 전부 알고 있었다.

글렌이 무엇을 위해 그런 잔인한 방법으로 싸울 수밖에 없었는지.

글렌이 무엇을 위해 시스티나의 눈앞에서 사람을 죽일 수밖에 없었는지.

'전부…… 날…… 지키기 위해서였는데……!'

알고 있으면서. 아주 잘 알고 있으면서도—.

'그런데…… 왜 난 선생님께 아무 말도 해줄 수 없는 거지?! 왜 이 떨림이 멎지 않는 거냐구! 왜!'

그녀는 봤다.

조금 전에 글렌이 중독자의 머리에 총탄을 박아 넣었을 때—.

시스티나의 시야 한구석에 선명히 들어온 그 모습.

아주 잠깐이었지만 처절한 슬픔과 후회로 얼굴을 일그러 트린 글렌의 모습을. 냉철하게 덧씌운 가면 뒤에서 그의 마음이 울부짖은 찰나의 비명을…….

그런데도, 그걸 알고 있으면서도 지금의 글렌이 너무나도 무서워서 견딜 수 없었다.

자신의 한심함에, 꼴사나움에, 소심함에 질려서 눈물까지 나왔다.

'이러면 안 돼, 시스티나……! 용기를 내! 지금 선생님께 아무 말도 못하면…… 난 틀림없이 후회할 거야!'

마지막 용기를 쥐어 짜내서 결심했다. 과다 호흡 증세를 보이는 숨을 억지로 가라앉히고 눈가를 거칠게 닦은 시스티 나는 글렌을 마주 보았다.

"선, 생님……."

"……왜?"

"그, 그게…… 죄송……해, 요…… 저, 저는…….."

하지만 그 순간―.

시스티나의 숨이 멈췄다. 숨을 쉴 수가 없었다.

그 이유는…… 갑자기 글렌이 지금까지와는 비교도 할 수 없는 무서운 표정으로 시스티나의 등 뒤를 날카롭게 노려보 기 시작했기 때문이다.

"아…… 으……."

그 표정을 본 순간, 조막만 한 용기가 산산이 흩어지고 말았다.

짝짝짝…….

그런 시스티나의 속내도 모르고 지금 이 자리의 분위기와 어울리지 않는 박수 소리가 뒤에서 들려왔다.

"이야~, 훌륭해, 글렌. 용케도 그 계집을 끝까지 지켰군. 역시 넌 내가 쓰러트려야만 하는 최고의 적이야. ……당연히 그렇게 나와야지."

즐거운 듯이 호언장담하면서 유유자적한 걸음걸이로 다가오는 그 인물의 정체는—.

"레…… 레오스……?"

모습은 레오스였지만 뭔가가 달랐다. 위화감이 느껴졌다. 말투가 달랐다. 태도도 달랐다.

"……짜증 나는군. 너, 이젠 레오스 흉내를 낼 필요 없지 않냐?"

글렌은 얼어붙을 듯한 차가운 목소리로 거칠게 말했다.

"냉큼 그 변신을 풀고 정체를 드러내시지. 슬슬 이 바보 같은 소동을 끝내자."

"어라? 역시 넌 내 정체를 눈치챘나 보군."

"이렇게까지 뻔한 힌트를 줬으니…… 아니, 넌 처음부터 숨길 생각이 없었잖아?"

글렌은 혀를 차면서 말했다.

상황을 파악하지 못한 시스티나는 글렌과 레오스의 얼굴을 번갈아 보면서 몸을 떨기만 했다.

　"레오스 자식도, 하얀 고양이도, 그 누구도 이득을 보지 않는 이 상황. 내 편은 아무도 존재하지 않는, 우연치고는 지나친 이 상황. 로스트 미스틱이 된 『엔젤 더스트』. 그걸 쓴 어떤 망할 자식이 약 1년 전에 일으킨 사건의 재현. 게다가 정중하게 세라의 대역까지 세우는 철저함. 그리고…… 그 툴파."

　레오스를 가장한 누군가가 씨익 웃었다.

　"지금 돌이켜 보면 그 툴파를 본 시점에서 눈치챘어야 했어. ……『엔젤 더스트』, 툴파 소환술……. 둘 다 금주에 가까운 초고등 연금술이지만…… 난 그 두 가지를 전부 극한까지 익힌 어떤 망할 자식을 알고 있었을 텐데! 그 망할 자식이 뒤에서 조종한 게 아니라면 이런 우연이 계속될 리 없건만! 아직도 믿기지 않지만…… 만약 그렇다면…… 이 웃기지도 않는 상황이 전부 납득이 가!"

　"그, 그게…… 무슨…… 뜻이에요?"

　시스티나는 떨리는 목소리로 물었다.

　"이 일련의 사건은…… 하늘의 지혜연구회가 벌인 짓도, 루미아를 노린 것도, 물론 널 노린 것도 아니었어……. 목표는…… 나다. 처음부터…… 나 하나만을 노렸던 거야."

　"……예?"

　"내 말이 틀려? 1년 전 엔젤 더스트를 써서 제국 정부의 요인과 군의 고위 마도사들을 닥치는 대로 죽여 댄 최악의 사건을 일으킨 수괴…… 전 제국 궁정 마도사단 특무분실 소속 집행관 넘버 11《정의》저티스 로우판!"

그리고 레오스를 가장한 남자가 손가락을 튕기자 변신 마술이 해제되었다.

수면에 파문이 일렁이는 것처럼 레오스의 모습이 사라지고 전혀 다른 청년이 글렌과 시스티나 앞에 모습을 드러냈다.

챙이 넓은 모자를 깊게 눌러쓴 청년이었다. 리본 타이와 장갑과 프록코트를 입었고 글렌과 거의 체격이 비슷한, 눈에 익은 모습.

다름 아닌 레오스의 마차를 몰던 마부였다.

그리고 청년은 모자를 벗었다.

처음으로 드러난 용모. 날카로운 눈과 머리카락은 전부 회색. 창백한 피부. 그럭저럭 단정하지만 레오스와 달리 냉혹함과 차가움이 짙게 느껴지는 공격적인 미모의 얼굴

"……정답이야."

정체를 드러낸 청년, 저티스는 서늘하게 웃으면서 말했다.

"오랜만이야, 글렌. 이렇게 너와 다시 대치하는 이날을 내가 얼마나 기다려 왔는지…… 넌 분명 모르겠지."

누구지?

레오스는 대체 어디로 갔지?

그런 의문보다도 먼저…….

위험하다고—.

관여해서는 안 된다고—.

저티스를 처음 본 순간 시스티나는 그렇게 직감했다.

얼어붙을 듯한 눈이 병적인 광기로 번들거리며 빛나고 있는데도 그의 태도는 마치 오랜 미혹에서 해방된 것처럼 차분했다. 마치 깨달음을 얻은 성자 같은 고요함. 제정신을 유지한 채로 미친 듯한…… 그런 일그러진 분위기가 시스티나의 불안감을 한없이 증폭시켰다.

"저티스으으으으으으으으으으으으!"

한편, 저티스의 모습을 보고 한순간 방심했던 글렌은 제정신을 차리자마자 울부짖었다.

"너! 어떻게 살아 있는 거냐! 넌 그때 내가 분명히 죽였을 텐데! 어떻게! 대체 어떻게 무덤에서 기어 나온 거지?!"

"흥, 그런 건 아무래도 상관없잖아? 중요한 건 이 몸, 저티스 로우판이 아직 건재하다는 것뿐이지. 사실……."

저티스는 글렌을 비웃는 것처럼 입가를 일그러트렸다.

"너에게는 그 『의문』이 중요하다는 것도 알아. 아무튼 이 순간, 세라의 죽음이 개죽음으로 확정됐을 테니까……."

"이 자식……!"

글렌은 당장에라도 저티스에게 달려들고 싶은 충동을 필사적으로 억눌렀다.

"……어? 뭐예요? 어떻게 된 거죠? 저 사람은 누구? 레오스는 어디로……."

"전부 저 망할 자식이 꾸민 일이었어."

동요해서 완전히 혼란에 빠진 시스티나에게 글렌은 짜증이 가득 찬 목소리로 대답했다.

"레오스가 학교에 와서 너한테 작업을 걸고 내가 싸움을 걸게 된 결투 소동. 옥신각신한 끝에 내가 결혼식장에서 널 납치한 후, 이렇게 아무도 방해할 수 없는 장소로 오도록 유도한 건…… 전부 이 망할 자식의 책략…… 계획대로였던 셈이지."

"예?! 뭐예요 그게?! 그, 그건 말도 안 돼요! 다른 사람이 그렇게 자기 생각대로 움직일 리가 없잖아요!"

"그래, 보통은 그렇겠지. 하지만 저 망할 자식은 달라."

글렌은 이를 악물었다.

"저 녀석은 사태에 관여한 인간들의 행동 패턴을 완전히 분석하고 계산해서, 예지에 가까운 예측을 하는 게 가능해. ……그리고 그 빌어먹을 예측 능력을 기반으로 우리의 온갖 행동에 대응하는 몇백 가지 패턴의 시나리오를 쓸 수 있지. ……우리는 그 몇백 가지나 되는 시나리오 중 하나를 따라서 움직인 것에 불과했던 거야."

"그, 그런 일이……."

"……가능한 게 저 망할 자식이라고! 분명 아직도 밝혀지지 않은 저 자식의 오리지널과 관계가 있을 테지만……."

글렌이 타오르는 눈으로 저티스를 노려보자 그는 미소로 대답했다. 마치 친한 친구에게 아낌없는 찬사를 받은 것처럼……

"잠깐만요……. 그, 그럼 결국 레오스는 어떻게 된 거죠?"

"그는 죽었어."

대답한 건 저티스였다. 명백히 평범하지 않은 내용이었는데도 그의 목소리는 마치 어제 먹은 음식에 관해 말하는 것처럼 평범했다.

"『엔젤 더스트』를 투여한 시점에서 인간으로서는 죽은 거나 다름없었지만…… 얼마 전에 생물학적으로도 완전히 사망했어. ……『엔젤 더스트』의 금단 증상으로 말이지. 딱 마도병단전이 끝난 후에."

"거짓말……. 그, 그럼 요 며칠간 내가 지금까지 레오스라고 생각했던 사람은……."

시스티나의 물음에 저티스는 어깨를 으쓱이며 미소로 대답했다.

"『엔젤 더스트』의 편리한 점은 말이지, 분량과 투여 방법을 조절하면 그 인간의 인격을 그대로 유지한 채로 조종할 수 있다는 거야. 덕분에 그는 내 계획대로 움직여줬어. …… 그에게는 아무리 감사해도 부족할 정도였지."

"아……."

그 순간 시스티나의 시야가 엉망진창으로 일그러졌다.

무릎에 힘이 풀려서 주저앉으려는 그녀의 몸을 글렌이 반사적으로 부축했다.

"이렇게 네 모습을 봐도 아직 살아 있다는 게 실감이 안 가는데…… 뭐, 아무럼 어때. 다시 무덤에 처박아주면 될 뿐이겠지."

글렌은 손을 뒤로 돌려서 벨트에 꽂은 권총의 공이를 몰래 당겼다.

"그것보다 설명해. 너…… 대체 목적이 뭐지? 이런 번거로운 방법으로 하얀 고양이를 끌어들이고, 날 함정에 빠트리고……."

"……."

"약으로 조종한 레오스를 보내서 나한테 싸움을 걸고, 내가 하얀 고양이를 납치해야만 하는 상황을 조성하고, 나를 고립무원 상태로 몰아넣고, 이런 장소까지 끌어내서…… 대체 뭘 하고 싶은 거냐?"

"……."

"아, 그렇군. 복수냐? 그렇겠지. 확실히 널 한 번 죽인 건 바로 나니까. 좋아. 완전히 적반하장인 셈이지만 마침 잘됐군. 네가 나에게 복수하겠다면……."

그 순간이었다.

"……복수? 복수라고……?!"

바로 조금 전까지 여유로웠던 저티스의 표정이 갑자기 눈썹을 일그러트리며 돌변했다.

"웃기지 마! 날 모욕할 셈이냐, 글렌……!"

그 무시무시한 표정에 기겁한 시스티나는 작게 신음을 흘리며 뒷걸음질 쳤다.

그거다. 그때와 똑같았다.

레오스를 하늘의 지혜연구회 관계자라고 의심했을 때와 같은 눈이었다.

"이 내가, 그런 저열하고 무의미하고 시시하고 비생산적인 짓을 할 리가 없잖아!"

"하! ……그럼 왜 일부러 이런 번거로운 짓을 저지른 건데?"

경멸하듯 혀를 찬 글렌에게 다시 온화한 표정으로 돌아온 저티스가 대답했다.

"정의를 위해서다."

"……뭐?"

글렌은 자기도 모르게 입을 떡 벌릴 수밖에 없었다.

"그런데 글렌…… 내가 왜 1년 전에 그런 사건을 벌였는지 알아?"

저티스는 이야기를 전혀 못 따라가는 글렌을 방치하고 자랑스러운 듯이 말했다.

"정의를 위해서였어."

"뭐지? 이 녀석……"

기가 막혀서 말은 안 나왔지만, 글렌과 시스티나의 얼굴에는 그렇게 적혀 있었다.

저티스는 그런 두 사람은 개의치 않고 마치 오페라 배우처럼 독백을 계속했다.

"넌 모를 테지만 이 제국은…… 멸망해야만 해. 이 제국은 어떤 사악한 의사로 만들어진 마국(魔國)이야. 이 세상에 존재해서는 안 될 나라야. 어느 날 나는 알게 됐어. ……이 세계의 진실을."

마치 연기하는 것처럼 과장스러운 몸짓과 손짓을 섞어 가며 계속 말했다.

"진정한 악이 무엇인지…… 알게 된 이상 못 본 척하는 건 위선이야. ……그렇지 않아? 그런 건 내 정의가 허락할 수 없어."

저티스는 왼손을 가슴에 대고 오른손을 크게 휘둘렀다.

"……."

"그래서 나는 1년 전에 정의를 집행했어. 이 나라를 치켜세우고 편드는 위선자들을 닥치는 대로 처리하기로 했지. 머지않아 이 나라를 내부에서 멸망시키기 위해. 뭐, 언 발에 오줌 누기지만…… 선행이라는 건 먼저 자신이 할 수 있는 일부터 시작해야 하는 법이니까. ……내 말이 틀려?"

"……."

"하지만 그런 내 앞을 막아선 게 너였어. 그리고…… 내 정의는 네 정의에 패배하고 말았지! 내 완벽한 예측조차 능가하며 넌 승리하고야 말았어!"

갈등하듯 주먹을 쥔 저티스는 하늘을 향해 소리 높여 외쳤다.

"내 정의는 고작 이런 거였나? 진정한 악을 알고, 올바를 정의를 자각하고, 정의를 위해 내 영혼을 바치겠노라 맹세했었는데……! 아무것도 모르는 네 《광대》의 정의에 패배할 수준밖에 되지 않았나?! 절대로 그럴 리 없어……!"

저티스는 날카로운 손짓과 가벼운 발걸음으로 작게 원을 그리듯 걸었다.

"……"

"그런고로 글렌. 이건 『복수』가 아니야. 너에 대한 『도전』이지."

그리고 코트를 크게 펄럭이며 다시 글렌을 돌아보았다.

"내 정의와 네 정의, 어느 쪽이 위인지…… 그때의 내 패배가 뭔가의 착오였다는 것을…… 오늘 너와 싸워서 증명하겠어. 내 정의야말로 진심 어린 진실이라는 사실을 증명하겠다."

"……"

"그래! 난 너를 타도하고…… 진정한 『정의의 마법사』가 되는 거야!"

……침묵. 당혹. 정적.

"……너, 완전히 맛이 갔구나?"

그리고 글렌은 부글부글 끓어오르는 모멸과 격정을 담아서 신음을 흘렸다.

"분명 너에게는 그렇게 보이겠지. ……어디까지나 이 나라의『진실』을 모르는 네 안에서만."

저티스는 어깨를 으쓱이며 여유 있는 미소로 대답했다.

"……그럼 뭐야? 레오스…… 맘에 안 드는 자식이기는 했지만, 죽어도 될 녀석은 아니었어. 그런 녀석을 마약(魔藥) 중독자로 만들어서 죽이는 게 정의라고?"

"그래, 정의야."

저티스의 말투에는 확고한 자신감이 가득했다.

"머지않아 이 세상 모든 것을 구원할, 진정한『정의의 마법사』가 될 나의 확고한『정의』를 증명하는 초석이 된 거니까. 가엾지만…… 필요한 희생이었어. 주님께서는 틀림없이 하늘나라에서 그의 공적을 기려주시겠지."

"우리를 습격한 중독자…… 그들은 아무 죄도 없고 관계도 없는 일반 시민이었을 터. 그런 사람들을 마약 중독자로 만들어서 이용하는 게 정의라고?"

"그래, 정의야."

저티스는 자신의 말을 눈곱만큼도 의심하지 않는 말투였다.

"가령, 아무리 죄 많고 피에 물든 길이라도 도착한 너머에 이상이 존재한다면 그건 올바른 길이야. 안 그래?"

망설임 없이 단언하는 저티스의 미소는 한없이 명랑하고 단호했다.

"······우리 사정과는 아무런 관계도 없는 하얀 고양이를 노리게 한 것도······!"

"그래, 정의야."

"너······ 뚫린 입이라고 잘도······!"

"실제로 그 덕분에 너는 마도사로서 복귀하는 게 빨라졌잖아? 이건 신성한 의식······ 미적지근한 세계에서 약해진 너를 쓰러트려 봤자 의미가 없어. 그 시절의, 날카롭게 벼려진 나이프 같았던 너를 쓰러트려야만 의미가 있는 거야······."

그리고 저티스는 어깨를 떨면서 웃기 시작했다.

"세라를 닮은 그녀^{시스티나}······. 분명 너도 그날의 일이 떠올랐겠지? 그녀를 지키기 위해 필사적으로 과거의 감각을 되찾으려고 했겠지? 아무튼 난 세라가 죽은 그날의 상황을 똑같이 재현했으니까! 너라면 반드시 필사적이 될 거라고 믿고서! 홋······ 후후····· 으하하하하하하하하!"

"고작 그거였어?! 고작 그런 목적으로······ 이 웃기지도 않은 연극을 처음부터 꾸몄다는 거야?! 단지 마도사인 나와 싸우기 위해······ 관계없는 사람들을, 주위를 말려들게 하면서까지!"

"그래. 이것도 전부…… 정의를 위해서야!"

"그딴 정의가 세상천지에 어딨냐고!"

"아니, 이것이야말로 정의다!"

글렌이 포효하자 저티스는 낭랑하게 외쳤다.

"글렌, 너에게는 말해주마! 나는 이 나라와 세계의 진실을 아는 것과 동시에…… 세계의 모든 섭리를 지배하는 힘의 존재도 알게 됐어! ……그래! 『금기교전(禁忌敎典)』을!"

"뭐, 라고?!"

"하지만 그건 완전히 인지를 초월한 힘이야! 인간이 손에 넣어도 될 힘이 아니었어! 그래서 자격이 필요한 거다! ……그것과 접촉해도 되는 건 절대적으로 올바른 인간뿐! 만약 사악한 자들의 손에 넘어간다면 이 세계는 멸망하고 말겠지!"

"그딴 힘은……."

"그래, 맞아! 생각할 것도 없지! 아마 너도 지금 같은 생각을 하겠지만, 내가 제어해야만 하는 힘이야! 그 힘은!"

"……."

"하지만 나는 스스로에게 물어볼 수밖에 없었어. ……과연 지금의 나에게 정말 그 자격이 있겠느냐고."

"……."

"아무튼 내 정의는 한 번 네 정의에게 패배했어. 그런 내가 『아카식 레코드』를 손에 넣을 자격이 있을까? 아니, 결단코 아니야! 세계가 인정해도 내가 인정 못해!"

"……."

"그래서! 나는 널 타도하는 것으로 자신의 확고한 순백의 정의를 증명해서 『아카식 레코드』를 손에 넣을 자격을 획득하겠어! 그리고 그 힘으로 『정의의 마법사』가 돼서 이 사악한 나라를 멸망시키고, 하늘의 지혜연구회를 무너트려서 세계에 진정한 평화를 가져올 거다!"

"……."

"알겠어? 글렌! 이 세계의 악을 진정한 『절대 정의』인 내 손으로 심판하고 멸살하는 거야! 이 내가 존재하는 한, 이 세계에 『악』이라는 존재는 발붙이지 못해! 새하얗게 표백시켜주마! 몰살이다!"

그리고 저티스는 성스러움조차 느껴지는 힘찬 눈으로 글렌을 똑바로 응시하고 당당히 선언했다.

"이게 정의가 아니라면…… 뭐가 정의겠냐고!"

돌았다. 정신이 나갔다. 미쳤다. 머리가 이상하다. 망가졌다. ……저티스를 한마디로 표현하면 결국 그거였다. 그것밖에 없었다.

하지만 그 이상으로…… 두려웠다.

저티스가 광인(狂人)이라는 사실은 이미 의심의 여지가 없었다. 보통 사람이 전혀 이해할 수 없는 경지에서 살아가는 『엇나간』 인간. 이것이 광인이 아니라면 대체 누가 광인이겠는가.

그런 보통 사람을 아득히 뛰어넘는 지성과 힘을 가진 광인이, 나름의 정의와 신념을 관철하기 위해 명확한 목적의식과 치밀한 계획성을 가지고 의미 불명의 목표를 향해 똑바로 전진하고 있는 것이다. 하물며 자신이 가장 사악한 악이라는 사실조차 깨닫지 못한 채……

이 저티스라는 남자는 구원할 도리가 없는 광인인 동시에, 일종의 성자에 가까운 궁극의 구도자이기도 했다. 그런 만큼 자신의 행동에는 일말의 망설임도 없었다.

이보다 두려운 존재가 세상에 또 있을까? ……아니, 없다.

"……아…… 아…… 아…… 아아아……!"

두려웠다. 두려웠다. 두려웠다.

시스티나는 저티스를 보고 참을 수 없는 오한을 느꼈다.

단순히 공포만 놓고 본다면 전에 시스티나가 조우했던 외도(外道) 마술사…… 레이크와 진 따위는 비교조차 되지 않았다. 그들의 목적은 누구나 가지고 있는 욕망의 연장선…… 요컨대 아직 이해할 수 있는 영역에 존재했다.

하지만 이 저티스라는 남자의 목적은 보통 사람이 도저히 이해할 수 없는 영역에 있었다. 이해할 수 없는 존재를 앞에 둔 인간이 품는 원초적인 공포가 시스티나의 마음을 산산이 무너트렸다.

"……하얀 고양이, 미안하다."

그 순간 갑자기 글렌이 사과의 말을 입에 담았다.

"······선, 생님······?"

시스티나는 글렌을 돌아보았다.

역시 소름이 끼칠 듯한 차갑고 어두운 눈은 어딘지 모르게 슬퍼 보였다.

"······완전히 말려들게 했구나. 설마······ 이런 형태로 과거와 마주하게 될 줄은······ 옛 과오가 돌아올 줄은······ 빌어먹을······."

"······으?!"

힘없이 중얼거린 그 말을 들은 시스티나는 불길한 예감에 휩싸였다.

위험하다.

뭔가가 위험하다.

지금의 글렌은 뭔가 위태로웠다.

"하얀 고양이, 여기서 도망쳐라."

"······예?"

"저 프리텀 루피(loopy)의 목적은 나다. 이렇게 된 이상 저놈은 나밖에 안중에 없을 테니까. ······내 말이 맞지?"

"그럼, 물론이지."

글렌이 물어보자 저티스는 아주 당연하다는 듯 대답했다.

"오히려 한시라도 빨리 우리 앞에서 사라져주면 좋겠군, 시스티나. 이제 네 역할은 끝났어. ······나와 글렌의 싸움을 방해한다면······ 죽여주마."

"히익?!"

저티스의 얼음장 같은 시선을 받은 시스티나는 다시 몸을 떨었다.

"뭐, 고맙다고는 해 둘게. 세라와 판박이인 네 덕분에…… 이렇게 글렌이 『돌아와』 줬으니까. ……네가 없었다면 이 계획은 성립하지 못했을 거야."

"하얀 고양이, 어서 가! 이제 여긴 네가 있어도 될 세계가 아니야! 자신의 욕망을 관철하기 위해 힘으로 타인을 배제하는…… 자기 정의로 완결된 세계. 진정한 마술사의 세계다!"

마술로 세계의 법칙을 왜곡하면서까지 자신의 욕망을 실현하는 것. 마술사의 본질이란 결국 그런 것이다. 그 이상도 그 이하도 아니었다.

이기적인 억지를 힘으로 관철해서 실현하는 자야말로 원초적인 의미의 마술사다.

그런 의미로는 저티스야말로 진정한 마술사라 할 수 있으리라.

돌연히 나타난 마술사의 냉혹한 현실과 마주한 시스티나의 이성은 거의 붕괴 직전까지 몰렸다.

"으~!"

그리고 글렌의 일갈에 등을 떠밀리듯 몸을 돌리고 토끼처럼 도망쳤다.

"……잘 지내라."

마지막으로 작게 중얼거린 글렌은 다시 저티스를 마주 보았다.

"자, 그럼 싸워볼까."

허리를 살짝 낮춘 자세.

"그래, 시작하자."

저티스는 장갑을 낀 양손을 눈앞에서 교차시켰다.

"내 정의와 네 정의, 어느 쪽이 위인지……."

"시끄러, 난 알 바 아니라고. ……그래도 넌 죽인다. 세라의 복수다."

"……그렇게 나와야지."

황혼의 색으로 타오르는 광장. 길게 뻗은 두 그림자.

"문득 옛 마술사의 격언이 떠올랐어. ……「바라는 게 있거든 타인의 소망을 불에 지펴라」 ……너도 어엿한 마술사였던 셈이지."

"……."

대치한 두 사람 사이를 희미한 밤공기를 머금은 바람이 스쳐 지나가고, 터질 듯한 긴장감이 한없이 고조되었다.

그리고 그 긴장감이 한계에 도달한 순간.

"".......!""

글렌이 맹렬한 속도로 총을 뽑아 겨누었고 저티스는 용수철처럼 양손을 휘둘렀다.

…….

……그곳에는 과거에 존재했던 올바른 마술사들의 모습이 있었다.

자신의 욕망을 위해 자신의 모든 것을 건 마술사의 싸움이 바로 여기에 존재했다.

"글렌!"

눈앞을 가로지르듯 질주하는 글렌을 향해 저티스는 손을 들어 올렸다.

장갑에서 흩뿌려지는 연금술 시약, 파라 에테리온 파우더.

그것이 저티스의 심층 의식에 잠든 마신을 현실에 투영하고 구현했다.

다음 순간 저티스의 등 뒤에 나타난 것은 툴파 【그녀의^{허스} 왼손_{레프트}】.

『황금의 검을 쥔 왼손』이라는 기묘한 모습의 정령은 어딘지 모르게 모독적이고 불쾌했다.

저티스의 뒤에 나타난 수많은 왼손은 일제히 검을 세워 들더니 글렌을 향해 종횡무진 쇄도했다.

"치잇!"

글렌은 달리면서 오른손으로 방아쇠를 당기고 왼손으로는 공이를 연속으로 당겼다.

총성, 총성, 총성, 총성. ―전 탄 발사.

날아간 총탄은 공간을 가르며 날아오는 【허스 레프트】를 잇따라 격추했다.

저티스의 환상들은 마치 유리가 깨지는 듯한 소리를 내며 산산이 파괴되었다.

하지만 글렌은 거들떠보지도 않고 바닥을 박차더니 그대로 골목을 향해 몸을 날렸다.

재빨리 바닥을 구르며 일어나 벽에 등을 붙이는 동시에 물 흐르는 듯한 손놀림으로 권총의 탄창을 교환했다.

먼저 총 옆에 있는 핀을 뽑아서 프레임과 총신을 분리했다. 총알을 다 쓴 실린더를 떨어트리고 왼손에 미리 들고 있던 장전이 완료된 예비 실린더를 프레임에 꽂은 후, 그대로 다시 총신을 프레임과 결합하면서 핀을 찔러 넣었다.

"숨어도 소용없어!"

저티스가 팔을 휘둘러 새로운 툴파【그녀의 분노】를 소환했다.

이번에도 『한 쌍의 날개가 달린 포도』라는 기묘한 모습을 한 정령이 글렌이 숨은 골목으로 날아가 대폭발을 일으켰다.

폭력적인 열파와 폭풍이 단숨에 골목을 가득 메웠다.

마그마처럼 농밀한 불꽃. 단숨에 작열 지옥으로 변모한 골목길.

여기에 말려들었다면 단숨에 재도 남기지 않고 깨끗하게 타 죽었으리라.

하지만 글렌은 이런 상황을 예측하고 영창한 흑마【그래

비티 컨트롤]로 중력을 조작해서 하늘 높이 도약했다.

그리고 경쾌한 소리를 내며 벽을 좌우로 박차고 건물 위로 올라갔다.

가까이에 있던 낡은 종탑 꼭대기에 도착하는 동시에 아래에 있는 저티스에게 총격을 퍼부었다.

총성.

황혼을 날카롭게 가로지르는 탄환.

"훙!"

저티스가 팔을 휘두르자 바로 천칭을 든 오른손, 툴파 【그녀의 오른손】이 눈앞에 나타났다.
_{허스 라이트}

글렌이 쏜 총알은 그 오른손이 든 천칭에 닿기 직전, 보이지 않는 힘의 영향을 받아 부자연스러운 방향으로 휘어 버렸다.

동시에 저티스의 뒤에 거대한 처형인의 검을 든 천사가 나타나더니 날개를 펼치고 머리 위의 글렌을 향해 맹렬한 속도로 날아갔다.

툴파 【그녀의 사도·참형(斬刑)】.
_{허스 엔젤}

날개가 일으킨 선풍이 지상에서 하늘로 솟구쳤다.

"칫!"

눈 깜짝할 사이에 글렌의 머리 위로 도달한 천사는 기계적으로 인정사정없이 검을 휘둘렀다.

고작 한 호흡 만에 펼쳐진 수많은 검풍이 글렌의 몸을 덮쳤다.

"제기랄!"

글렌은 순간적으로 지붕을 박차고 종탑에서 뛰어내렸다.

다음 순간 참격의 여파에 노출된 종탑 꼭대기가 산산이 무너졌다.

역할을 마친 천사는 바로 소멸했다.

"아직 멀었어!"

하지만 저티스는 즉시 팔을 휘둘렀다.

장갑에서 흘러나오는 빛나는 가루.

툴파 【허스 엔젤·총형(銃刑)】.

저티스를 감싸듯 출현한 머스킷을 든 여섯 명의 천사가 글렌을 향해 총구를 겨누고 일제히 사격했다.

글렌에게 쇄도하는 수많은 총알.

공중에 있는 글렌에게는 피할 방법이 없었다.

"《백은의 빙랑(氷狼)이여·—》."

하지만 추락하는 글렌은 주문을 영창하면서 품속에서 꺼낸 스크롤을 눈앞에 펼쳤다.

그러자 스크롤 표면에 새겨진 룬 문자가 붉게 타오르더니 글렌의 눈앞에 육각형의 마력 장벽을 전개해서 총격을 막아냈다.

효력을 잃고 재로 변하는 스크롤을 버린 글렌은 주문 영창을 마지막까지 완성했다.

"《눈보라를 두르고·질주하라》!"

세찬 소리를 내며 휘몰아치는 냉기 폭풍.

대량의 얼음 조각과 눈보라가 저티스를 향해 머리 위에서 쏟아졌다.

"역시, 제법이야."

저티스는 왼손과 오른손의 주먹을 성냥처럼 마찰시켰다.

흩어지는 빛나는 가루.

그리고 현현한 것은 온몸에 불꽃을 두른 천사의 모습이었다.

툴파 【허스 엔젤·화형(火刑)】.

저티스의 앞으로 나선 불꽃의 천사가 불꽃으로 이루어진 날개를 펄럭임과 동시에 발생한 불꽃 폭풍이 글렌이 날린 눈보라를 상쇄했다.

불꽃과 눈보라로 가로막힌 저티스의 시야 한구석에서 뭔가가 반짝였다.

"후훗…… 여전히 빈틈이 없군."

크게 호선을 그리며 고속으로 날아온 그것을 저티스는 검지와 중지로 잡아서 막았다.

글렌이 던진 필중의 룬을 새긴 바늘이었다. 얼음 조각 사이에 숨겨 뒀던 것이다.

기쁘게 웃은 저티스는 그 바늘을 버리고 달리기 시작했다.

그 뒤를 따르듯 바닥에 착지한 글렌도 바로 달리기 시작했다.

저티스는 소환한 천사의 어깨에 한 손을 얹고 근처에 있는 건물의 지붕 위로 날아올랐다.

글렌도 마술로 중력을 조작해서 근처에 있는 건물의 지붕 위에 착지했다.

두 사람은 서로 일정한 간격을 벌린 채 지붕 위를 넘나들며 달렸다.

기복이 심한 탓에 발밑이 불안정한 것도 개의치 않고 멋진 몸놀림으로 이리저리 뛰어다녔다.

"하하하하하하하! 역시 그래야지! 역시 넌 그래야만 해!"

저티스는 지붕과 지붕 사이를 뛰어넘으면서 외쳤다.

"너보다 강한 마술사는 빗자루로 쓸어 담을 정도로 많아! 하지만 너뿐이야! 그렇게 약한 주제에…… 치졸한 마술로도…… 자신의 정의를 관철하고 계속 승리해 온 마술사는!"

지붕 위를 질주하는 저티스는 환희에 잠긴 미소를 지으면서 다시 도약했다.

"강한 마술사가 자신의 정의를 관철하는 건 당연해! 그것이야말로 마술사의 섭리니까! 하지만 넌 달라! 너만이 달랐어! 난 너만은 존경한다! 나라는 인간이 보여줄 수 있는 최대의 경의를 담아서!"

그리고 장갑에서 바람을 타고 파라 에테리온 파우더가 흘러내렸다.

"넌 백 번 싸워서 구십구 번 지는 싸움이라도 남은 한 번은 반드시 첫 승리를 거두는 자! 마술이라 부르기에는 너무나도 치졸한 속임수로도 승리를 거두고 말지! 승리를 통해 자신의 정의를 끝까지 관철한단 말이다!"

글렌은 저티스의 망언을 흘려들으며 첨탑을 박차고 전진했다.

"이건 굉장한 일이야! 기적이라고 해도 좋아! 힘이야말로 정의라는 마술사의 섭리를 뒤엎는 규격 외의 위업이라고!"

다시 저티스의 뒤에 【허스 레프트】가 소환되었다.

"자랑스러워해도 좋아! 글렌! 네 정의는 역시 뭔가 영문을 알 수 없는 거대한 의지의 보호를 받고 있어! 만약 이 세계에 선택받은 인간이 존재한다면…… 난 너야말로 그 선택받은 인간이라고 믿는다!"

그 【허스 레프트】가 든 황금의 검이 불길한 빛을 발했다.

"그러니 네 정의를 내 정의로 타도하면, 내 정의는 더 높은 곳으로 오를 수 있을 거야! 이건 너밖에 할 수 없는 일이라고!"

"쫑알쫑알 시끄러워!"

글렌은 비스듬한 지붕을 빠르게 미끄러지다가 난간을 박차고 다음 건물의 지붕 위로 도약했다.

그리고 공중에서 총을 들고 나란히 달리는 저티스를 향해 감정이 따르는 대로 패닝(Fanning)했다.

"좀 닥치고 싸우라고!"

연속으로 포효하는 총구. 깜박이는 머즐 플래시.

난사한 총알이 저티스를 향해 쇄도하자 【허스 레프트】가 움직였다.

단숨에 휘두른 여섯 개의 검이 날아온 총알을 모조리 베어버렸다.

그러자 사방팔방으로 거칠게 퍼진 압도적인 검압이 주위의 건물들을 두부처럼 가르고 무너트렸다.

명령을 받고 반자동으로 움직이는 『천사』들과 달리 『그녀』를 움직이는 건 저티스 자신이었다. 그러므로 이건 저티스 본인의 탁월한 검술 솜씨라고도 볼 수 있었다.

"대체 누가 정의라는 건데?! 내가 대체 얼마나 많은 사람을 구하지 못했―."

"뭐? 너는 바보냐? 중요한 건 『악을 해치웠다』는 결과뿐이라고! 그것이야말로 확고한 정의잖아!"

도약한 저티스는 건물 벽을 박차고 뛰어올라서 다시 전진했다.

그 뒤를 쫓듯 글렌도 굴뚝을 박차고 다음 지붕 위에 착지한 후 다시 질주했다.

"그 정의 앞에서 과정 따윈 아무래도 상관없어! 다소의 희생 따윈 관계없다고! 이상을 이루면 모든 것이 용서돼! ……

그러니까 넌 틀림없는 정의야! 이 내가 인정한 정의다! 절망적인 적을 상대로 계속 승리를 거둠으로써 넌 그 사실을 증명했어!"

"웃기고 자빠졌네……. 넌 역시 뒈져라!"

"그래, 그러면 돼! 더 진심을 보여 봐! 글렌! 온 힘을 다한 널 쓰러트려야 의미가 있으니까!"

저티스는 팔을 크게 휘둘렀다.

그러자 【허스 레프트】가 높이 들어 올린 검을 섬전처럼 휘둘렀다.

동시에 발생한 거대한 진공파.

수직으로 발생한 거대한 검압이 저티스와 나란히 달리는 글렌을 노리고 날카롭고 흉악하게 날아들었다.

검의 간격을 초월하며 끝없이 일직선으로 날아간 그 검압은 재개발 지역을 말 그대로 반으로 『쪼개』 버렸다.

땅울림과, 무너지는 건물의 비명과, 뭉게뭉게 피어오르는 분진이 뒤섞인 대재앙을 초래하고 말았다.

"치잇?!"

순간적으로 건물에서 뛰어내린 글렌은 간신히 화를 면했다.

그런 글렌을 노린 여섯 명의 【허스 엔젤·총형】이 머스킷을 겨누고 하늘에서 급강하했다.

"꺼져! 이 망할 엉터리 천사 놈들아!"

품속에서 꺼낸 폭정석을 바닥에 긁어서 봉폭의 룬을 지

우고 천사들에게 투척.

천사 하나가 날아오른 폭정석을 머스킷으로 명중시킨 순간— 엄청난 폭음이 대기와 땅을 뒤흔들었다.

폭발에 그대로 휩쓸린 천사들은 산산이 부서져서 소멸했다.

"하하하하하하하하하하! 글렌—!"

왼팔로 눈을 지킨 글렌의 눈앞에 뻗은, 폭이 넓은 길 건너편 약 50미터라 지점에서 완벽하게 착지한 저티스가 맹렬하게 이쪽으로 달려왔다.

그리고 팔을 위아래와 좌우로 복잡하게 휘둘러서 왼쪽에 【허스 레프트】를, 오른쪽에 【허스 라이트】를 소환했다.

그의 표정을 지배한 것은 선망과, 환희와, 광기.

현란하게 빛나는 눈이 글렌을, 글렌만을 쳐다보았다.

"저티스으으으으으으으으으으으으!"

그 모습을 직시한 것만으로도 소름이 돋은 글렌은 영혼이 찢어질 듯한 절규를 내질렀다.

그의 표정을 지배한 것은 분노와, 격앙과, 살의.

번뜩이며 타오르는 눈이 저티스를, 저티스만을 응시했다.

그리고 글렌은 손은 재빠르고 정확하며 매끄럽게 움직였다.

단숨에 교체된 총의 실린더.

떨어진 빈 실린더가 바닥을 두드려서 소리를 내는 것보다 빨랐다.

지금까지 계속된 중독자와의 전투가, 저티스와의 사투가

마도사로서의 경지를 급속도로 회복시켰다.

글렌이 달려오는 저티스를 향해 공이를 당기며 권총을 겨눈 순간, 난무하는 툴파와 포효하는 총성이 교차했다.

전투는 한없이 과열되었다.

어두운 뒷골목에서 메아리치는 발소리, 불꽃처럼 뜨거운 숨결.

마치 무서운 괴물에게서 달아나는 것처럼…….

때때로 헛디디는 발이 규칙적으로 땅을 박차는 소리에 불협화음을 만들었다.

"하아……! 하아, 하아……! 하아……!"

멀리서 들려오는 전투음에 귀를 막으면서…… 시스티나는 달렸다.

하지만 곧 한계까지 혹사시킨 다리가 비명을 지르며 미끄러졌다.

"아읏?!"

시스티나가 성대하게 넘어졌다.

아름다운 웨딩드레스는 군데군데 더러워지고 찢어져 있었다.

그 통증 덕분에 문득 제정신을 차렸다.

"하아……! 하아……! ……그래도, 어쩔 수 없잖아!"

누구에게 하는 변명일까.

시스티나는 바닥에 몸을 엎드린 채 울먹이는 목소리로 외쳤다.

"선생님이 가라고 했는걸……. 그리고 나 같은 게 진짜 마술사끼리 싸우는 전장에 있으면 방해가 될 테고……. 그러니까……! 그러니까……!"

시스티나는 영리했다.

자신은 방해가 될 테니까.

……확실히 그건 사실이었다. 의심의 여지가 없는 사실이었다.

하지만 동시에 현명했다.

사실이지만 거짓말이기도 하다는 것을 알고 있었다.

"……괜찮아. 선생님은 저런 녀석에게 지지 않아. ……분명 무사히 돌아오실 거야."

그것도 자신을 타이르고 싶은, 그렇게 믿고 싶을 뿐인 거짓말이었다.

분명 자신은 듣지 않았는가.

……잘 지내라.

자신이 떠날 때 들은 글렌의 말.

정말로 글렌은 돌아올까? ……싸움에서 이기건, 지건.

"……으…… 으으……!"

시스티나는 총명한 소녀였다. 그래서 이해했다.

아마 글렌은 돌아오지 않을 것이다. 이기건 지건 간에 분명 자신들의 앞에서 모습을 감출 것이다. 아무 말도 남기지 않고 홀연히…….

자신은 글렌을 부정하고 말았다.

두렵다고—.

무섭다고—.

다른 세계의 인간이라고—.

……거절해버린 것이다.

글렌이 과거 군대에 있었다는 건 알고 있었다. 뭔가 평범하지 않은, 떳떳하지 못한 임무를 주로 수행했다는 것도 어렴풋이 눈치채고 있었다.

……누군가를 가르치고 이끌어주기에는…… 손이 너무 더러워졌어.

예전에 글렌이 했던 말이다.

평소에는 까불대기만 하는 변변찮은 인간이지만…… 전혀 내색한 적은 없지만…… 글렌은 사실 남몰래 고뇌하고 있었던 것이리라.

이런 자신이 정말 여기에 있어도 괜찮겠느냐고…….

글렌이 때때로 루미아를 위해, 리엘을 위해, 학생들을 위해 목숨을 걸고 싸운 건 어쩌면 그것이 원인이었을지도 몰랐다.

여기에 있어도 된다고 자신을 납득시키고 싶었던 걸지도 몰랐다. 자신을 긍정하고 싶었던 걸지도 몰랐다. 누군가가 긍정해주길 원했던 걸지도 몰랐다.

그런데도—.

"……난…… 난 바보야! 왜…… 난…… 그런 짓을……!"

부정하고, 거절하고 말았다.

루미아라면 분명 망설임 없이 글렌을 긍정하고 곁에 있어 줬으리라.

리엘이라면 당연하다는 듯 글렌의 옆에 서서 함께 싸워줬으리라.

하지만 자신은…… 어느 쪽도 아니었다. 글렌이 무서워서 견딜 수가 없었다.

눈물이 뚝뚝 흘러내렸다. 후회가 멈추지 않았다. 하지만 어쩔 도리가 없었다.

"나…… 난 대체 어떡하면 좋지?!"

저티스는 무시무시한 적이다. 글렌이 이긴다는 보장은 어디에도 없었다. 오히려 글렌의 반응으로 예상하건대 승산은 상당히 낮은 편이리라.

지금, 이 순간에도 글렌은 피 웅덩이 속에 잠겨 있을지도 몰랐다.

다행히 저티스에게 이기더라도 분명 글렌은 돌아오지 않을 것이다. 시스티나에게는 그런 예지에 가까운 확신이 있었다.

생각할수록 상황은 절망적이었다.

루미아도 없었다. 리엘도 없었다. 알베르트도 없었다. 세

리카도 없었다. 학교 관계자는 끌어들일 수 없고, 군에 도움을 요청할 시간적인 여유도 없는 데다가 연줄도 없었다. 지금 온갖 의미에서 글렌을 구할 수 있는 건…… 자신밖에 없었다.

"하지만 내가 대체 뭘 할 수 있는데?! 나 같은 수준의 마술사가……! 저런 무시무시한 적을 상대로……! 대체 뭘 할 수 있냐구!"

시스티나는 머리를 부둥켜안고 몸을 웅크렸다.

약하다고 비웃지 말지어다.

이대로 가만히 앉아서 글렌을 잃을 것인가. 아니면 틀림없이 글렌을 잃을 거라고 확신하면서도 기적을 바라며 신에게 기도할 것인가.

아니면 방해가 될 위험성을 감수한 채, 그냥 미친 척하고 죽을지도 모르는 싸움에 몸을 던져서 글렌을 도와주고 다시 학교로 끌고 온다…… 실낱같은 희망에 몸을 맡길 것인가.

지금까지 양지의 세계에서 평화롭게 살아온 열다섯 살의 소녀에게 주어진 선택지치고는 너무나도 가혹했다.

싫다. 잃고 싶지 않다. 하지만 무서웠다. 저티스도, 글렌도…….

도망치고 싶지 않았다. 전에 리엘과 대치했을 때 느낀 그 비참한 기분. 분함.

본심을 속이고 현실에서 도피하는 건 이젠 싫었다.

누군가를 위해 싸울 수 있도록…… 소중한 사람을 지킬 수 있도록…… 이런 상황을 대비해서 힘을 길러 왔는데.

하지만 역시 시스티나의 몸은 그저 떨리기만 할 뿐 조금도 움직여주지 않았다.

"선생님…… 어쩌면…… 어쩌면 좋죠? 어떻게 해야……."

"어떻게 해야 나처럼 공포를 느끼지 않고 싸울 수 있냐고?"

갑자기 떠올랐다.

언제였을까.

그날 아침 특훈 메뉴를 마친 시스티나는 땀을 닦으면서 훈련을 도와준 글렌에게 문득 그런 질문을 던졌다.

"너, 바보 아냐? 내가 무슨 마도 인형인 줄 알아?"

"예?"

게슴츠레한 눈으로 노려보는 글렌을 시스티나는 눈을 깜박거리며 쳐다보았다.

"나도 무서워. 당연하잖아? 그야 목숨을 거는 거니까 무섭지 않을 리가 있나. 그런 건 일부의 초월자나 전투광을 제외하면 다들 똑같다고."

"그, 그럼! 선생님은 어떻게 싸우실 수 있는 거죠?!"

납득이 가지 않은 시스티나는 글렌을 물고 늘어졌다.

"저는 원정수학에서 리엘과 대치했을 때…… 무섭고 떨려서 아무것도 못했단 말예요!"

"결과적으로는 다 잘 풀렸으니까 됐잖아."

"그런 문제가 아니라구요!"

시스티나는 떼쓰는 어린애처럼 머리를 붕붕 흔들면서 글렌의 말을 부정했다.

"확실히 선생님께 싸우는 법을 배우고 난 뒤론…… 자화자찬이겠지만 마술사로서는 제법 강해진 것 같아요."

"음…… 네 성장 속도는 솔직히 좀 너무하더라. 내가 피를 토하면서 익힌 걸 죄다 간단히 자기 걸로 만들어 버리지 않나……. 젠장, 이게 재능이라는 건가."

"말 돌리지 마시구요! 아무튼…… 싸우는 기술은 능숙해진 것 같지만…… 그래도…… 막상 그때가 오면 전 싸울 자신이 없어요……."

"……."

제자가 필사적으로 호소하자 그제야 글렌도 진지한 얼굴이 되었다.

"지금 제가 그때의 리엘과 대치하더라도…… 분명 전 그때처럼 몸이 떨려서 아무것도 못할 거예요. ……아무리 선생님의 지도를 받아서 힘을 연마해도 글렀어요. ……전 정말로 필요한 상황에서는 분명 겁을 집어먹고 못 싸울 거예요. ……이걸 어쩌면 좋죠?"

그러자 무슨 조언을 해야 좋을지 고민하던 글렌이 이윽고 입을 열었다.

"하얀 고양이. 내가 싸울 수 있는 건 말이다. ……무섭기 때문이야."

"또 그렇게 말장난이나 하고! 전 지금 진지하게 묻고—."

"싸워서 죽는 것보다…… 훨씬 더 무서운 게 있거든."

"……예?"

속지 않겠다고 기세등등했던 시스티나는 글렌의 입에서 예상치 못한 말이 나오자 어안이 벙벙했다.

"확실히 싸우는 건 무서워. 하지만 말이다. 자신에게 힘이 있는데…… 할 수 있는 일이 있는데…… 눈을 돌리고 도망쳐서 자신의 소중한 것을 잃는 쪽이…… 훨씬 더 무서워."

"그게 싸워서 죽는 것보다…… 무서운 건가요?"

"응, 맞아."

글렌은 진지한 얼굴로 고개를 끄덕였다.

"혹시 만에 하나라도 네가 싸우고 싶은 상황, 싸워야만 하는 상황이 왔을 때…… 그래도 공포로 몸이 떨려서 움직이지 못하겠다면…… 심호흡을 하고 떠올려 봐. 자신이 무엇을 위해 힘을 손에 넣었는지, 자신에게 정말로 소중한 게 무엇인지를……."

글렌은 시스티나의 눈을 똑바로 바라보면서 말했다.

"누군가를 지키고 싶다, 누군가를 위해 싸우고 싶다는 생각은 훌륭하지만, 인간은 그것만으로 목숨을 걸고 싸울 정도로 강하지 않아. 그보다 잃는 공포를 떠올려 봐. 피상적인 신념보다 정말로 소중한 것…… 자신이 목숨을 걸 가치가 있는 게 무엇인지 다시 한 번 잘 떠올려 보는 거야. 그게 공포에 떠는 몸에 용기를 불어넣어줄 테니까. ……아마도."

—어두운 뒷골목에서 시스티나는 현실로 돌아왔다.

갑자기 머릿속에 되살아난 글렌의 가르침을 다시 한 번 되새겨보았다.

그러자 문득 떠올랐다.

루미아가 있고. 리엘이 있고. 주위에는 반 친구들이 있고.

그 중심에는 글렌이 있었다. 그는 늘 변변찮은 짓만 저지르지만…… 이러니저러니 해도 다들 어이없어하면서 웃었다.

그런 여느 때와 다름없는 일상. 너무나도 당연해서 보통은 마음에 두지도 않을 풍경.

만약 여기서 글렌이 사라지면 어떻게 될까.

루미아는? 리엘은? 반 친구들은? 지금처럼 웃을 수 있을까?

……소름이 끼쳤다.

"싫, 어…… 그런 건……."

더는 이런 당연한 일상은 돌아오지 않는다. 글렌을 기억에서 지워버리고 평온한 나날을 보내기에는 이미 자신들 안에서 그의 존재가 너무 커져 있었다.

그리고 무엇보다—.

"내가…… 싫어……. 그런 건…… 절대로…… 싫어!"

어째서 글렌이 사라진 후의 광경을 상상한 것만으로도 이 토록 눈물이 흘러넘는 건지, 이토록 초조해지는 건지 모르 겠다.

하지만 글렌을 잃는다는 사실 자체가 너무나도 무서웠다.

상상하기만 해도 머리가 이상해질 것만 같았다.

글렌을 돕지 않으면, 다시 데려오지 않으면 내가, 나로 있 을 수 없어……!

"……."

시스티나는 눈물을 닦고 비틀거리면서 일어났다.

몸의 떨림은 어느새 멎었다.

그리고—.

"하아…… 하아…… 하아……!"

어느 골목의, 어느 건물의 벽까지 몰린 글렌이 주저앉아 있었다.

출혈이 심한 오른쪽 팔뚝을 축 늘어트린 채 왼손으로 상 처를 누르고 있었다.

"……결판이, 났네."

바로 눈앞에 서 있는 저티스가 그런 글렌을 내려다보았다.

저티스의 주위에 있는 여섯 명의 툴파【허스 엔젤·총형】이 바로 곁에서 머스킷의 총구를 글렌에게 겨누고 있었다.

이제 방법이 없었다. 몸은 아직 움직였지만, 이 상황에서는 무슨 행동을 하건 저티스의 툴파가 방아쇠를 당기는 쪽이 더 빨랐다.

체크메이트다.

"하아…… 하아……! ……망할……!"

글렌은 혀를 차면서 물어뜯을 듯한 눈으로 고개를 들고 저티스를 노려보았다.

"아쉽네……. 만약 네가 『이브 카이즐의 탄약』을 입수했다면 결과가 바뀌었을지도 몰라……. 뭐, 군에서 나온 지금의 너에겐 무리겠지만."

반대로 저티스는 기쁨을 감출 수 없는 여유 있는 표정이었다.

"하지만…… 내가 이긴 건 이긴 거야. 마도사로서 온 힘을 다한 너를…… 마침내 내 정의가 무너트린 거지. ……내 정의가 증명됐어! 역시 난 『아카식 레코드』를 손에 넣을 자격이 있었던 거야! 아무튼 난 선택받은 인간인 널 뛰어넘은 거니까!"

여전히 글렌은 저티스가 무슨 말을 하는지 전혀 이해할 수 없었다.

왜 이런 삼류 마술사에게 고집하는 건지도…….

하지만 어차피 광인의 헛소리다. 고민해 봤자 소용없는 일이었다.

아카식 레코드.

저티스의 입에서 신경 쓰이는 단어도 나왔지만 이제는 아무래도 상관없었다.

"……여전히 종알종알 시끄러운 자식이네……. 죽일 거면 얼른 죽여……."

"그래, 물론이지. 하지만 줄곧 애타게 기다려 왔던 승리에 들뜬 내 마음도 좀 이해해줬으면 좋겠어."

저티스는 온화하게 미소 지었다.

"안심해, 글렌. 넌 고통스럽지 않게 단숨에 죽여줄 테니까. 그게 과거에 내 정의를 위협한 유일무이한 인간에게 해줄 수 있는 최대한의 경의이자 예의다."

"……아주 고맙네. 지옥에나 떨어져라."

"저 세상에서…… 세라에게 안부 전해줘."

그리고 저티스가 손가락을 튕기고 가짜 천사들이 일제히 방아쇠를 당기려 한 순간—

《모여라 폭풍·철퇴가 되어서·때려눕혀라》!"

갑자기 들려온 주문 영창.

C급 군용 마술, 흑마 【블래스트 블로】였다.

막대한 양의 공기를 압축한 바람의 파괴추가 맹렬한 속도로 저티스의 옆구리를 덮쳤다.

"앗?!"

전혀 예상치 못한 기습에 저티스의 반응이 한순간 늦었다.

『그녀가 돌아오는 상황』은 그의 완벽한 예측 속에 존재하지 않았던 것이다.

그래서 저티스의 절대적인 『방패』인【허스 라이트】의 전개도 제시간에 맞추지 못했다.

어쩔 수 없이 저티스는 천사들에게 자신의 몸을 지키게 했다.

쾅!

무거운 철문을 파괴하는 듯한 충격음.

몸을 날려서 방패가 된 가짜 천사들은 유리처럼 산산이 박살 났고, 위력이 완전히 상쇄되지 않은 바람의 파괴추가 저티스의 몸을 축구공처럼 날려 버렸다.

수평으로 날아가서 건너편 건물과 격돌한 저티스의 몸은 그대로 벽에 큰 구멍을 뚫고 사라졌다.

글렌은 뒤늦게 발생한 격렬한 돌풍, 흑마【블래스트 블로】의 여파 때문에 떠오르는 몸을 필사적으로 바닥에 고정했다.

세찬 바람에 휘말린 머리카락과 로브 자락이 거칠게 나부꼈다.

"윽……?! 이 주문은……?"

"하아…… 하아…… 아, 안 늦었어!"

숨이 거친 목소리가 들린 쪽으로 글렌이 시선을 돌리자…… 길목 근처에서 양손을 이쪽으로 펼친 시스티나가 눈에 들어왔다.

"어……."

글렌은 경악했다.

그런 글렌에 곁으로 달려온 시스티나는 그를 감싸는 것처럼 앞에 섰다.

"일어나세요, 선생님. 이런 곳에서 주저앉아 있어도 되는 만만한 상대가 아니잖아요? 이 틈에 저랑—"

글렌은 대답하지 않고 일어나더니 시스티나에게 고함을 질렀다.

"이 바보가! 너, 왜 돌아온 거야!"

글렌의 격렬한 호통에 시스티나의 어깨가 흠칫 떨렸다.

"여긴 네가 있어도 될 세계가 아니야! 그러니까 돌아가!"

"……예, 여긴…… 제가 있어도 될 세계가 아니에요."

하지만 시스티나는 이번에는 도망치지 않고 글렌을 똑바로 바라보았다.

"그리고 당신이 있어도 될 세계도 아니에요."

"……?!"

"전, 당신을 데리러 왔어요."

글렌은 한순간 어안이 벙벙했다.

"멍청아! 웃기지 마! 너, 대체 무슨 생각을 하는 거야! 그런 시시한 이유로 이런 위험한 곳까지 어슬렁어슬렁 나오다니……!"

글렌은 팔을 휘둘러서 시스티나를 있는 힘껏 거절했다.

"애당초 이번 일로 알았을 텐데! 너도 실컷 봤잖아! 줄곧 숨겨 왔던 내 본성을……! 난 너희를 속이고 있었던 거라고!"

"……"

"그래! 애초부터 난 그쪽에―."

"―있을 자격이 없다는 웃기지도 않은 소리를 하신다면 진심으로 화낼 거예요."

하지만 시스티나에게 선수를 뺏기는 바람에 입을 다물 수밖에 없었다.

"……솔직히 전 지금도 당신이 무서워요."

그런 글렌에게 시스티나는 담담한 어조로 흉중을 토로했다.

"전 약하니까…… 겁쟁이라서 당신을 거절하고 말았어요. 당신의 보호를 받으면서…… 많은 걸 배웠으면서…… 그 은혜도 잊고…… 그건…… 정말, 죄송해요. 사과로 그칠 일이 아니겠지만…… 그래도…… 죄송해요."

시스티나의 눈가에서 뭔가가 빛났다.

"하지만…… 생각났어요. 당신은 그저 무섭기만 한 사람이 아니라는 걸요. 지금의 무서운 당신도, 평소의 변변찮은 당신도…… 전부 당신 자신. 그걸 전부 포함해서 당신이라는 인간이었던 거예요."

"……"

"그러니 그 어느 쪽도 부정해서는 안 되는 거였어요. …… 당신에게 조금 무서운 일면이 있다고 해서 우리와 함께 있을 자격이 없다니, 그럴 리가 없다구요! 평소의 당신은……
분명히 지금까지 우리와 같은 세계에서 살아온, 다른 그 누
구와도 바꿀 수 없는 사람이었는걸요!"

"……."

"저는 당신을 긍정할 거예요. 당신에게 이런 일면이 있다
는 걸 몰라서 당황했지만…… 그것도 포함해서 당신이라고,
당신을 긍정하겠어요. 그러니까……."

시스티나는 격정에 휩싸인 듯 어깨를 부들부들 떨었다.

"부탁이에요! 돌아와 주세요, 선생님……! 싫어요! 전, 이
런 건 싫다구요! 이런 데서 작별이라니…… 이대로 헤어지는
건…… 싫단 말예요! 더 많은 걸 가르쳐주세요! 우리 곁에
있어 주세요! 선생님……!"

"하얀, 고양이……."

어깨를 떨고 오열하면서 호소하는 제자의 모습에 글렌은
아연실색할 수밖에 없었다.

어느새 그의 얼굴에서는 마치 나쁜 것이 떨어져 나간 것
처럼 험악함이 사라져 있었다.

그 순간―.

"……이거 참."

천사의 어깨를 붙잡은 저티스가 하늘에서 내려왔다.

그리고 글렌, 시스티나와 십몇 미트라 정도 간격을 벌리고
다시 대치했다.

"방심했네. ……부러진 왼 다리와 오른팔을 붙이느라 좀 시간이 걸렸어."

아무래도 조금 전부터 조용하다 싶더니 기습으로 입은 상처를 치료하느라 잠시 후퇴했었던 모양이다.

눈물을 닦은 시스티나가 저티스를 노려보면서 말했다.

"저티스 씨, 라고 했던가요? 당신과 선생님 사이에 무슨 일이 있었는지는 모르겠지만…… 앞으로 선생님에게 관여하지 말아주세요. 당신과 선생님은 사는 세계가 다르니까요."

"……뭐? 그게 무슨 소리지?"

저티스는 어리둥절한 얼굴로 반론했다.

"글렌은 나와 같은 이쪽 세계의 인간이잖아? 넌 글렌에 대해 아무것도 모르니까 그런 소릴―."

"시끄러워요. 닥치라구요."

하지만 시스티나는 단호하게 부정했다.

"솔직히 선생님이 옛날에 무슨 일을 했든 관심도 없고, 가령 무슨 일이 있었다고 해도 변하는 건 없어요. 선생님은 이쪽 세계의 인간이자, 우리의 선생님이에요."

"……."

그러자 기본적으로 여유 있는 태도를 유지했던 저티스가 처음으로 표정에 짜증을 드러내기 시작했다.

"……너, 짜증 나. 용모뿐만 아니라 성격까지 세라를 닮았군."

"그런가요? 전 아무래도 상관없는데요."

"안타깝지만 네 요구는 들어줄 수 없어. 글렌은 내 최대의 숙적이야. 그를 쓰러트리는 것으로 내 정의는—."

"흥! 바보 아냐?"

시스티나는 거만하게 팔짱을 끼고 단언했다.

공포를 떨쳐 낸 건지, 아니면 체념한 건지는 모르겠지만 언동이 점점 대담해졌다.

"선생님을 쓰러트려 봤자 변하는 건 아무것도 없을걸요? 정의? 웃기고 앉았네 진짜. 이 사람은 바보에, 변변찮은 인간에, 적당주의에, 의욕 제로에, 마술사 실격인 글러 먹은 강사라구요. 그런 글러 먹은 인간을 고생고생해서 쓰러트린 다고 뭘 증명할 수 있다는 거죠?"

……그렇게까지 말하기냐.

글렌은 벌레를 씹은 듯한 얼굴을 했고 저티스의 표정은 점점 분노로 물들었다.

"넌…… 이 내가 유일하게 인정한 인간을…… 글렌을 우롱하는 거냐?!"

"……읏?!"

"마음이 변했어. 넌 죽는다. 예고하지……. 너만은 이 세상의 온갖 고통을 맛보면서 죽게 해주마……. 글렌을 우롱한 걸 지옥에서 계속 사죄하게 해주겠어……."

격노로 불타는 냉혹한 눈은 마치 악마와도 같았다.

그 시선에 노출된 시스티나는 몸을 움츠리며 새파랗게 질렸다.

"……내가 그렇게 내버려 둘까 봐?"

하지만 왠지 독기가 빠진 나른한 표정의 글렌이 시스티나를 감싸듯 앞으로 나섰다.

"하아~ 너, 진짜 바보구나. 저 또라이한테 싸움을 걸다니……. 저 녀석, 끈질기거든? ……도망쳐도 지옥 끝까지 따라올걸?"

"……."

아무래도 발언이 조금 경솔했다고 후회하는지 시스티나는 입을 다물었다.

"하지만 뭐…… 이걸로 너랑 난 저 멍청이의 표적이 된 동지…… 운명 공동체가 된 셈이로군."

그렇게 너스레를 떤 글렌은 저티스 앞에서 로브를 벗어던지더니 총, 바늘, 강철선 등의 각종 마도사 장비를 계속 버리기 시작했다.

"……무슨 생각이지? 글렌."

영문을 알 수 없는 행동에 저티스는 의아한 듯 눈살을 찌푸렸다.

"아앙? 이제 필요 없어. 이딴 걸 쓰면 하얀 고양이가 못 따라올 테니까."

그리고 장비를 전부 버린 글렌은 손바닥을 주먹으로 두드리고 전투 태세를 취했다.

"너 정도는 이걸로 충분해."

"무슨…… 생각이냐……. 글렌!"

저티스의 몸이 부들부들 떨리기 시작했다.

"그래서는 의미가 없어! 마도사로서 전력을 다한 널 타도해야만 의미가 있단 말이다! 그런 한심한 널 쓰러트려 봤자 아무런 증명도 되지 않아! 그러니까—"

글렌은 그런 저티스를 완전히 무시하고 등 뒤의 시스티나에게 말을 걸었다.

"하얀 고양이, 엘리먼트 원 유닛이다. 내가 전위, 네가 후위. ……할 수 있겠어?"

"……!"

"넌 네가 생각하는 것보다 강해졌어. 일대일의 마술 전투는 아직 무리라도, 전위의 엄호에만 집중하면서 평소처럼 한다면…… 분명 통할 거다."

글렌은 뒤에 있는 시스티나를 힐끔 흘겨보았다.

"한심한 이야기지만…… 솔직히 저티스는 너무 강해. 반칙이라고, 저 자식은. 나 혼자로는 무리. ……그렇다고 내가 졌다간 보아하니 너도 살해당할 판이니까…… 이젠 너도 싸울 수밖에 없어. 각오 단단히 하고 여기서 저티스를 해치우는 수밖에 없다."

"……."

"무섭다는 건 알아. 이런 일에 말려들게 해서 미안하다.

그래도…… 나에게 힘을 빌려주지 않겠어? 그 대신 약속하마. 자폭하는 한이 있더라도 저 녀석을 해치우고…… 너만은 무사히 모두가 있는 곳으로 돌려보내 줄게. 그러니까……."

"……그 약속은 받아들일 수 없어요."

시스티나가 쌀쌀맞게 대답했고 글렌의 표정이 한순간 어두워졌다.

"『둘이서 함께 모두가 있는 곳으로 돌아간다』는 약속이라면 기쁘게 받아들일게요."

"……훗."

그리고 두 사람은 힘차게 웃었다.

"……기대하마, **시스티나.**"

"이제야 처음으로 제 이름을 제대로 불러주셨네요."

글렌은 앞으로 나섰다. 시스티나가 그런 글렌의 뒤에 바짝 달라붙는 형태로 둘이서 함께 저티스와 대치했다. 앞뒤로 한없이 이어지는 큰길 한복판에서…….

"뭐야…… 이건……?"

저티스는 주먹을 부들부들 떨었다.

"이렇게 나약할 수가! 이렇게까지 타락했을 줄이야! 글렌…… 넌 그런 약한 인간이 아니었을 텐데! 어린애에게 의지하다니! 네 정의는 훨씬 더—"

"시끄러, 바~보. 아니, 애당초 난 마술사로서도, 마도사로

서도 대단치 않은데 말이지."

"그런 게 아니야! 너의 강함은 그런 개념으로는 설명할 수 없어! 훨씬 더 인지를 초월한—"

"시끄럽다고 했지? 간다, 이 망할 자식아!"

글렌은 돌진했다.

시스티나도 주문 영창을 개시했다.

글렌, 저티스. 피아의 거리는 약 20미트라.

"시스티나 피벨! 네가…… 너 때문에……! 치잇!"

저티스는 수많은 【허스 레프트】를 소환해서 날려 보냈다.

"죽어라! 나와 글렌의 신성한 싸움을 더럽힌 마녀여!"

지그재그로 사방팔방에서 시스티나를 노리고 날아드는 수많은 검.

시스티나의 시야가 황금색 선으로 조각조각 갈라졌다.

"《모여라 폭풍·**산탄**이 되어서·때려눕혀라》"!"

하지만 시스티나는 흑마 【블래스트 블로】로 요격했다.

머리 위를 향해 날린 압축 공기로 이뤄진 파괴추가 갑자기 터지더니 수많은 산탄으로 변해서 퍼져 나갔다.

섬광처럼 날아드는 【허스 레프트】들을 닥치는 대로 격추했다.

"이, 이럴 수가! 바람의 어설트 스펠을 즉흥 개변?!"

바람을 다루는 마술은 약하다는 것이 통설이다. 중력, 유체 제어 벡터, 기체 상태, 기압, 기온, 밀도…… 조작해야 하는 파라미터가 워낙 많다 보니 단순한 에너지 조작만으로도 충분한 염열, 냉기, 전격에 비해 제대로 된 위력을 발휘하기 어려웠다.

하지만 조작해야 하는 파라미터가 많다는 그 단점은 오히려 장점이 될 수도 있었다.

요컨대 바람의 마술은 다른 기본 삼속성에 비해 주문 개변 배리에이션이 무한대에 가까울 정도로 다양했다.

고작해야 공기의 흐름을 다루는 마술이라고 얕보지 말지어다. 술자 본인의 기량과 센스에 따라 어떤 상황에도 유연하게 대응할 수 있는 응용성을 발휘할 수 있었다. 익숙해지면 그 자리에서 즉시 새로운 바람의 주문을 만들어 내는 것도 가능했다.

—바로 지금의 시스티나처럼.

"건방지긴!"

저티스는 달려오는 두 사람에게 【허스 엔젤·화형】을 보냈다.

불꽃 날개에서 발생한 작열의 불꽃 폭풍이 두 사람의 몸을 집어삼키려 했지만 글렌은 전혀 속도를 줄이지 않았다.

《대기의 벽이여·**이중으로**·우리를 지켜라》!"

흑마 【에어 스크린】의 즉흥 개변. 이중으로 전개된 강고한 공기 막 사이의 진공이 외부의 열기를 완전히 차단했다.

명명하자면, 흑마 개량형 【더블 스크린】.

"우오오오오오오!"

이중 공기 막의 보호를 받은 글렌이 불꽃 속에서 뛰쳐나왔다. 저런 격렬한 불길에 몸을 던졌는데도 화상 하나 없었다.

저티스를 노리고 주먹을 든 채 오로지 일직선으로 질주했다.

"큭?!"

글렌이 순식간에 거리를 좁혀 오자 저티스는 한 손으로 천사의 어깨를 잡고 뒤로 물러났다.

하지만 글렌은 다시 땅을 박차고 따라잡았다.

쫓는 자와 쫓기는 자. 그런 두 사람 사이에서 펼쳐지는 공방전.

한없이 이어지는 대로에서 벌어지는 1차원적인 싸움.

저티스는 폭파의 툴파 【허스 레이지】를 현현해서 발사했다.

"《모여라 대기·모여서 뭉쳐라·압착하라》!"

시스티나의 주문에 응한 대량의 공기가 날아오는 【허스 레이지】를 압착해서 폭발시켰다. 하지만 폭발은 지극히 작은 규모에 그쳤다.

안쪽에서 밖으로 향하는 폭발력이 밖에서 안으로 향하는 대기의 압착력과 상쇄된 것이다.

이 또한 공기 덩어리를 만들어 내는 흑마 【에어 블록】이라는 바람의 주문을 즉흥 개변한 것이었다.

"이럴 수가……."

"한눈팔 때가 아니거든?!"

그 순간 한층 더 강하게 바닥을 박차고 파고든 글렌의 라이트 스트레이트가 반사적으로 머리를 돌린 저티스의 뺨을 스쳤다.

"치잇!"

"우오오오오오오오오오오오오!"

글렌은 달리면서 좌우로 펀치를 연타했고 이어서 상단 돌려 차기와 머리를 노린 뒤돌아 차기를 펼쳤다.

그러자 천사에게 매달린 저티스가 더욱 뒤로 물러났다.

글렌은 한층 더 저티스를 몰아붙였다.

저공비행 중인 천사에게 매달려서 고속으로 이동하는 저티스와, 백마 【피지컬 포스】로 강화한 신체 능력으로 추격하는 글렌.

원래는 이런 두 사람의 움직임을 시스티나가 따라올 수 있을 리 없었다.

"말도 안 돼! 【래피드 스트림】?! ……그런 마술까지?!"

약간 뒤처졌기는 해도 묘하게 재빠른 시스티나의 움직임이 어디서 기인한 것인지 깨달은 저티스가 경악했다.

시스티나는 지향성 돌풍으로 자신의 등을 떠밀면서 이동했던 것이다.

흑마 【래피드 스트림】. 기류를 조작해서 기동력을 보조하는 마술이다. 【피지컬 부스트】와 달리 육체에 부담은 없지만 제어 난이도와 연비가 최악이고, 효과도 기동력만 보조할 뿐이라 제국군에서도 제대로 쓸 줄 아는 사람은 거의 존재하지 않는 마술이었다.

"큭?!"

천사와 함께 풍경을 격류처럼 앞으로 흘려보내던 저티스가 이를 갈았다.

바람의 주문은 확실히 약하다.

어설트 스펠로서는 위력과 살상 능력이 부족했다.

그래서 일대일 마술 전투에는 적합하지 않지만, 다른 사람과 팀을 짜서 운용하면 공수 양면에 폭넓게 응용할 수 있는 바람의 주문은 절대적인 힘을 발휘했다.

이것이야말로 아직도 근대 군용 마술에 바람의 주문이 채용되고 있는 가장 큰 이유였다.

"하지만 설마 이 정도의 기량을 가졌을 줄이야!"

저티스는 글렌과 거리를 벌리면서 짜증으로 표정을 일그러트렸다.

시스티나 피벨. 사전 조사에서는 이제 갓 듀오데로 승격한 일개 학생에 불과했다.

확실히 잠재 마력 용량은 주목할 만했고, 바람의 마술에 대한 적성이 뛰어난 것도 알고 있었지만…… 전투에 관해서는 완전히 초보였을 터.

"……아무래도 그녀에 관해서는 내 계산이 틀렸던 모양이군!"

현현한 【허스 엔젤·총형】들이 일제히 발사한 총탄은 시스티나가 날린 거친 폭풍에 휩쓸리고 떠밀려서 글렌에게 닿지 않았다.

그 모습을 보자 이젠 인정할 수밖에 없었다. 납득할 수밖에 없었다.

시스티나 피벨은 강적이었다. 겁쟁이인 그녀가 이를 드러낼 가능성은 한없이 낮을 거라 예측하고 전투에서 자신의 위협이 될 가능성을 전혀 고려하지 않은 것이 저티스 최대의 실책이었다.

"우오오오오오오오오오오오!"

글렌의 선풍 같은 뒤돌아 차기를 저티스는 뒤로 날아가면서 피했다.

이렇게 항상 글렌이 정면에서 압력을 가하는 탓에 저티스는 더욱 강한 툴파를 소환할 시간이 부족했다.

그래서 시스티나가 쓰는 바람의 마술을 돌파할 수 있는 툴파를 만들어 낼 수 없었다.

좋지 않은 흐름이었다. 완전히 상대의 페이스로 넘어갔다. 급조한 엘리먼트치고는 호흡도 잘 맞았다.

저티스는 문득 떠올렸다.

'이 성가신 면모는 《풍술사》 세라 실바스…… 그녀와 비슷

해! 시스티나…… 넌 그런 부분까지 그녀를 닮은 거냐!'

물론 시스티나의 바람을 다루는 기량은 세라에 비해 턱없이 부족했지만, 이대로 성장한다면 머지않아 세라를 능가하는 《풍술사》가 될 것이라는 예감이 들었다.

그리고 지금 이 순간 시스티나의 존재는 저티스에게 분명한 위협이 되고 있었다.

"아하, 하하하……."

저티스의 입에서 무의식적으로 웃음이 흘러나왔다. 환희의 웃음이었다.

"훌륭해. 너희들은 훌륭하다!"

저티스는 【허스 레이지】를 바닥에 터트리고 폭발력을 이용하여 공중으로 날아오르더니, 그대로 글렌과 크게 거리를 벌리면서 착지했다.

끝없이 이어질 것만 같던 길이 마침내 끝을 고했다. 여긴 갈림길이었다.

저티스는 작은 교회의 현관문을 배경으로 등지고 섰다.

"나약하다고 말해서 미안하군. 엘리먼트를 짠 너희들은 내 손에 쓰러질 가치가 있다. 너희들을 타도함으로써 내 정의는 더욱 확고해지겠지. 고맙다!"

저티스는 한층 더 복잡한 손놀림으로 대량의 파라 에테리온 파우더를 주위에 흩뿌리기 시작했다.

지금까지와는 격이 다른 분량. ……아무래도 강력한 마술을 쓰려는 듯했다.

"우오오오오오오오오오오오오오오오!"

글렌은 그렇게 내버려 두지 않겠다는 듯이 포효하며 맹렬하게 거리를 좁혔다. 좁혔다. 좁혔다.

한번 벌어졌던 서로의 간격이 단숨에 사라졌다.

"오너라! 내 안에 잠든 정의의 구현! 나만의 신이여! 정의의 신이여!"

오른손을 휘둘러서 분말을 뿌렸다.

왼손을 휘둘러서 분말을 뿌렸다.

흩뿌린 분말이 빛을 발하자, 저티스의 심층 의식에 잠든 가장 강대한 존재가 지금 이 세계에 모습을 드러냈다.

그것은— 거대한 여신이었다.

왼손에 든 것은 황금의 검. 오른손에 든 것은 은 쇠사슬이 달린 천칭. 눈에는 안대.

기괴한 일곱 날개를 등에 짊어진 거짓된 여신의 모습.

"자, 와라! 와서 멸하라! 내 정의에 이를 드러낸 사악을 벌하라!"

후광처럼 쏟아져 내리는 빛. 하늘과 땅을 울리며 눈부신 빛에 감싸인 거대하고 강대한 저티스만의 신이, 정의의 여신이 이 자리에 강림했다.

"구현…… 인공 성령(人工聖靈)【정의의 여신 유스티아】!"

저티스가 단독으로 발동한, 신의 개념 정의 구현 소환. 궁극을 초월한 망상의 경지.

이미 툴파 소환법으로는 설명할 수 없는 터무니없는 기적.

인간이 맞서기에는 너무나도 강대한 존재가, 지금 막 글렌과 시스티나 앞에 실체를 가지려 한 순간—.

"《위대한 **숨결**이여》!"

시스티나가 주문을 외쳤다.

흑마 【게일 블로】의 즉흥 개변.

국지적인 돌풍을 일으키는 대신 위력을 광범위로 퍼트리기 위한 개변.

……까놓고 말하면 아무런 공격력도 없는 조금 강한 정도의 바람.

그 바람은 글렌의 몸을 쓰다듬고 저티스의 몸을 쓰다듬으며 빠르게 흘러갈 뿐이었지만—.

"……윽?!"

저티스가 온 힘을 다해 만든 환상인 이드 【레이디 저스티스 유스티아】의 모습이…… 질량을 가지며 현실에 강림하려 했던 거짓된 여신의 모습이 점점 흐려졌다.

"아니?!"

아연실색했다.

시스티나가 날린 바람이 저티스가 뿌린 분말을 사방으로 확산시켜 버린 것이다.

완전히 현현하기 전, 영소 입자 농도가 극단적으로 감소한

에테리오

탓에 환상이 망상으로 되돌아가고 말았다.

거짓된 여신은 급격히 형태를 잃고 색을 잃었다.

"크윽!"

저티스는 다시 팔을 휘둘러서 에테리오 입자를 뿌렸다.

고작해야 한순간…… 한 발짝.

"으아아아아아아아아아아아아아!"

그래도 한순간…… 두 발짝.

"타아아아아아아아아아아아아아아아아!"

그 한순간에…… 세 발짝.

"저티스으으으으으으으으으으으으으으으으으으으!"

"크으윽!"

반 박자 늦게 미쳐 날뛰는 번개와 함께 여신이 세계에 완전히 강림했다.

황금의 검을 글렌을 향해 내리쳤다.

머리 위에서 짓쳐들어오는 폭풍과 파멸적인 검압.

하지만 그보다 아주 약간 더 빨리―

"우오오오오오오오오오오오오오오오오오오오오오오오오!"

여기까지 달려온 운동량과 온갖 격정을 담아 글렌이 날린 혼신의 펀치가 공기를 가르며 나선을 그리고, 저티스의 얼굴 정중앙을 강타했다.

"커헉?!"

그 충격 때문에 집중이 끊어지자 이번에야말로 여신은 완전히 소멸했다.

동시에 머리를 뒤로 크게 젖히며 날아간 저티스는 교회 현관을 파괴하고 예배당을 구르다가 가장 안쪽에 있는 제단에 격돌했다.

그러자 기둥이 부러진 거대한 십자가가 저티스의 몸을 깔아뭉갰다.

"……하! ……그 모습, 잘 어울리는데? 참으로 아이러니하구만……."

글렌의 시점에서는 **거꾸로** 엎드린 채 거대한 십자가에 깔린 《정의》, 저티스의 모습을 보고 자연스럽게 냉소가 흘러나왔다.

종 장 과거에 그가 본 것

"선생님!"

낡은 교회의 입구 근처에서 거친 숨을 몰아쉬며 서 있는 글렌을 향해 바람을 두른 시스티나가 달려왔다.

"……해, 해치운 거예요?"

시스티나는 글렌의 뒤에 숨으면서 예배당 안쪽을 노려보는 그에게 조심스럽게 질문했다.

"아니…… 이 정도로 얌전해질 놈이 아니지…….'

글렌은 턱짓으로 안쪽을 가리켰다.

"……아!"

마치 쓰러진 저티스를 지키려는 것처럼 한 천사가 서 있었다.

저티스가 자주 탈것으로 쓰던 툴파였다.

표정이 없는 천사는 기계처럼 담담히 저티스를 깔아뭉갠 십자가를 치우고 어깨를 부축해서 일으켰다.

"……하하. 이거 참…… 난감하게 됐는걸…….'

천사의 어깨를 빌려 간신히 일어난 저티스는 입가에 번진 피를 닦았다.

"……설마 너희 둘이 이 정도였을 줄은…… 예상 못했어."

지긋지긋하다는 듯 옷의 먼지를 털면서도 왠지 모르게 기분이 좋아 보였다.

"……그렇군. 글렌, 넌 새로운 힘을 손에 넣은 거구나. ……역시 대단해. 따라잡았다고 생각했는데 넌 한없이 높은 곳에 있었어. 그러니까…… 넌 내 손으로 죽여야만 해. ……내 모든 것을 걸고 타도할 가치가 있는 유일한 인간이야. ……그래야만 해."

"칫…… 성가신 변태 자식의 눈에 들어버렸구만."

글렌은 이제 넌덜머리가 난다는 듯이 혀를 차고 주먹을 겨누었다.

"자, 결판을 내자, 저티스……!"

"아니, 이제 됐어. ……내가 졌어."

하지만 글렌의 모습을 쳐다본 저티스가 갑자기 그런 말을 꺼냈다.

"……엥?"

갑작스러운 영문을 알 수 없는 패배 선언에 글렌과 시스티나는 어안이 벙벙했다.

"내 정의의 상징인 비술…… 인공 성령【레이디 저스티스 유스티아】를 깨트렸으니…… 이번에는 패배를 인정하고 순순히 물러나 줄게."

이런 대소동을 일으킨 주제에 고작 마술 하나 파훼당했다고 패배 선언.

끝까지 이해할 수 없는 남자였다.

"너와의 싸움은 내가 현재의 단계를 초월하기 위한 신성한 의식…… 그저 널 때려눕히는 것만으로는 부족해. ……너도 이해하지?"

"……아앙? 도망치게 내버려 둘 줄 알고? 너 같은 미친놈은 꽁꽁 묶어서 제국군에 넘길 거다. ……얌전히 봉인형(封印刑)이나 받아들여."

"흥…… 자만하지 마, 글렌. 오늘의 네 우세는 그 소녀^{시스티나} 덕분이었잖아?"

"……윽!"

저티스에게 지적당한 글렌은 그제야 눈치챈 듯 시스티나의 안색을 살폈다.

긴 숨을 깊이 내쉬는 시스티나는 얼굴이 새파랗게 질려 있었고 이마에도 식은땀이 송골송골 맺혀 있었다. 게다가 공포나 추위가 아닌 다른 이유로 몸을 떨기까지 했다.

"마나 결핍증?!"

주문의 즉흥 개변은 마력을 대량으로 소비하기 마련이다. 어디까지나 즉흥인 탓에 마력 효율의 최적화가 불완전하기 때문이다.

게다가 시스티나는 저티스의 툴파들을 해치울 수 있는 수준의 마술을 연사하기까지 했다. 아무리 그녀의 캐퍼시티가

독보적으로 뛰어나다 해도 고갈은 피할 수 없었다. 역시 그녀는 아직 미숙한 열다섯 살의 소녀인 것이다.

"······상황은 이해했지? 글렌. 자만하지 마. 난 아직 여력이 있어. 하지만······ 그녀는 어떨까? 지금의 네가 그녀의 엄호 없이 나와 싸울 수 있겠어?"

"큭······."

글렌은 이를 갈았다.

저티스의 말대로 시스티나는 더는 마술을 쓸 수 없었다. 위험했다.

"이번에는 네 새로운 힘의 형태를 보여준 그녀의 건투를 봐서 물러나 주겠다는 거야. ······고맙게 받아들이시지."

갑자기 폭음이 울려 퍼졌다.

저티스의 천사가 예배당 벽을 파괴한 것이다.

"시스티나······. 네 앞으로의 성장을 기대할게. 그리고······."

등을 돌린 저티스는 벽이 무너져서 생긴 구멍으로 빠져나가더니 뒷골목을 유유자적하게 걸어갔다.

"언젠가 다시 만나자, 글렌. 그때는 반드시······ 내 정의로 널 쓰러트리겠어."

"시끄러, 두 번 다시 나타나지 마, 이 망할 자식아."

저티스는 광기와 이성이 뒤섞인 모순으로 가득한 눈으로 히죽 웃더니, 그대로 천사와 함께 조용히 뒷골목으로 사라졌다.

　마침내 찾아온 정적.
　"……끝난 거예요?"
　해가 가라앉고 밤의 장막이 내려오기 시작하는 가운데 시스티나가 작은 목소리로 물었다.
　"그래, 끝났어."
　"그렇군요……."
　그 대답을 듣고 안도했는지 시스티나의 가녀린 몸이 힘을 잃고 무너져 내렸다.
　"……엇차."
　글렌은 재빨리 그녀를 팔로 껴안아서 부축했다.
　"무…… 무서웠어요!"
　시스티나는 몸을 떨면서 눈물을 글썽거렸다.
　"진짜 무서웠다구요! 왠지 수명이라든가 운 같은 게 전부 깎여 나간 데다 실력 이상의 힘을 억지로 끌어낸 느낌……! 더는 무리예요!"
　글렌은 머리를 붕붕 휘두르는 시스티나를 다정한 눈으로 내려다보았다.
　"하하! ……잘했다, 하얀 고양이. 그리고 고맙다. ……또 네 덕분에 살았군."
　"……『하얀 고양이』……?"

그 말을 들은 순간 시스티나의 움직임이 딱 멈췄다.

"……지금 돌이켜 보면 너한테는 늘 도움만 받았네. 아무리 감사해도 부족할 정도야. ……응? 어라? 하얀 고양이…… 넌 또 왜 그렇게 불만스러운 얼굴이냐?"

"……그런 거 아니에요."

시스티나는 뾰로통한 얼굴로 고개를 홱 돌려버렸다.

"……음? 뭐, 아무렴 어때. 그건 그렇고…… 일어설 수 있겠어?"

"그게…… 아뇨. ……아직 힘이 잘 안 들어가요."

"그래……. 좀 무리하게 만들었나 보구나. ……미안하다."

"……."

그리고 어두워지기 시작한 황혼 속에서 글렌은 아무도 없는 재개발 구역을 시스티나를 업은 채 걸었다.

침묵.

둘 다 한동안 아무 말 없이 서로의 체온을 느꼈다.

곧 재개발 구역의 경계선이 눈에 들어왔다.

이제 곧 평소의 페지테로, 일상으로 돌아가려는 순간—.

"저기 말이다……. 난……."

글렌이 갑자기 말을 꺼냈다.

"난 정말로 너희들의 선생으로 있어도…… 괜찮을까?"

"……."

"넌 모를 테지만…… 확실히 난…… 떳떳하지 못한 일

도……."

"……바보."

시스티나는 그런 글렌의 입을 다물게 하려는 듯 부드러운 목소리로 속삭이며 그의 목을 휘감은 팔에 살짝 힘을 줬다.

"제가 이렇게 여기에…… 당신 곁에 있는 게 답이잖아요……."

"……."

고작 그것뿐.

글렌은 더는 아무것도 묻지 않았다.

등에 업힌 시스티나에게는 그의 표정이 보이지 않았지만, 아주 살짝 웃은 것 같은…… 그런 느낌이 들었다.

분명 글렌은 아직도 과거를 완전히 떨쳐 내지 못했을 것이다.

세상 물정 모르는 코흘리개인 자신이 다 안다는 듯 조언해 준 정도로 해결될 수 있을 만큼 글렌의 갈등이 가벼울 리 없었다.

하지만 글렌은 아직 자신들 곁에 남아 주었다. ……지금은 그걸로 충분했다.

"아……."

글렌의 넓고 따스한 등에서 흔들리는 사이에 갑자기 맹렬한 수마가 찾아왔다.

'……선생님…….'

오늘은 이런저런 일들이 너무 많았다. 결혼식. 글렌과 레오스의 갈등. 자신과 닮았다는 세라. ……그리고 아마 더는 이 세상에 존재하지 않을 레오스.

생각해야만 하는 일들이 너무나도 많았다.

시스티나가 직면해야 하는 현실은 너무나도 가혹했다.

특히 레오스.

이러니저러니 해도 그는 시스티나의 소꿉친구였다.

이런저런 일들이 있었지만…… 길이 어긋나서 결코 양립할 수 없는 관계가 되고 말았지만, 그에게 나름대로 호의를 품고 있었던 건…… 그와 함께 지낸 추억이 있었던 건…… 행복한 기억이 있었던 건…… 부정할 수 없는 사실이었다.

결코 그런 광인에게 제멋대로 이용당하다 죽어도 될 사람은 아니었다.

나중에 그를 잃고 난 후의 현실과 다시 직면했을 때…… 역시 나는 울게 될까?

'……안 되겠어……. 더는, 졸려서…… 몸이 무거워서…… 생각이…… 정리되질…… 않아…….'

지금은ㅡ.

지금만은ㅡ.

이 사람의 따스한 품속에서 쉬도록 하자.

이윽고 눈을 뜨고 괴로운 현실과 마주하기 위해.

지금만은 이 기분 좋은 안도감 속에서 편안히 잠들도록

하자.

지친 몸과 마음에 평온을—.

지금, 이 순간, 만은…….

…….

"오, 너희들. 마중 나와 준 거냐?"

"선생님! 시스티! 다행이에요, 무사하셔서……."

"글렌…… 지금 도시는 시체가 잔뜩 발견돼서 대소동. ……무슨 일이 있었어?"

"글쎄다……. 이거 참 매번 뭐라 설명해야 좋을지 모르겠구만……."

…….

그리고 같은 시각, 페지테 교외에 있는 어느 잡목림.

"비상하라! 【허스 레프트】!"

"《금색의 뇌수(雷獸)여·땅을 질주하라·하늘로 날아올라 춤춰라》!"

유성처럼 종횡무진 날아다니는 수많은 황금의 검을, 난무하는 번개 폭풍이 요격했다.

깜박이는 시야.

비명을 지르는 하늘과 땅.

글렌과 시스티나 앞에서 사라진 저티스는 알베르트와 마

술 전투를 벌이고 있었다.

"빈틈이 있는걸! 알베르트!"

주문 영창이 끝나는 틈을 노린 【허스 엔젤·참형】이 엑시큐 터너 소드를 겨누고 알베르트의 등을 향해 맹렬히 돌진했다.

알베르트를 위아래로 절단하려고 한일자를 그리는 참격.

"칫."

알베르트는 후방 공중제비로 아슬아슬하게 피하며 숨을 한 번 내쉬었다.

단숨에 마나 바이오리듬을 가다듬고 스톡한 【라이트닝 피 어스】를 딜레이 부트.

몸이 거꾸로 뒤집힌 상태로 천사의 뒤통수를 영거리에서 관통하고, 공중에서 등을 돌려 저티스를 향해 더블 캐스트 로 연이어 전격을 날렸다.

"큭……?!"

하지만 저티스도 즉시 【허스 라이트】를 전개했다.

공기를 가르며 날아온 전격을 흘려 내고 두세 걸음 뛰어 서 물러났다.

알베르트도 착지와 동시에 뒤로 물러나서 저티스와 거리 를 벌렸다.

싸움은 다시 처음으로 돌아왔다.

"……호각인가. 역시 대단하네, 알베르트. ……여전히 강해."

"……."

"하지만 너론 안 돼. ……왜냐하면 넌 분명 『영웅』이라 불리는 부류의 인종…… 강하니까 자신의 정의를 관철하는 게 당연한 인종이야. 쓰러트려 봤자 의미가 없어. 역시 글렌이 아니면……."

알베르트는 광인의 헛소리에 어울려 줄 생각은 없다는 듯 침묵을 유지했다.

두 사람의 주위는 그야말로 지옥도였다.

이제까지 어떤 마술이 펼쳐졌는지 모르겠지만 지면이 그을리고 패인 데다 나무들은 격렬하게 타오르며 대량의 불똥을 흩뿌리고 있었다.

"그런데 곤란하게 됐네……. 설마 여기서 너에게 발견될 줄이야……."

"흥……. 그런 소동을 일으킨 주제에 잘도 주절거리는군."

"그래도 너와 마주치기 전에 페지테에서 철수하려 했다고. ……내 예측상으로는."

말투와 반대로 저티스는 초조해하는 기색이 전혀 없었다.

예상 밖의 일이 벌어져서 즐거워하는 듯한 분위기조차 느껴졌다.

"나도 아직 멀었다는 뜻이지."

"……어떻게 살아 있냐고 묻지는 않겠다. 마술사가 죽음을 가장하는 수단은 수없이 많아. 속은 우리가 어리석었다. 단지, 그뿐이야."

알베르트는 얼음 같은 날카로운 시선으로 저티스를 노려보았다.

"하지만 하나만 묻겠다. 왜 네놈은 1년 전에 그런 사건을 일으킨 거지?"

"……"

그 순간, 아주 조금이지만 저티스의 그림자가 짙어진 기분이 들었다.

"전 제국 궁정 마도사단 특무분실 집행관 넘버 11《정의》. 확실히 네놈은 과격한 언동과 독선적인 신념, 그리고 목적을 위해 수단을 가리지 않기에 희생이 발생하는 것을 전혀 개의치 않는 문제아였지만…… 그래도 그런 짓을 벌일 남자는 아니었다."

"……과연 그랬을까?"

"실제로 하늘의 지혜연구회를 그 누구보다 증오했던 건 네놈이다. 그랬던 인간이 그날을 경계로 갑자기 제국을, 그리고 여왕 폐하를 적대하게 됐지."

"……"

"대체 무슨 일이 있었던 거지? 뭐가 네놈을 그렇게 바꾼 거냐."

서로 한 걸음도 양보하지 않는 마술 전투를 치르느라 피차 패가 거의 바닥난 상황이었다.

수중에 남은 패를 살피면서 다음 수를 모색하는 가운데

저티스의 입이 열렸다.

"……『금기교전』……."
<small>아카식 레코드</small>

조용히 흘러나온 그 목소리에 알베르트의 눈이 한층 더 날카로워졌다.

"알베르트. 넌 이 나라에 숨겨진 진실을, 왕가의 피에 숨겨진 비밀을…… 몰라. 왜 저런 천공의 성이 하늘에 떠 있는지도…… 모르지."

"……."

"『아카식 레코드』를 추적해 봐. 그러면…… 머지않아 진실에 도달할 수 있을 거야. 그리고 이해하겠지. 내 행위야말로 정의였다는 사실을. 유일무이의 절대적인 정의였다는 사실을."

그렇게 말하는 저티스의 표정에는 확고한 확신이 깃들어 있었다.

"특히 알베르트. 너라면 분명 진실에 도달했을 때 타락하지 않고 나와 같은 쪽에 서줄 거라고 믿어."

"웃기지 마라, 외도. 애당초 그 『아카식 레코드』라는 게 대체 뭐지?"

"무리야, 알베르트. 말로는 설명할 수 없거든."

"뭐라고?"

"이해하려면…… 진실에 도달할 수밖에 없어. ……내가 말해줄 수 있는 건 겨우 이 정도뿐이겠지."

그리고 저티스는 손가락을 튕겼다.

그러자 한 천사가 하늘에서 날개를 펄럭이며 그의 옆으로 내려왔다.

"자, 그럼 슬슬 시간이 다 됐군."

"기다려, 저티스. 아직 이야기는 끝나지 않았어."

알베르트는 저티스를 왼손의 검지로 겨냥했다.

"그건 무리야. 넌 빈틈이 없으니…… 이제 곧 그들이 오겠지? 현재 페지테의 소동을 조사하느라 별개 행동을 취한 《법황》과 《은둔자》가. ……너의 시간 벌기에 어울려 주는 건 여기까지야."

저티스는 어깨를 으쓱거렸다.

"그런데 뭐랄까…… 그들도 너무 걱정하지 않아도 될 텐데 말이지. 난 목적을 수행하는 데 필요한 희생은 얼마든지 하지만, 필요 없는 희생은 강요하지 않는 주의잖아? 역할을 마친 중독자들은 시간이 되면 자멸할 뿐…… 딱히 더 문제를 일으키지도 않을 텐데 말이야."

"네놈……."

근본적으로 어긋난 존재인 저티스를 알베르트는 불처럼 타오르는 눈으로 쏘아보았다.

"……자, 그럼 수중에 있는 파라 에테리온 파우더도 슬슬 바닥을 보이고 있으니…… 얌전히 꼬리를 말고 도망쳐 보실까."

알베르트가 즉시 【라이트닝 피어스】를 날렸다.

저티스는 그보다 약간 빨리 천사의 어깨를 한 손으로 붙잡고 하늘로 급상승했다.

전격은 허무하게 허공을 가로질렀다.

그리고 고도를 확보한 저티스는 그대로 어딘가를 향해 날아갔다.

"……."

알베르트는 추격하지 않고 말없이 손가락을 내리며 그 모습을 지켜보았다.

이 상황에서 저 정도 수준의 마도사가 진심으로 도주에 전념한다면 따라잡는 건 무리라는 사실을 잘 알고 있었기 때문이다. 알베르트도 쓸데없이 힘을 낭비할 생각은 없었다.

"칫……. 또 『아카식 레코드』인가……."

요즘 들어서 자주 듣는 단어였다.

대체 『아카식 레코드』란 무엇일까. 수수께끼는 점점 깊어지기만 했다.

하지만 저티스의 말로 미루어 보건대 이 제국의 진실과, 왕가와, 천공성의 수수께끼와 뭔가 관계가 있음을 어렴풋이 짐작할 수 있었다.

의외로 예상치 못한 진전이 있었다.

"이 나라의 진실…… 왕가의 피인가. 한번 조사해볼 필요가 있겠군."

알베르트는 등을 돌리고 조용히 그 자리에서 사라졌다.

엔젤 더스트

……이렇게 해서 어떤 인간이 천사의 가루를 사용하여 일으킨 악몽 같은 사건은 막을 내렸다.

엔젤 더스트에 피해를 당한 희생자들의 최종 집계는 마흔여덟 명. 그리고 행방불명자도 다수.

이것이 고작 한 사람에 의한 희생이라는 것을 고려하면 그야말로 믿기지 않는 악마의 소행이라고 볼 수 있었다.

저티스 로우판.

약 1년 전 제도에서 대형 참사를 일으킨 그자의 이름은 아직 사람들의 기억에 남아있었다.

참극의 재림에 온 페지테 시민들은 공포에 떨었고 남겨진 유족들은 갈 곳 없는 분노와 슬픔으로 오열했다.

레오스 크라이토스도 그 희생자 중 한 명이었다.

크라이토스 백작가의 명예를 지키기 위해, 레오스의 행동은 전부 저티스의 『엔젤 더스트』에 조종당해서 벌인 일이었다는 사건의 전말이 대대적으로 발표되었다. 그리고 저티스의 목적은 레오스에게 피벨 가문을 장악하게 해서 크라이토스 가문을 수중에 넣는 것이었다는, 그럭저럭 알기 쉽고 누구나 납득할 수 있는 이유가 날조되었다.

시스티나와의 강제 결혼식으로 인한 크라이토스 백작가의 명예 실추를 막고, 피벨 가문과의 알력을 피하기 위한 어쩔 수 없는 조치였다.

그리고 저티스의 속셈을 사전에 눈치챈 크라이토스 가문

은 계획을 막기 위해 현 당주가 직접 글렌에게 의뢰를 해서 시스티나의 신병을 확보하고 저티스를 격퇴하게 했다는 변명거리를 지어냈다. 물론 글렌은 납득하지 않았지만 크라이 토스 가문에서 직접 부탁까지 했으니 거절할 수는 없었다.

크라이토스 가문이 정부의 보도 기관을 통해 정식으로 그런 내용의 성명을 발표하고 글렌에게 사례와 훈장까지 수 여한 덕분에 레오스와의 결투 소동으로 땅에 떨어졌던 글렌 의 명예는 회복되었고, 학생의 재산을 노리는 최악의 남자 에서 실은 몸을 바쳐 학생을 지킨 교사의 귀감이라는 좋은 평판을 얻게 되었다.

완전히 틀린 말은 아니었지만 이렇게 표창까지 받을 만한 일은 아니었다.

결국 이번 싸움은 처음부터 끝까지 개인적인 사정으로 벌 어진 싸움에 불과했다.

그래서 글렌은 과분한 평판을 복잡한 기분으로 바라볼 수밖에 없었다.

그리고 저티스가 일으킨 사건으로부터 며칠이 지났다.

그러던 어느 날.

"미안! 지각했다! 에헷, 날름☆"

글렌이 부끄러워하는 기색도 없이 교실에 들어왔다.

"잠깐만요!"

그러자 시스티나가 맹렬히 달려가서 따지고 들었다.

"대체 지금까지 뭘 하신 거예요! 수업 시간이 벌써 반이 넘게 지났는데!"

"이야~ 잠깐 생각할 게 있다 보니……."

"요즘은 전혀 지각을 안 하게 됐었는데! 역시 선생님은 강사로서 근본적인 자각이 부족해요! 잘 들으세요! 강사라는 건 쫑알쫑알쫑알……."

그리고 여느 때와 다름없는 설교와 변명의 응수가 시작되었다.

"자, 자, 시스티. 그렇게 잔소리하다가 수업 시간 다 끝나겠다."

"싸움은 좋지 않아."

루미아가 중재했고 리엘은 졸린 듯 한마디 참견했다.

"왠지…… 이런저런 일들이 있었는데도 평소와 다름없는 광경이네……."

"그러네요. 오히려 안심이 되는걸요."

"난 조금은 성장해줬으면 좋겠는데 말이지……."

그런 익숙한 광경을 본 카슈와 웬디와 기블을 비롯한 글렌의 학생들은 반쯤 어이가 없어서 쓴웃음을 지었다.

"애초에 생각할 거라니, 대체 무슨 생각인데요!"

그런 반 아이들은 아랑곳하지도 않고 팔짱을 낀 시스티나가 글렌을 추궁했다.

"아니, 그게……."

그러자 글렌은 시스티나에게만 들리도록 목소리를 낮춰서 말했다.

"여기 처음 온 날이…… 이상할 정도로 자꾸 떠오르더라고……."

"……!"

글렌의 대답에 시스티나는 살짝 눈을 부릅뜨고 입을 다물었다.

"그때는 일하고 싶지 않기도 하고 귀찮기도 했지만…… 뭐랄까, 참 안 어울린다고 해야 할까…… 그런 생각이 가장 크더라."

"선생님……."

시스티나는 조용한 표정으로 글렌에게 물었다.

"지금도…… 그렇게 생각하세요?"

"글쎄, 어떨까……. 나도 잘 모르겠어."

글렌은 어깨를 으쓱거렸다.

"하지만 나 자신이 어떻게 생각하든, 이러니저러니 해도 안 어울린다는 건 분명해……. 내가 지금까지 해 온 일들을 돌이켜 보면…… 말이지. 그건 어쩔 수 없는 엄연한 사실이야."

"……."

뭐라고 해야 좋을지 모르겠다. 그렇지 않다고 부정하는 건 쉽지만, 정말로 쉽기만 할 뿐이다. 글렌이 그런 피상적인 위로의 말을 원할 리는 없었다.

"다만……."

글렌은 교실 안을 힐끔 훑어보았다.

"저기요~ 선생님~. 시스티나~. 언제까지 그러고 있을 거야~."

"둘이 사이좋은 건 알았으니까 얼른 수업이나 시작해주시죠."

"나 원 참, 그러지 않아도 요전번 소동 때문에 진도가 늦어졌건만……."

자신에게 불평을 터트리는 학생들의 모습을 보고 입가에 미소를 지으면서 시스티나에게 살짝 귓속말을 했다.

"……뭐, 앞으로도 잘 부탁하마."

"……!"

퍼뜩 놀라 고개를 든 시스티나는 잠시 멍하니 글렌의 얼굴을 바라보다가―.

"예, 저야말로. 앞으로 많은 지도 편달 부탁드릴게요, 선생님!"

미소 지었다.

그리고 오늘도 평소와 다름없는 떠들썩한 수업이 시작되었다.

■작가 후기

안녕하세요, 히츠지 타로입니다. 『변변찮은 마술강사의 금기교전』 5권이 발매되었습니다. 마침내 5권. 돌이켜 보면 세월 참 빠르네요.

편집부 및 출판 관계자 여러분. 그리고 이 『변변찮은』을 지지해주신 독자 여러분께 무한한 감사를. 정말 감사합니다!

자, 그럼…… 이제 5권에 관한 이야기를 해보겠습니다.

놀랍게도 마침내 하얀 고양이, 시스티나가 활약했지 뭡니까! 지금까지 각처에서 『히로인(웃음)』, 『존재 의의가 수수께끼』, 『페이크 히로인』, 『개그 히로인』, 『필요 없는 아이』라고 실컷 야유를 받았던 가엾은 그녀가 마침내 권토중래(捲土重來)했습니다.

이야~, 이제야 겨우 이 이야기를 쓸 수 있게 돼서 실은 안심했답니다.

제가 작가로서 그녀에게 준 역할을 드디어 연기해주기 시작한 셈이니까요.

사실 시스티나, 루미아, 리엘이라는 세 소녀는 글렌과 접하는 방식에서 캐릭터성이 부여됐습니다.

루미아는 『헌신』. 그 누구보다 글렌을 이해해주고 아무 말 없이 곁에서 떠받쳐주는 그녀를 글렌도 지켜주려 하지만, 오히려 많은 도움을 받기도 하는 느낌입니다.

리엘은 『의존』. 아직 미성숙한 그녀는 글렌에게 자신이 있을 곳을 요구합니다만, 조금씩 정신적으로 성장해 나가는 과정을 옆에서 도와주는 느낌이고요.

자, 그럼 시스티나는 과연 어떨까요? 그녀와 글렌의 관계는?

이번 5권에서는 그 답의 일부를 최선을 다해 열심히 묘사하고 싶었습니다. 부족한 글이지만 독자 여러분께 잘 전해졌으면 좋겠습니다.

여러분, 아무쪼록 『변변찮은』이라는 이야기와 함께 시스티나라는 캐릭터를 앞으로도 잘 부탁드립니다.

······이렇게 스마트하게 마무리하고 싶습니다만.

어째서일까요? 이 5권······ 잘 생각해보니······.

이번에 첫 등장한 **그 녀석**이 전부 다 가져가 버린 듯한 느낌이 듭니다.

······우째서?

히츠지 타로

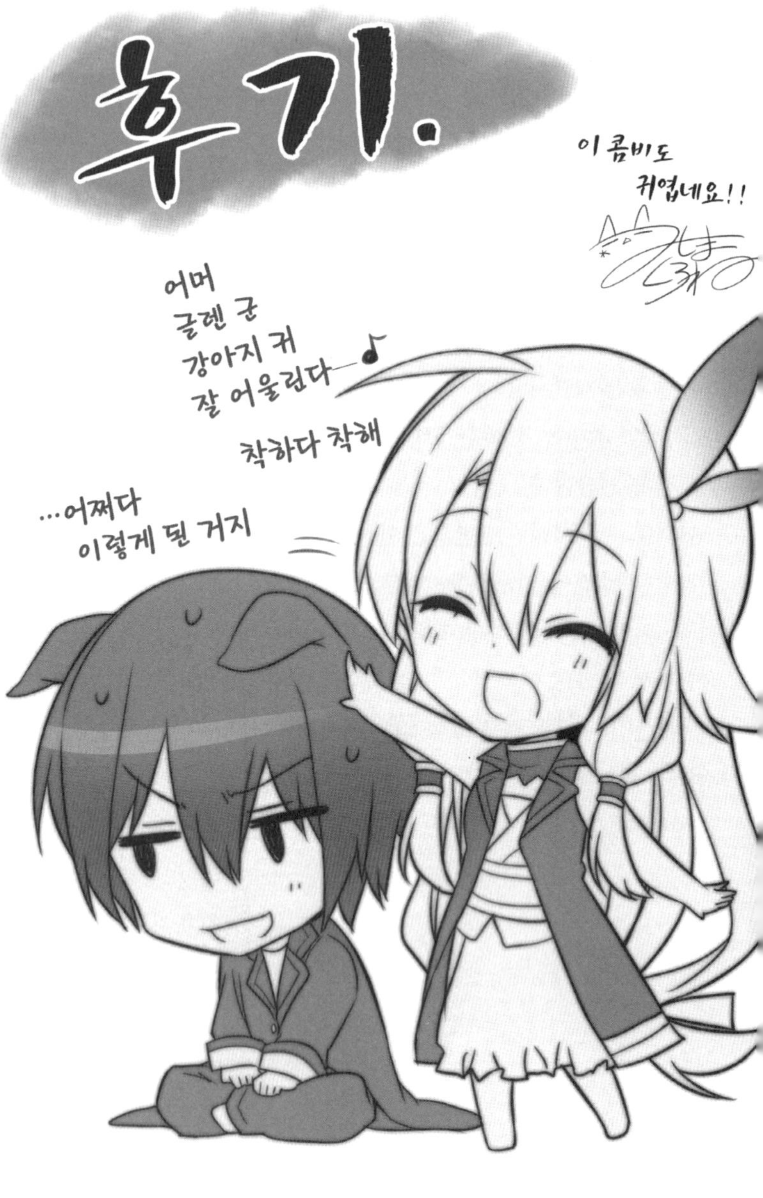
후기.
이 콤비도
귀엽네요!!
어머
글렌 군
강아지 귀
잘 어울린다~♪
착하다 착해
…어쩌다
이렇게 된 거지

■역자 후기

　이번 권에서 시스티나는 대체 몇 번이나 「히익?!」이라고
말했을까요?

　아마 이번이 마지막이 될 거라 생각하셨는지 시스티나를
마음껏 괴롭힌 작가님에게 약간 기겁한 역자입니다.

　작가님의 후기를 보니 아무래도 시스티나의 캐릭터성 때
문에 일본에서는 호불호가 많았던 모양이네요. 음…… 전
꽤 좋아하는데 말이죠, 시스티나. 확실히 요즘의 시류와는
약간 어긋나는 타입의 히로인인 것 같기는 합니다만, 이 작
품은 학원물이라는 측면도 가지고 있는 만큼 오히려 이런
성장하는 입체적인 히로인이 더 잘 어울리는 게 아닐까 싶
습니다. 전 그런 성장해나가는 과정을 지켜보는 것 역시 즐
거움의 하나라고 생각하거든요.

　또한 이번 권에서는 글렌의 치명적인 매력이 증명됐습니
다. 연상, 연하, 동성까지…… 그야말로 전방위로 플래그를
꽂은 마성의 남자였을 줄은……. 게다가 설마 시스티나가
이 정도까지 글렌에게 푹 빠져있을 줄은 몰랐네요. 글렌이
사라진 광경을 상상하고 정신이 이상해질 것 같았다는 대

목에서는 저도 모르게 가슴이 찡했습니다. 으음…… 전 루미아 파였는데, 이렇게 된 이상 어쩔 수 없이 이번 본문에서 언급한 대로 하렘 엔딩을 지지할 수밖에 없는 걸까요. 글렌이야 뭐 농담으로 한 이야기겠지만, 왠지 루미아 본인은 은근슬쩍 고려 대상에 넣고 있는 게 아닐까 싶기도 하네요. 루미아 무서운 아이…….

　아무튼 저티스라는 중요인물의 등장으로 느닷없이 수많은 복선이 등장한 금기교전 시리즈! 아무쪼록 다음 권도 잘 부탁드리겠습니다.

변변찮은 마술강사와 금기교전 5

1판 1쇄 발행 2017년 4월 10일
1판 7쇄 발행 2019년 4월 12일

지은이_ Taro Hitsuji
일러스트_ Kurone Mishima
옮긴이_ 최승원

발행인_ 신현호
편집국장_ 김은주
편집진행_ 최은진 · 김기준 · 김승신 · 원현선 · 권세라
편집디자인_ 양우연
국제업무_ 정아라
관리 · 영업_ 김민원 · 조인희

펴낸곳_ (주)디앤씨미디어
등록_ 2002년 4월 25일 제20-260호
주소_ 서울시 구로구 디지털로 26길 111 JnK디지털타워 503호
전화_ 02-333-2513(대표)
팩시밀리_ 02-333-2514
이메일_ lnovelpiya@naver.com
L노벨 공식 카페_ http://cafe.naver.com/lnovel11

AKASHIC RECORDS OF BASTARD MAGIC INSTRUCTOR Vol.5
ⓒTaro Hitsuji, Kurone Mishima 2015
First published in Japan in 2015 by KADOKAWA CORPORATION, Tokyo.
Korean translation rights arranged with KADOKAWA CORPORATION, Tokyo.

ISBN 979-11-278-4080-8 04830
ISBN 979-11-86906-46-0 (세트)

값 6,800원

©2015 Tsuyoshi Yoshioka
Illustration:Seiji Kikuchi
KADOKAWA CORPORATION

현자의 손자 1~2권

요시오카 츠요시 지음 | 키쿠치 세이지 일러스트 | 최승원 옮김

사고로 죽었을 청년이 갓난아기의 모습으로 이세계에서 환생!
구국의 영웅 「현자」 멀린 월포드에게 거둬진 그는 신이라는 이름을 받는다.
손자로서 멀린의 기술을 흡수해가며 놀라운 힘을 얻게 된 신이었지만,
그가 열다섯 살이 되자 할아버지는 이렇게 말했다.
"상식을 가르치는 걸 깜빡했구만!"
이런 이유로 신은 상식과 친구를 얻기 위해
알스하이드 고등 마법학원에 입학하게 되는데―.

『규격 외』 소년의 파격적인 이세계 판타지 라이프, 여기서 개막!

© Akamaki Tart 2016
Illustration toi8

딘의 문장 ~마법사 레지스의 전생담~ 1~5권

아카마키 타루토 지음 | toi8 일러스트 | 이경인 옮김

몰락귀족으로 다시 태어난 딘 가(家)의 아들, 레지스.
막대한 마력을 가진 그는 미스테리어스한 메이드 워킨스의 지도를 받아
여러가지 마법을 다룰 수 있게 된다.
그러나 그런 레지스에게는 한 가지 비밀이 있었다.
일본에서 니트로 살아가다 격렬하게 후회했던 전생의 기억이다.
"이번에야말로, 다시 시작하는 거야."
레지스는 새롭게 결의하고 매일을 보내지만,
중병에 걸린 어머니와 영지의 절박한 경영상태 등
많은 고난이 앞을 가로막는다.
또한 악덕귀족이 워킨스를 아내로 맞이하고 싶다고 요청하는데⋯⋯.

**전생의 원통함을 풀고 몰락한 딘 가와 소중한 사람들을 구하기 위한
레지스의 분투 인생이 막을 올린다!**